广西人民出版社

图书在版编目（CIP）数据

如初 / 一丁著. —南宁：广西人民出版社，2015.2
ISBN 978-7-219-09079-4

Ⅰ.①如… Ⅱ.①一… Ⅲ.①言情小说—中国—当代 Ⅳ.①I247.5

中国版本图书馆CIP数据核字（2014）第 218304 号

监　　制　白竹林
策划编辑　梁凤华
责任编辑　梁凤华
责任校对　周月华
印前制作　麦林书装

出版发行　广西人民出版社
社　　址　广西南宁市桂春路 6 号
邮　　编　530028
印　　刷　广西大一迪美印刷有限公司
开　　本　880mm×1230mm　1/32
印　　张　9
字　　数　250 千字
版　　次　2015 年 2 月　第 1 版
印　　次　2015 年 2 月　第 1 次印刷
书　　号　ISBN 978-7-219-09079-4/I·1766
定　　价　26.80 元

目录 Contents

楔　子

又是一夜连绵雨，偌大的上海城到处都是撇不开擦不净的阴湿，于公馆本有着最美的空中雨阁，现时却已成了一座围中死城，到处都充斥着摧枯拉朽之气，独有那不知人间冷暖变数的夜明珠还依旧在顶尖上转着，亮着。

富丽的洋式别墅像是一夜之间换了模样，主人没了踪迹，来不及逃的下人们全都被关进了漆黑的偏屋里，长排的持枪队伍包围着，似猎犬一样紧盯着，让人不禁发颤。

福兮抱着刚刚出生的小少爷，手上还残留着接生时沾上的血，心里恐慌到了极致，直到找到一个旧木桌依靠方才稍稍平静些。大铁门倏地被人推开，耀眼的光直刺得人睁不开眼，她下意识地去挡，指缝间见是一个身材挺拔的男子被人簇拥着走了进来。

那人身着黑色长衣，脚踏一双铮亮马靴，眉头紧皱，凌厉的眼神似是能将这里的每一个人都看穿。福兮没见过这样的阵仗，下意识地想要往人后躲，只是刚退了一步，未及定身，便被人盯住了，一把枪实实地抵在她的脊梁上。

“别动!”

她啊地叫了一声，又战战兢兢地回过头来，见那男人已经看向了这边，她魂魄都要被吓散了，喃喃道："我不动，我不动。"

那执枪的随从见那男人眯着眼睛看那孩子，便上前对他低声道："这孩子是夫人临走前亲自接生的。"

福兮不禁打了一个冷战，方才知道原来这就是他们于家心狠手辣的独狼姑爷，她下意识地将孩子抱紧了些，然后扑通一声跪到了地上，哀求道："姑爷，姑爷您行行好，小少爷才刚刚出生老爷太太就没了，您就放过他吧。"

他突然走上前，发狠地拔出腰间的枪来，旁边的下人吓得抱住了头，呜呜哀求。他的声音嘶哑，像是发怒的豹子，道："说，她去了哪里？"

知道他问的是大小姐，福兮赶紧道："走了，小姐拿着四姨太给的船票早就走了。"

他的眼睛似是能喷出火来，将抢指在她的头上，"是去哪里的船票？"

福兮摇着头，哭道："姑爷，福兮也不知道啊。"

他勃然大怒，抬手将摆在旧木橱上的一对白釉红狮贯耳瓶打得粉碎。人群里响起一声声尖叫，他极不耐烦地对唐汉生道："把这些人全部关进巡捕房大牢里！"

唐汉生道："是！"

侍卫进来拉人，福兮抱着孩子也要被带下去了，他却倏地伸出手来将她拉住，将孩子抱进了怀里，声音冰冷，"孩子留下，我就不信她能狠下心不管这孩子的死活！"

一束刺眼的车灯光由远处照射到他脸上，门外的人条件反射地拉开了枪警戒。一辆黑色的小汽车直直地冲了进来，石子路边的倒垂灯透过车窗照清那人的脸庞，不禁让所有人都倒吸了一口凉气，纷纷向后退了几步。

仇少白抬起眼来看，嘴角轻轻上扬，他到底还是赢了。

她从车上下来的时候，犹如一张单薄的蝉翼宣，在这冷意袭身的雨夜摇摇晃晃，唯独那眼神透着一股坚定。

他依旧是笑着的，抱着那孩子走上前去，用再平常不过的语气道："回来就好，穿得这样少，仔细回头生病。"说着，便回头叫唐汉生，"车上有常师傅刚做好的荷叶披风，去给夫人拿来。"

唐汉生尚未动，她却倏地从身后拿出枪来，开口便是冲天斥地的恨意，"仇少白，你我的情义早已被你一点点一丝丝地毁尽了！收起你那假惺惺的关心！"

在场的人不禁面面相觑，怀中的孩子也因为这突如其来的呵斥而大声啼哭起来。她将枪口对上他的双眉，"把孩子还给我！"

他当真就将孩子小心翼翼地交到了她手上，又脱下自己的外衣披在她身上，依旧是那副波澜不惊的模样，道："要汉生去拿披风你又闹脾气，这孩子总是怕冷的，有什么事回家再说，好不好？"

若是往日，她怕是又被他的柔情欺骗了，然而此时，她却笑出声来，"家？我的家不就在这里吗？"复又恍然大悟的样子点了点头，"哦，我记起来了，它已经被你毁了，我的家已经被你仇少白毁了！"

她的双目中渗出红血丝来，只让他的心跟着生疼，却未发现她的手指竟已扣上了扳机，让所有人都未反应过来的一枪，直直射进他的身体。

砰！

那样的清脆，就如是将万支炮信子齐时扔进了这烟雨迷蒙的夜，决绝而骇人。

身后的护卫当即又齐刷刷地举起枪来。他倒退几步，怒道："把枪放下!"

唐汉生上前扶住他的身子，却被他摇手推开。于初阳单手抱着孩子，举着枪一步步退回到车前，"仇少白，这一枪，是你我的义绝恩断!"

他胸前的血汩汩地冒出，染红了素白衬衫，他轻笑，"真是个傻丫头。"

她不想细念他的意思，复又合上保险，唐汉生惊道："夫人，不要!"

她却是仿若未闻。

砰!

"白爷!"

守着的人怎么能放任有人这样对他，复又举起枪来。仇少白的眉间已渗出汗来，却依旧挥手，"别开枪!"

"仇少白，我真想就这样杀了你，第二枪，是你我的血仇不共戴天!"

砰!

"第三枪，你我此生孽结，来世莫纠缠!"

他算了她一辈子，赢了她一辈子，这最后一场，是输是赢，她赌的皆是自己的命。仇少白下了禁枪令，所幸她终是赢了，便在所有人的目光下极快地发动了车子离去。

她赔上了这辈子所有的爱与恨，向他开了这狠毒却终是不致命的三枪，那三颗冰冷的子弹，亦在同时全数射进了她的心脏。车子经过他身的身旁，她的眼泪悄然滑落。终了，终了，这辈子，下辈子，她都不可能再回头了……

第一卷　玲珑缘

1. 叶上初阳，红梅袭香

时值初秋。

天空没有一丝云彩，处处泛着燥气，毒辣的阳光让柳枝无精打采地垂了脑袋，连树上停歇的蛁蟟也要被烤得没有了生气，当真是秋，却又更似六月的夏一样恼人。

车水马龙的霞飞路上有个专卖宝石玉器的门面，名为采仙斋，店面装饰得很是堂皇，正是客人多的时候，那楼顶上却是突然传来一阵蹬蹬蹬的皮鞋踏地声。经理眉头微皱，带着笑招呼了几位大主顾，叫了一旁的小伙计端了茶水来，才得了空上楼去瞧。

楼下的伙计们忙得胸前背后都要被汗浸湿了，楼上却是电风扇吱悠悠地转得畅快。于初阳穿着一件浅绿色的锦缎上衣，宽松的七分袖裹着她纤瘦的臂，风扇一吹轻盈地晃着，如张了翅膀的翩翩起舞的蝴蝶似的，也不知她是从哪儿弄来一双能发声响的鞋子，正穿在脚上又蹦又跳舞得起劲。经理本想上前叫一声的，却又被这莫名其妙的舞吸引，看得入了迷，直到音乐声停了，才回过神来。

无线电停了，初阳也不跳了，呼呼地喘了一口大气，一步迈到旁边的藤编老虎椅上坐下，墨色的长裙被无意地提了起来，露出一段白皙如玉的肌肤来，清爽动人。

经理笑呵呵地走上前去，道："大小姐这是跳的什么舞？可真是稀奇。"

她小脸扬了扬，得意道："踢踏舞，沈老师刚教我的，说在美国很受欢迎呢。好看吧？"

"好看，好看。"经理连声赞道。

初阳一边笑着，一边拿手捋顺刚才散落耳边的发，转头看了一眼墙上的大洋钟，突然啊了一声，吓了身边的丫头一跳，连问她怎么了。初阳似是有万分紧急的事，匆匆从椅子上站起来，也顾不得回答丫头，直跑到楼梯口边换了一双尖头的小皮鞋。

丫头急急地追上来，"小姐，你这是要干什么去？"

初阳连头都没抬，转身从桌上拿过那画着白玉兰的推光漆盒子来，道："我要去见朋友，若是晚上回去晚了，记得要跟爸爸说我是去沈老师家上小课了。"说着就要下楼，却被那经理拦住，"小姐，青帮的人可都是心狠手辣的主，小姐你这是做什么？"

话未说完，初阳却又倏地回过头来，将手里的盒子举了举，眉间微怒，"陈力水，你竟然敢私自翻我的东西！"

陈力水一副苦口婆心的模样，道："小姐在我这藏着一把青帮的刀，若是被于会长知道，定会要我吃不了兜着走。小姐年纪尚轻，交朋友可是要万分仔细……"

初阳的脸上愈加不耐烦，打断他道："你管好自己吧，我的事不用你管！"话音未落，便噔噔噔地下楼出门去。

这个陈力水，她早就极是厌恶了，本是已经成家立业的人，却几次三番地与一个打扮妖媚的日本女人在一起，她已是正面碰到过几次，若不是仇少白不让她管这等子乱事，她怕早就去跟父亲挑明辞了他了，他倒好，竟反过来管起她的事来。

门前多的是等着拉活的东洋车，她便随手招了一辆，道："去江乘码头。"车夫见她衣着阔绰，自是拉了车把就走。她拿了手包放在额前挡着光，本还在为陈力水乱翻看她的东西生气，一见那盒子安稳地躺在身边，才稍平了心，微卷的长发随意地搭在肩头，太阳底下一闪一闪的，像是罩了一层柔美的光。

东洋车夫拉得卖力，没一会儿便到了。从来码头上都是人多得能挤破头的，似乎一不小心就要被推到江里去。初阳的心情却变得极好，细纺裙摆都要随着步伐跳到小腿肚上去，她把装短刀的盒子紧紧地抓在手里，走了几步，又干脆抱到了怀里，一边走，一边四处张望。

江边上支着许多小摊子，多是些乡下人做的手工小玩意儿，初阳左右望了望不见他的身影，便踱步到一个卖苏绣荷包的老嬷嬷摊前打量。那老嬷嬷看上去已是入古稀的年纪，双眼虽是有些凹陷，见初阳走过来，脸上却像是能笑出一朵花来，道："小姐打扮得这么俊俏，可是要坐船去见心上人？年轻人之间送这苏绣花荷包可是顶有情义的。"

初阳脸颊一下子便红了起来，道："谁要去坐船见他了。"说完了才发觉不对，干脆低头去摆弄起摊子上的东西。

那老嬷嬷咯咯笑了，从最里面抽出一个绣着水芙蓉的荷包来，放到她手心，道："小姐生得清丽，这出水的芙蓉花是再合适不过了，就买一个吧。"

初阳脸上还发着热，伸手接了老嬷嬷递过的荷包来看，这老嬷嬷说话好听，绣工也极好，不过这水芙蓉她却不是很喜欢，总觉得那样生在水里长在水里，被人观赏于水中的花太过无趣，像是被人养在笼里的金丝雀，再美也不过是个没有自由的玩物。她扬了扬眉，把那荷包放下，道："我才不像这么个软弱的东西呢，我要那个绣着红梅的!"

老嬷嬷便给她拿出那绣着红梅的来，初阳拿在手里，脸上又如孩子似的立马露出了笑来，道："什么清水芙蓉，白雪映红梅，这样看着才精神，我就要这个冬雪寒梅了!"说着便取了钱来，只是那钱还未递到嬷嬷手中，就突然被一双手给拦了去。

初阳冷不防地吓了一跳，待转了头，发现竟是个虎背熊腰的男人，那男人似是熟人一样笑着叫她"初阳小姐"，满嘴的烟臭味直让她恶心。见他身后还站着几个人，初阳眉头不禁蹙了蹙，带了些警惕，道："你们是谁，想干什么?"

那男人依旧是笑着，道："初阳小姐，别紧张，哥几个不过是想跟初阳小姐交个朋友嘛。"说着又向前走了几步，故作亲密地抬了手想要去碰她。

初阳厌恶地躲开，倒也没动怒，只是绕过他，重新把钱递给嬷嬷，似是根本没听到他说的话，只对那嬷嬷道："大娘，不好意思啊，来，钱给您。"

初阳转了身便要走开，那人却是被她这样一副态度惹急了，将手一横挡在她的身前，道："臭娘们儿，还真以为天下都是你们于家的啊！别给脸不要脸!"说着便要去揽她的腰。

初阳当即向后退了几步，用手里的盒子猛地砸他，道："你干什么?!"

那人撸了撸袖子，向地上啐了一口痰，道："交朋友能干什么?跟着哥几个走不就知道了!"

初阳本来想着这些人不过是码头上的小混混，不去搭理也就躲开了，直到这会儿子才觉得害怕起来，他们动作粗鲁得像是扛货物，将她拦腰从地上抱起。初阳拿手里的盒子使劲地砸着那人的脑袋，那人却越发走得快。

“你们放开我！”她拼命地反抗着，耳边散落的头发被吹到了嘴里，让她只觉嗓子眼儿里一阵恶心。她手脚并用，不停地在那人肩上挣扎着，原本拥挤入码头的人非但没有一个人出手相救，竟还纷纷避祸似的躲开，退出一条路来。那一刻，她在心里默念了一百遍仇少白的名字，只怪他今天为何这么久都还没来。

吱——

一阵刺耳的刹车声响起，背着初阳的那人一个趔趄，为了避让突然出现的小汽车险些摔到江里去，但他却没有停下的意思，只是恶狠狠地朝着车里瞪了一眼。

车里坐着的是一个西装革履的男子，当时正点了手上的烟要往嘴里送，这么一个刹车，让那烟头掉到了车毯上。初阳像是抓住一根救命稻草般，对着那男子大喊：“救命！先生救救我！”

手里的盒子被碰开，里面的短刀便咣当一声掉到木板上，她刚想要伸手去抓，那车门却突然打开了，从车上下来一个随从模样的人将短刀捡起，有些怀疑地抬头看了看她，又递到车里那男子的手中，低声道：“少爷，这是白爷的刀。”

初阳趁机一把抓住了车门，喊道：“先生，先生，您救救我！”

那些人强硬地拉回了她的手就要跑开，车里的男子突然抬起了头，好看的眉眼，英挺的鼻梁，他不动声色地将那短刀转了个圈儿，离手飞出。只听挟着初阳的那男人哀号一声便跪在了地上，低眼一看，才见他小腿肚上已是汩汩地往外冒出血来。

那男子走下车的同时不知从哪儿又冒出了一些巡捕，那几个绑架她的人本来还骂骂咧咧的，一见巡捕手中的真家伙，瞬时变了脸色，拉了跪在地上的“大哥”就要往人群外跑，那些巡捕见势，对着前方便是砰砰几枪。

码头上瞬时乱作一团，男子用力地将其中一人推到一边去，怒道：“谁让你开枪的?！伤了旁人唯你治罪！都给我抓活的！”说着便先追到了人群里，对着那“大哥”的腿弯处就狠狠踢了一脚。挟着初阳的人因为吃痛，本就不利索的身子摇摇晃晃竟要连带着她一起摔到台阶下去。那台阶上是高高突起的锚栓，若是撞上定是要头破血流的，初阳本是被枪声吓得怔了神，这一刻又恐慌到了极致，干脆捂住了眼睛，大喊：“救命！”

“喂！”千钧一发之际，那男子突然大喊了一声，无比迅速地将她从那瘪三身上拉下，又将她拦腰一路抱到了车里。

惊魂未定的初阳手心里已是密密麻麻地往外渗出了汗，身体也抖得不像话。救她的那男子又突然低咒了一声，吓了她一跳，扭头去看，才见原来刚才他那一脚正踢在瘪三刀伤处，血迹沾满了他锃亮的鞋尖，这会儿，他正一脸嫌弃地拿着一张报纸狠命地擦拭鞋子。如此看来，这该是位养尊处优的大少爷。

初阳双手紧握在一起，方才想起落在那人身上的刀来，“我的刀！”说着便要推开车门走下去。

那男子却是眼疾手快地将她按住，道：“刚把你救出来，又要干什么去?”

初阳心急道：“我要下去找我的东西。”话音未落，短刀便出现在了她的面前，她长舒一口气，轻声道：“谢谢。”

本想伸手去拿，那男人却顺势反扼住她的手腕，将她重重地压在了车椅背上。她的心一下子提到了嗓子眼儿里去，“你想干什么?”她这莫不是刚出了狼窝又进了虎穴？

那男子却没有回她，只是那样极近地盯着她看，呼吸都能打到她的鼻尖上。良久，才又拿出那把短刀放在她眼前晃了晃，问：“这把刀是你的？”

初阳点了点头，很快又摇了摇头，“是我朋友的，落在了我这里。”

那男子却像是来了兴趣，嘴角露出一个意味不明的笑来，又离她更近了些，问：“若是能将这刀落在你那里，那也定是不寻常的关系。”

初阳拿手抵在两人之间，脸红起来，有些生气地道：“初阳感谢先生的救命之恩，还请先生自重！”

那男人没料到她突然这么大声，倒也真放开她，坐起身来，扬了扬眉，“自重？”

正在此时，车门外跑来一个人，道：“少爷，人都抓着了，要送巡捕房吗？”

男子看了一眼初阳，道：“送什么巡捕房，我高天磊还等着好事儿呢，一起带到白园吧！”

初阳这才知道，他竟是稽查局长高中义的儿子高天磊。早就听沈老师说，仇少白有位生死之交，常年于各地逍遥，倒是没想过自己与他会有今日这般相识的情景。

高天磊将车窗摇下，嘱咐了那人几句，又回过头来看初阳。初阳老大不自在，手都不知要往哪儿放。他道：“原来你是于会长的千金，救了你这么一个人物，某些人定得好好谢我，走吧，正好一起去白园！”说着便让司机发动了车子。

初阳急道：“白园是什么地方，我不去，我要在这儿等人的。”

高天磊却是笑着将短刀还回她手里，“他今日定是不会来了，于小姐也不必等了，就随我去吧。”

原来白园是仇少白住的地方，园如其名，园里的建筑都是白色的，沿着山水迤逦而建，到处都是蓊蓊郁郁的树，气派的大门前，依旧是白木雕花栅栏，大理石砌成的路面处处尊显华贵之仪。正值盛夏，满园的花都开了，茂密葱茏的竹子长在两边，更显清幽。

初阳随着高天磊往里走，见那棕树丛中独有一棵蓝花楹，满树的蓝紫色，十分雅丽。只是初阳的心里莫名地生出一丝低落来，原来他们是这样的生分，她竟连他的住处都不曾知道。

刚进门廊，便听见楼上某间屋子里传来一阵低哀的音乐声，高天磊对她嘘了一声，拉了她的衣袖，将她引至会客厅。他倒像是在自己家中一般，将脱下的外套随意搭在沙发上，又叫丫头上了香槟跟咖啡来，而后松了衬衫领口的扣子，道：“今天是少白亲生父母的忌日，他总是要在灵前跪足三炷香的，于小姐就先在这里坐等会儿吧。”

怪不得高天磊会说他今日不会在码头出现，原来竟是这样一个特殊的日子。初阳拿小匙子一下下搅着咖啡里的糖块，看着那本是纯白的颜色一点点地被深棕色的咖啡稀释，也不知怎么地就说了一句：“世人都知道他是仇文海的螟蛉之子，似是刀枪都不能近身一样，却不知他原来也是有血有哀的凡人……”

高天磊一愣，似是看怪物一样，盯着她看了半晌，待初阳反应过来，他却是又笑了出来，道：“有血有哀？于小姐倒是第一个如此形容他的人。”

初阳很是尴尬，也不再好意思说什么，于是起身走到窗前看起园内的美景来。她的发上别着一枚银质的镂空蝴蝶发夹，由阳光照了一个投影在脸颊上，忽闪忽闪，却是要比园内风光还要美。

高天磊见她看得入神，只觉得好笑，低头喝了一口手里的香槟，也跟着走了过来，与她一起望着窗外的美景。

初阳本来就是小孩子心性，第一次来白园，开始虽有些不自在，但远处那棵蓝花楹的美，却是让她忍不住想要走近。

高天磊也是自由惯了的，早就看出了她的小心思，也没什么避讳，拉了她便一路跑了过去。

树下有些被风吹落的花瓣，点缀在草丛里像是俏皮的薰衣草，初阳一见就喜欢得不得了，也不顾什么淑女仪态，将袖口一挽便弯了腰捡起花瓣来。

高天磊看着她，笑问："于小姐捡这些个落花做什么？"

她神秘地从口袋里拿出在码头上买的荷包来，笑得烂漫，"装这个啊，我要把这荷包装得满满的。"

高天磊哟了一声，道："是要装满送给白爷吗？"

初阳不料被抓了话柄，也不回他，羞着脸便转过身去，却见仇少白正从灵堂里出来。许是因为日子特殊，又在家中，他穿得很是简单，一件极其素雅的玄色长袍，斜襟处缝了一排传统长扣，一直从领口错落盘到了腰上去，将他本就颀长的身躯修饰得硬挺笔直，双鬓似是刀裁一般干净利落。

"少……"她张了张嘴，却又不敢喊出他的名字，便停在那里，抬着头仰望他。

他立在那楼顶的花台上，双手背在身后，眉头微蹙似是在想着什么。过了好久，他才收了目光，就要转身回屋里去了，方才注意到站在楼下的小女子，原本平静的脸上竟露出几丝警惕来，"初阳？"

她整个心都要跳出来了，下意识地将手里的荷包藏到背后去，极力掩饰着心里的慌张，拿出短刀，仰头道："喏，你的东西落了都不晓得，本小姐好心，就亲自给你送来了。”

高天磊也走了过来，轻笑一声，对仇少白道：“是我带她来的，这丫头为了给你还刀，在码头险些被人绑了去。”

仇少白面色一冷，双眸倏地收紧，问他：“你说什么？”

2. 星眸低缬，花重枉度

夜色已是很深了，十里洋场的上海滩街头，灯红酒绿霓虹闪烁，歌厅舞殿里传出妖娆魅人的音乐声。初阳坐在小汽车里，与仇少白靠得极近，却是不说话，正就着灯光一圈圈地扯着坐垫上散开的绳带。

仇少白见她低垂着双眸，似是还在生气的样子，便轻笑了一声，道：“怎么，初阳小姐要把我车上的坐垫拆了不成？”

她收回手，熟练地把那散开的绳带系出了一个漂亮的蝴蝶结来，道：“谁给你拆了？你这坐垫都开了线头，我这是帮你补救呢，怎么还赖人了?!”

仇少白笑着拿手指刮了刮她的小鼻子，满是宠溺，道：“你这不讲理的小丫头!”

她却是不说话了，顿了一会儿，才抬起头来看着他，道：“你才不讲理呢，从认识到现在，我所有的一切你都知道，而对于你，除了知道你是仇文海的义子，是整个青帮的少当家之外，我什么都不知道。今日若不是高先生，我甚至连你住在哪里都不晓得。”

他看着蛾眉倒蹙的模样，倒也有了些苦涩，抚了抚她被风吹乱的薄刘海，轻声道：“你是黄浦商会会长的女儿，莲花似的清清白白，我却是活在暗浆里的一摊污泥，不知道也不见得是坏事。”

初阳不喜欢他这样说话，道：“那以后我的事，我也不要再告诉你。”

他无赖似的盯着她看，“你不告诉我，我自然有的是法子知道，你还能逃得出我的手掌心去?”

这样略显霸道的话倒是让她忍不住羞红了脸，坐得离他远了些，依旧生气道：“不要脸！你不就是仗着有沈老师给你通风报信嘛，以后我偏要离你远点，你整日神龙见首不见尾，那就公平些。”

仇少白道：“我看你是成心气我。今日谁让你去码头找我的，这次绑架你的是于会长的商敌，虽只是些小瘪三，却已够让我心惊胆战的了。若是你被我这暗浆里的仇家盯上了，我看我也就不要活了。”

她不是不知道这话里的厉害，如今的上海滩、军统、租界、商界，处处都有着青帮的暗爪，他本也是活在刀尖上的，对她说出这样一番柔情的话来，只让她心里满满的都是感动，可嘴上却是不饶人，没好气地道：“从来都是你找我，我就主动找你一次，就出了这种事，我看我们干脆就此绝交好了，左右你都说了你是个危险的人物……”

她话未说完，仇少白就一把将她搂进了怀里，笑道：“现在才后悔招惹了我，晚咯。”他的呼吸吹在她的耳垂上，很是发痒，她拿手推开了他手臂，脸都要比得上红栗子了，“干什么老是动手动脚的，你放开我。”

两人那样一句句地说闹着，没一会儿的工夫，小汽车便要开到于公馆了，隔着还有一段路的时候车子便停了。初阳抬眼看着窗外，道：“我就要下车了。”

仇少白轻笑，“嗯，回去吧，别让于会长担心。”

刚才那样吵嘴，这会儿她心里却是满满的不舍，他总是有那么多事，再见面又不知道等到什么时候去。车子停稳了，她却没动弹，就那样看着窗外的月亮，良久才坐起身子，从口袋里拿出那绣着红梅的荷包来，递到他手里，道："这个给你，我在里面装了花瓣，花香凝神，你要一直带着。"

仇少白放在鼻下嗅了嗅，道："好，我会一直带在身上的。"

她纤弱的身影在月色下一步步走远，衬在那树影之下愈发惹人怜惜。仇少白将她送的荷包握在手里，那白雪里的梅异常红艳，似是刚刚沾上的血，鲜亮而又刺眼。他的眉头皱着，再抬眼，见到她要进门了，才低声对司机道："去广阙楼。"

初阳转过头来回望他，车子已经发动要开走了，路灯在车窗上的投影印在他俊挺的侧脸上，像是一晃眼，他就要消失不见了。她心里莫名地慌张起来，抬起腿又追着他的车跑去，"少白!"

仇少白赶紧叫停了车子，走下车来，担心地问："怎么了?"

她的双颊泛红，喘了好大一口气才道："今年圣玛利亚女校的校庆，会有我的舞蹈演出……"

仇少白听她说了这么一句不相干的话，有些啼笑皆非，将她散落的发重新别到耳后去，又忍不住逗她："怎么，不是刚才还说你的事不要再让我知道?"

见他这个样子，初阳自是生气极了，转了身就要走，"你爱去就去，不爱去就罢了!"

他笑出声来，一把抓住她的手腕，似是哄小孩子那般，道："好，我一定去看。"

见他用那样的眼神看着自己，初阳突然觉得不好意思起来，后退了一步，道："那我回去了。"

仇少白道："晚安。"

初阳推了大门进去，丫头月香早就等在了那里，见她回来，大步迎了上去，道：“小姐，你怎么才回来啊！要是等宴会结束你还不回来，月香会被老爷骂死的！”

她还未走进大厅，果然听到里面无线电里欢快的音乐声，人声喧哗，她有些反感地皱了皱眉，问：“又是什么宴会？谁来了？”

月香给她拿出换的鞋子来，道：“是财政部的李总长、王次长，还有稽查局的人。”

初阳并未到大厅去，只是从侧面进了屋子，隔着一间屋子都能闻到那扑鼻的酒气，她道：“整日就知道围着钱打转！我回来得晚不晚，他才不关心呢。”

噔噔噔地上了楼，却冷不丁被楼梯口处站着的人吓了一跳，那是于正业刚娶进门的四姨太，她本是百乐门里的歌女，因为那魅人骨的声音而被于正业收作了四房。初阳不喜欢这个人，因为她总是一副精明算计人的样儿，所以平时也不太与她说话。这会儿子的她正着一身蓝色的锦缎旗袍，露着大半截胳膊，眯着眼睛对初阳笑，那咯咯咯的声音都要让初阳生起一身鸡皮疙瘩来。想起前几日她到处炫耀自己已怀了于家孩子的事，初阳更是生气，所以也不叫人，径自进了自己的房间。

四姨太却是一把拉住了她要关上的门，问：“大小姐这是去哪儿了，这么晚了才回来？”

初阳很是厌恶，也不回头，道：“我去哪儿干什么要告诉你？”

四姨太却径自跟到房间里来，笑着道：“不就是会情郎去了嘛，刚才我那大丫头都看见了，大小姐跟那先生你侬我侬地道离别，可真是羡煞旁人。”

初阳瞪了她一眼，不悦道：“狗嘴里吐不出象牙，你以为每个人都像你似的吗？”

四姨太眼睛眯着，“哟，大小姐可别生气，要是被老爷误会了，那我可是要说不清了。”

那样一副神情，简直要把初阳气坏了，她有些蛮横地将四姨太往外推：“你去说啊，去说吧，看看爸爸会不会信你的话。我可要休息了。”

那四姨太却哎哟一声，道：“我说大小姐，你这眼看也是要嫁人的年纪了，怎么还这么无礼？以后到了婆家可是要受气的。”

初阳道：“什么乱七八糟的，谁要嫁人了！”

四姨太趁机拿开她推着自己的手，道：“问你爹去啊。你当今晚的宴会是为了什么，那高局长可是巴巴地等着攀你们于家这高枝儿呢！还是自己妻舅出面提的亲。”

初阳一顿，问她：“你说谁？”

两人争吵的空当，大厅里传来一阵阵客套声，原来是要散宴了。

于正业送走了一行人之后也上了楼来，四姨太立马跟没了骨头似的贴上去，初阳看着很是恶心，连一声爸爸都没叫，转了身就要回屋去。

于正业将身上的人推开，叫住初阳，“你给我回来！刚才你们两个吵什么呢，我在下面就听见了。这么大了，也不怕人笑话！”

四姨太道：“老爷，我们没吵什么，就是刚才我跟大小姐说了高局长来提亲的事，大小姐正害臊呢。”

于正业一听这话，倒是笑了，“原来是为了这事。阳阳，我也正想着怎么跟你说呢，既然你四姨娘跟你提了，那正好。”他上前拍了拍女儿的手，“这高局长是李总长的妹婿，有李总长这么一棵大树来做媒，租界那些洋佬也总得给我几分面子，如此，爸爸的跑马场也就十拿九稳了。等你一毕业啊，爸爸就送你们出国去，眼下时兴旅游，听说高家那小子就很喜欢全世界地跑……”

初阳本就一肚子气，听于正业说出这些话，眼眶一下子就红了，道：“我不去！我哪儿都不去！十年前你为了攀附权贵害死了妈妈，今天你又要为了你的利益算盘让我嫁人！为什么你的心里就只有钱跟权两个字？那家人呢？你知不知道今天我差点被你的那些商敌绑架！”

“什么?!”于正业神色一惊，“绑架？阳阳，你有没有受伤?”说着便要来拉她的手，初阳却退了一步躲开，转身把门关上。

楼下的音乐声还在响着，那样欢快的旋律，却只让初阳觉得心里所有的委屈都一起涌了上来，眼泪便止不住了。于正业敲了几下她的门得不到回应，大喊一声：“来人，去给我把今天小姐被绑架的事查清楚!”

3. 月倾相思，缄梦无忆

时间悄无声息地过了半个多月，那日码头上的绑架事件着实让于正业后怕，一直耿耿于怀，对于唯一的女儿，哪怕她再任性也终究是他的宝贝。他也不再提高家提亲的事，只是硬给初阳安排了两个保镖。

这日是难得的好天气，徐徐微风一扫前几日的燥热。放学后，初阳留在学校里跟着沈曼芸排练了一会儿踢踏舞，两人都商量好了结束后要去百货楼买演出用品的，但是那么两个大男人一直跟着，再浓的兴致也要被磨没了。初阳本来有些想要发火了，抬头正看到一家西餐馆贴了新菜式在橱窗上宣传，两只水灵灵的大眼睛转了转，像是想到了什么办法似的，忍不住扑哧一声笑出声来。

沈曼芸见她一副鬼精灵的模样，道：“你这丫头是不是又想到什么损人的法子了?”

初阳朝她挤了挤眼，小声回道：“沈老师你等着看吧，我有办法让他们乖乖地不随着我们。”说着便亲昵地挽了她的胳膊，心情颇好地进了西餐馆的门，那两个男人自然也跟着走了进去。初阳很是熟悉，直走到靠窗的桌前，便有侍者捧着菜单走过来，她并不看上面到底有什么菜，只是拿手在那一整张纸上都划了划，道：“这上面的，我们都要。”

侍者脸上有些狐疑，问：“小姐，你们两个人点这么多菜，是不是……”

话未说完，初阳便伸手指了指身边的两人，道：“谁说我们两个人了，还有他们，四个人还怕不够吃呢。”

那侍者还想说什么，见她背后的两个彪形大汉盯着他，只得讪讪地拿着菜单下去了。

初阳见身后的人还站着，道：“你们也来坐啊，整天保护我，不吃饭可不成。坐吧，就当是我替爸爸奖励你们。”那两人虽是魁梧大汉，被她这样一说却是有些不好意思。初阳见状，装出一副生气的样子，道：“你们若不吃，一会儿要是我真遇到什么危险，你们怎么有力气保护我?”

沈曼芸虽不知这小丫头脑袋里想到了什么招数，但还是被她那似嗔似怒的模样逗笑了。那俩人也是左右为难，骑虎难下，最终还是与她们一起坐在了餐桌上。

一顿饭自是吃得极别扭，两个大男人倒像是未出阁的姑娘似的夹着劲儿。刚吃到一半，初阳突然喊了一句：“哎哟，坏了!”把坐着的人都吓了一跳，那俩人也站起来，问：“大小姐，你怎么了?”

初阳只是挥挥手，对着两人嘘了嘘声，道：“我……突然……”

说着作出一副难为情的样子来，又拉了沈曼芸的手，“你们先吃，我得让沈老师跟我去一趟洗手间……”

她眸光流转，双颊微微泛着红，又是按着肚子，自是让两个大男人想歪了。她趁着这间隙，抓了沈曼芸的手就往洗手间的方向跑去，却在拐弯的地方转了头，又飞快地往餐馆的门口跑，就要出去了，又反身折回来，对刚才上菜的侍者道：“记得跟那两位先生结账！”说完便又往门外跑，沈曼芸穿着一双小细跟的搭扣皮鞋，被她拉着，险些都要崴倒了。

“哎，大小姐！”

那俩护卫这才反应过来，刚要追出去，却被餐馆里的侍者拦住。

初阳扬着小脸，爽朗地笑道：“我就说，我总是有法子摆开他们的！我就不信他们能带那么多钱付账！”她高兴得一路蹦跳，却不想乐极生悲地踩在马路的边沿上，脚下一崴，她失去了平衡，甚至都来不及喊，身子便沉沉地朝着地面栽了下去。

沈曼芸焦急地叫出声，伸了手去拉她，到底还是晚了，好在出现了一双比她还要快上千倍的手，穿过她的胳膊，一把揽住了初阳的腰，将她拦腰抱起，牢牢地“救”到了怀里。

路过的电车叮叮当当地叫着，让初阳惊恐未安地忙拍了拍自己的胸口，大声呼出一口气来，“吓死我了。”却听沈曼芸轻声道：“天磊?”

初阳这才回过神来，见自己现在还被那人抱在怀里，刹那间尴尬到了极点，道：“多谢高先生，你……你可以放我下来了。”

高天磊着一身米白色的袖拼格子西服，轩昂的眉目微弯，宛如电影画报中走出来的翩翩公子，温润如玉。他轻笑着将她完好地放到地上，见她双颊通红的样子，忍不住逗趣道：“于小姐别客气，咱们也算一回生二回熟了。”

他这样玩笑的一句，让初阳越发不好意思。

沈曼芸见两人认识，倒也没惊讶，只对高天磊道：“你怎么会在这里?”

高天磊道：“我刚刚也在这家法国菜馆吃饭，正巧……”说到一半，又转了头来看初阳，“正巧看到了于小姐一出精彩的金蝉脱壳计。”

沈曼芸也笑了笑，道：“真是巧。”停了一会儿，又问：“你一个人来的？他呢?”

高天磊扬了扬眉，“他本也要来的，临时被老爷子派去了闸北。”

初阳知道两人说的是仇少白，便抬起头来，心急地问：“无端端去闸北做什么？是不是出了什么事?”说完才觉得不妥，青帮的事怎么容得她一个小女子去问，便不好意思地低了头。

高天磊嗯了一声，只道：“白爷做事向来稳重，于小姐不必担心。”

高天磊这样说，却让初阳更是慌张起来，全上海的人都知道仇少白现在是青帮的少当家，能让他出面的就一定不是小事，她的心里便如生出了一只聒噪的小鸟，不安分地喳喳乱叫。

那一副小女子忧心的神情，自是逃不过沈曼芸的眼睛，她轻笑着上前揽住她的肩膀，半开玩笑地对高天磊道：“走吧，既然都没吃好，那就让高少爷做东再请一餐，好好压压我们于小姐的惊，我这个老师就当是作陪了!”

高天磊笑道：“好，就当是为我乱说了话赔罪。走吧，我们不吃什么法国菜了，就往全福苑吃地道的脯雪黄鱼去。”

高天磊为人爽朗风趣，一顿饭吃下来逗得两位女士咯咯直笑，自是轻松畅快。饭后，三人去百货楼买了东西。天色渐暗，初阳却不想那么早回家，高天磊便亲自驾了车载着她们去了电影院，三个人一直玩到深夜，才意犹未尽地打道回府。

霓虹灯点亮了大街小巷，仿佛要跟天上的星星比赛似的，一闪一闪。清风徐徐，透过车窗拂在人脸上，好似小孩子的手掌心一样柔软。随风吹来的玉兰香气，让人好不惬意。

高天磊先送初阳回于公馆，初阳从车上下来，乖巧地道："高先生再见，沈老师再见！"

高天磊也道："于小姐再见！"

沈曼芸看着俩人，笑了笑，对初阳道："快进去吧，这么晚了，于先生该担心了。"

初阳点了点头，迈着轻快的步子便推了大门进去。高天磊却是站在那里，看了好一会儿，玩笑道："这么一个有意思的小丫头，少白是怎么捡到的？"

沈曼芸轻笑一声，"捡？你家白爷拿她可是金贵着呢。倒是你，白捡了人家一个钱夹子。"

原来是初阳的钱包落在了车上，黑色底布上没绣什么百花千蝶，倒是独绣了一只小狮子狗，正吐着舌头向主人讨好似的。他笑了笑，道："用的东西很符合她的心气儿。"

沈曼芸轻笑不语，只从她的玫瑰印花皮夹里拿出一个小圆镜来，照着拢了拢额前的发，道："那是白爷送给她的。走吧，那边还有人等着呢。"

初阳推开大厅的门，见于正业正坐在麂皮绒的沙发上等着她，好心情顿时一扫而空，权当没看见一样，也不叫他，径自换了拖鞋就要上楼去。

于正业低咳一声，叫住她，道：“怎么又这么晚回来？阿亮他们也不带。”

初阳头也没回，“我跟朋友吃饭、逛街、看电影，干什么要带着他们？生怕别人不知道我是你于会长的女儿？”

如此蛮横无理的一句话说出来，于正业却是没有发怒，反倒是眯着眼睛笑了，道：“你看你这孩子，爸爸也是担心，怎么又闹脾气。”

初阳不想再与他说话，就要上楼了，他却又抬起手来，道：“阳阳，来，坐到爸爸身边来，爸爸有事问你。”

初阳不情愿地坐过去。于正业宠溺地拍了拍她的手，笑得脸上的皱纹都要挤到了耳边去，道：“听阿亮说，你今天是跟高家那小子一起离开的？怎么样，跟爸爸说说你们是什么时候认识的，都把我们这群长辈蒙在了鼓里？”

初阳没想到爸爸又说起高天磊来，当即从沙发上站起来，大喊一声：“爸爸！”

于正业还是乐呵呵地笑，叫了一声“小丫头”，哄道：“好好好，左右你们年轻人现在都讲究什么自由恋爱，爸爸不问就是，这一问还要恼了。”

初阳都要被他那一副神情气得跳起来了，“我不认识什么高小子矮小子，你的那些手下定是被账单吓得看花了眼！”

四姨太此时正从楼上走了下来，笑着道：“哟，你们父女俩这是吵什么呢，楼上都听见了。”

初阳最见不得她那样一副幸灾乐祸的嘴脸，也不再与于正业争执，起身便跑上了楼。

于正业笑着喊她：“阳阳，若是碍了你跟高先生的事，那就不带阿亮他们了啊，有高先生陪着我也放心。”

初阳只觉得头疼得厉害，在经过四姨太身边的时候，却是听到她若有所指似的冷哼一声，道："大小姐左右逢源的本事可真是厉害。"

初阳没心思再与她吵，进了房间便把门砰的一声摔上。

窗台上挂着的中国结双鱼许愿铃随着风微微地晃着，丁零当啷地响着。她重重地倒在床上，眼泪便顺着脸颊滴到贡缎床单上，想着父亲的话，她突然觉得很委屈，像是真的要被父亲安排嫁给别人一样。

床头上的电话突然响了起来，把初阳吓了一跳，她吸了吸鼻子，擦干眼泪，才坐起身来接听。

"初阳。"

仇少白声音里宛如倾注了万般的柔情，短短两个字，便让初阳刚刚收起的眼泪再也止不住了。她抓紧了电话线圈，却是有些生气，道："你今天去哪里了？"

浓浓的鼻音，无征兆的嗔怒，让仇少白的心瞬时提得老高，"怎么了？是不是出了什么事？"

初阳却是不说话。

电话里传来的轻微抽泣声只让那边的仇少白慌了神，他安抚她道："你不要哭，我现在就过去，我现在就过去找你。"说着便要挂上电话，她才终是开了口，声音极轻，不仔细听就错过了，"我没事，就是……就是想你了。"

他的心终于得以回到了原处，却是忍不住笑出声来，轻咳了咳，道："哦，你想我了？"

他又是那样逗小孩子的语气，让初阳的脸刹那间又红透如富士苹果般。

他似是寻常人家丈夫对小妻子报日常似的道："我今天去了闸北，

去处理了些事。”

初阳抱着电话又躺倒了床上去，看着窗外月下树影，问：“那事情处理得顺利吗？”

他笑了笑，嗯了一声，又道：“我今天路过一家白俄人开的点心店，他们新做了一种芝士蛋糕，配着星星点点的樱桃果粒，保准是不一样的美味，若不是出炉久了不好吃，我定是要给你买十盒八盒带回来的。等哪天我得了空，专门载你去吃，好不好？”

她有些傻气地握着听筒点了点头，却又突然道：“我们明天就去。”

他笑，“明天？你这小馋猪，莫不是已经流了口水？”

初阳知道他是有意逗她，心里满满暖意，也不哭了，只是轻声抽噎了一下，依旧道：“我就想明天去。”

本是蛮不讲理的话，因为伴着轻轻的鼻音，倒似是最惹人怜的撒娇，让听的人软了心扉。仇少白沉默了片刻，道：“好，那明日我去学校接你。”

初阳这才露出笑来。

仇少白道：“去洗把脸，早点休息吧，我可不想明天见到一个哭肿双眼的丑八怪。”

初阳娇嗔道：“你这人真是讨厌，你才是丑八怪呢。”

仇少白笑道：“好好，是我错了，我给初阳小姐赔礼道歉，快去吧。”

她却哎了一声喊住他，道：“明日你不要忘了早些来，我在沈老师的舞蹈教室等着你。”

他不禁莞尔，意味深长地道：“原来你竟这样想我。”

听到这句话，初阳脸更红了，拿手指缠住电话圈圈绕绕的线，又从床上坐起来，急道：“你再这样，我可真要恼了。”

仇少白笑道："一会儿说想我，一会儿又恼我，难怪世人都说女子最是多变，可是难缠哟！"

她又急又气，找不到什么话来回他，便干脆连名带姓地一起喊他："仇少白，你这人真是讨厌，你爱什么时候来，就什么时候来吧！"

仇少白又哄了她一会儿，她的脸上才又露出笑颜。两人终是依依不舍地挂了电话。如银的月色洒下来，照在窗前随风晃动的许愿铃上，让系着的一对铜铃小鱼变得越发灵动，树梢上、草丛里的虫子叫个不停，盛开的蔷薇花，随着窗棂一直伸到了房间里，香气悠悠，让初阳心里犹如被蜜糖绕着，打从心底冒出甜意来。

第二日，原本明媚的天突然簌簌地下起了雨，断线珠子一般的雨点噼里啪啦地落到假山湖里，荡起一层层波纹。初阳坐在练舞室的木地板上，看着窗外重雾深锁似的天，听着荷叶上啪啪作响的雨声，眉头微蹙，心中满是失落。

沈曼芸刚换了衣裳出来，见她的眉头都要蹙到了一块儿去，道："怎么还在这里坐着，快去里面把衣裳换了吧，这雨下得突然，仔细别冻着了。"

她却只是应了一声，并未动弹。

沈曼芸也在她的身旁找了个位置坐下，笑着问："怎么了？跟仇先生吵架了？"

她摇摇头，过了好一会儿才道："就是本来约好了要出去，可遇上这样的天气……"

沈曼芸道："哦，你们要出去玩儿啊？"

初阳侧头看着窗外，半晌才回道："他说要带我去吃好东西的。"

沈曼芸倒不料她说出这样一个实在的理由来，忍不住打趣道：

“若是别个也就算了，俗话都说这民当以食为天，既然是约了人去吃东西，下着雨也万不能失约的。”

这样一句话，恰让初阳想起昨晚他在电话里叫她小馋猪来，娇嗔道：“沈老师，怎么连你也要欺负人了？”

仇少白从西门进来的时候，正好听见两人爽朗的笑声，他将雨伞立在门边，弹了弹落到肩上的雨珠，修长的油皮大衣敞开着，抛却了往常不离身的黑色，他今日独穿了一件月白色衬衫来，配着一根蓝色格子领带，倒是让他冷厉中透出了一丝文雅潇洒。

他也不敲门，仿若熟客径直走到了练舞厅，见两人正同坐在台子上，轻咳一声，道：“你们聊什么呢，老远都听到笑声了。”

初阳没想到他竟真来了，从地板上站起身来，看着他道：“这么大的雨，我以为你不来了。”

仇少白轻笑一声，揉了揉她的发，眸中尽是说不出的宠爱，“答应了你的事，就是赴汤蹈火也不能食言的。”

沈曼芸在一边抿了嘴笑，初阳的脸上一下子便红了起来，“那你在这里等等我，我去换衣服。”

仇少白点点头，道：“去吧。”

她逃也似的跑开了，长长的走廊里，能清楚地听到她鞋子踏地的嗒嗒声。

他嘴角一直噙着笑，似是忍都忍不住。

沈曼芸站起身走到了镜子前，她今日穿了一身黛青色的如意旗袍，领口是淡淡的银黄色，精巧的盘扣搭在胸前，配着一个浮花手提包，眉黛青颦，恰若华灯上的光，大方而夺目。

仇少白见她轻轻整着腰间扯起的褶皱，道：“你今日可真美。”

沈曼芸笑，拿出一支淡淡的口红来，道：“我不过是个藏了两面相的木偶罢了，再美也终是不及你心尖上那初阳小姐半分。”

仇少白道：“你何必这样贬低自己，若你想停，他定能给你一辈子的荣华富贵。”

沈曼芸转过头来看他，“你就管好你自己的事，好好约会吧。眼下江乘那边建新货仓的事已是就绪，正事多缠人，你好容易得了空出来，可别让小丫头失望，要知道于……”

话未说完，正见初阳换好了衣裳进门来，一身粉色的细纱缎底连衣裙，领口缝着一片蕾丝假式云肩，上面的晶石流苏衬得她本就白皙的肌肤越发光滑如玉，只是看着，便能猜到她早上挑衣服的时候有多么上心。

仇少白自是喜欢，伸了手将她拉到身边来，又回头与沈曼芸道别：“沈老师，那我们先走一步了。”

沈曼芸微微点头，道：“玩得开心点。”

初阳却是犯起别扭来，一边走着一边想要挣开仇少白的手，道：“你放开我，下着雨我总要去取把伞才能出门的。”

他却是握得更紧，在她耳边厮磨，道：“这是说的什么话，跟我一起出去，还想独走一边不成?”说着便不再由她，拿了立在门口的雨伞，一路牵着她的手扬长而去。

早有小汽车停在门边了，他亲自开了车门，拿伞护着她坐进去，又将身上的皮衣脱下来，披到她的身上。他那样的身材，衣服自是能将她包个严实，初阳却不配合地动了动身子，嚷：“干什么要把人包得跟粽子似的?”

他却是笑，道：“都说秋初老虎热晕鳄，可不知这秋雨已寒，若是不仔细也是能冻坏人的，你身子骨那么弱，当真要让我心疼不是?”

初阳低了头得意地笑，过了一会儿，复又抬起头来看他，“把衣服给我了，你就不怕生病吗?”

他趁机将她拥到怀里去，“那就这样抱着你，你身上热乎乎的跟小狗似的，保准冻不着。”

她大声道：“仇少白，你才是小狗小猫呢，你还是小猪小老虎小乌龟！你放开我!”

两人打情骂俏的声音随着车子呜呜的声音渐行渐远。沈曼芸也从学校里出来，身上却多了一件夜来香的苏绣披肩，一直围到鼻梁处，遮去了大半张姣好的面容，唯露出那双明媚的眸子。一场秋雨一场寒，冷冷的空气伴着滂沱的雨，让人不由得生了凄凉之意。她持伞伫立在街头，一直等到小汽车转弯不见了，才招手叫了一辆东洋车，“去广阙楼。”

飘落的梧桐花瓣被车轮压出一行泛黑的印子来，让人无端生出些惋惜。雨落当音，花殒成谶，远了，远了，一切就似是变成了如烟如雾的梦，再回首，已是什么都看不清了……

4. 月光洒洒，反惊花梦

于正业虽是同意了初阳可以不带护卫的要求，却还是提了另一个要求，想要自由谈恋爱没有问题，但每一天都必须要在晚饭之前回家。

不足一天的时间里，又有一半是献给了雨，自是让人觉得不舍。仇少白送她回去的时候，司机有眼力地将车子开得极慢，两个时辰的路却是绕了大半个上海似的，一路跑到天泛起了青，才进了霞飞路。

在离于公馆还有好长一段路的时候，初阳就喊司机停下了。此时街上的灯已开了，正照在她的发上，虽没有深夜里那般明亮璀璨，却也恰似给人从头至脚披上了一层金缕衣。仇少白想起什么，眉头微皱，忌讳地将她拉到一边来，只道："不要站在下面。"

初阳抿着嘴笑了笑，哦了一声，道："知道了。"

那样乖巧的模样，只让他又生出些坏心眼来，真想将她再抱进车里不放她走，"回来得这么早，下车又这样急，你莫不是要瞒着我会小情郎去?"

初阳装出一副刁蛮的样子来，"你当我是你啊，你的那些个真假情人都要装上一车厢了，我早些回去不是正好合了你的意?"

仇少白笑出声来，啧啧道："也是，你这样一个伶牙俐齿的女孩子，除了我这个'情郎'看得住，别人倒也委实没这个本事。"

初阳极不淑女地呸了一声，道："臭美！就回你的百乐门去吧!"说完便转身离去。

仇少白也不拦他，看着她的背影只是笑，隔着好远了才喊她："这会儿离于公馆还远，叫辆东洋车吧。"

初阳却倏地回了头，本是秀丽的眉都要皱到一块儿去，"本小姐就喜欢走路!"

看着她渐渐走远的背影，仇少白不禁笑得更深，所谓情人间幼稚的吵嘴拌架，大抵也就是这样。

于公馆门前有条人工河，似是一个极美的下弦月，从这法式小别墅左侧一直环绕到右边，是于正业特意找人挖的，名字也很是妥帖，叫作月亮湾。

水上浮了厚厚的一层凤眼莲，外面随河道养了些黄鸢尾，正值花期，雨后微风阵阵，吹动着两边河道上的箬叶竹唰唰作响，道不出的馥郁清新，言不尽的霞蔚似画。

初阳推开大门，做贼似的瞧了一眼西复楼的饭厅，隔着窗子看到下人们正在忙忙碌碌摆饭桌，方才松了一口气。突然，从门廊里蹿出个人来，把她吓了好大一跳，正是出来迎接她的丫头月香。

初阳不悦道："干什么一惊一乍的，要被你吓死了!"

月香很早就被卖到于家做丫头了，自是深知初阳的心性，也不害怕她真生气，只吐了吐舌头，道："小姐，你怎么才回来啊!"

初阳睨了她一眼，一边往前走，一边道："左右我是在吃饭前回来的，也不会晚。"又看了看从厨房进出端菜的下人，问："今儿是什么日子，干什么做这么多菜?"

月香直绕到了她前面去，笑道："因为家里来了客人呗。"说话间，上前给初阳拉开了门，又给她拿出一双拖鞋来换上。初阳早在门口看到了几辆小汽车，以为又是商界的那几个大佬，不以为意道："那我就不去饭厅了，就跟爸爸说我要复习英文，让厨房把菜端到我房间去吧。"

"小姐，是高……"

"阳阳!"

就要上楼了，却还是被千里眼顺风耳似的于正业叫住了，他在会客厅里扬着脖子，道："阳阳，快过来吧，你看你高伯伯跟高少爷都等你半晌了。"

初阳已踏上一层台阶的脚不禁一顿，回过头来看月香。月香拿手放在嘴边小声道："就是小姐的那位男朋友，高先生啊!"

从会客厅进去，果然见高天磊与父亲坐在沙发上，她只觉得脑袋里嗡嗡直响，嘴唇动了动，都不知道该喊他什么了，"高……"

高天磊却是突然从沙发上站起来，今日的他穿得很是正式，靛青色西装，米色棉布衬衣，配一根墨底白点领带，素雅得体，梳理利落的发，也让他本就好看的面庞越发俊逸。初阳尴尬至极，他倒是没有一丝难堪，看着她，直道："怎么，见我来了是不是已经惊喜得说不出话了？"

此话一出，初阳有些错愕。

高中义轻咳一声，道："天磊，当着于会长的面，不能这么没规矩！"

于正业连连摆手，道："不妨事，年轻人嘛，聊天自是我们这些老腐朽跟不上的，走吧，人也齐了，咱们饭桌上再聊。"

一行人也就移到了饭厅去，两位长辈酒杯之间说些商场的话，初阳自是听不懂，本也不饿，便想随便应付几口就上楼去，却突然被高天磊自桌下拉住了手腕。

她惊叫了一声，声音不大不小，正巧让两位长辈听见了，于正业抬头看着她，关心道："怎么了？"

高天磊在底下晃了晃她的手，初阳自是有些摸不着头脑，却也顺着他来，佯装着咳嗽了一声，道："没事，刚才不小心被鱼刺卡了一下。"

高天磊赶紧给她拿了杯茶来，"这么不小心，快喝口水顺顺。"

两位长辈就在旁边看着，初阳想着以后还得拿他做挡箭牌呢，也就扯着嘴角笑了笑，伸了手将茶杯接过来。

高天磊故意将身子挨着她，低声道："一会儿不管父亲说什么，请于小姐都要答应。"初阳抬了眼看他，不明所以。他挤了挤眉，又道："拜托了！一会儿我会给于小姐解释。"

作为租界里最不能动摇的南式梨园，广阙楼自建成以来就是一个传奇。如今的大上海，并不乏百乐门、舞月堂这样整日歌舞升平的风月场所，可要说那些个商界、政界大佬甚至青帮当家仇文海，这些人最喜爱的，还要属这广阙楼里百听不厌的戏。

广阙楼位于戈登路最北端，门面朝东开，迎日出回日落，寓意长虹，坐落在姹紫嫣红的花园里，很是讲究。楼下支了柚木牌子，上面贴了一张大画报，正是广阙楼今日登台的头牌——伶皇信芳。画报中她冕冠于身，玉笄穿发，高高于上的身份却是紧蹙双眉，眼眸里尽显哀痛之情，女扮男相，入木三分。

一出《游龙戏凤》栩栩如真，仇少白刚下车便听到了里面振聋发聩的掌声，知道戏已是结束了，也就径自上了楼去。

下了戏的信芳先生被人簇拥着退到了后台，被早早坐在沙发上的仇少白吓了一跳，缓了一会儿才到了妆台前坐下，由专门的丫头伺候着她把那沉重的戏服脱下。

仇少白走上前来，看着镜子里的人，半晌才道："不过是一场戏，怎么就哭了？"

镜中人儿将头发放下来，一点点地擦掉眼上的妆，真实容貌才清晰起来。卸了妆的沈曼芸笑道："若是不入戏，又怎么赢得这满堂彩？怎么样，跟你的于小姐玩得开心吗？"

仇少白知道她故意避开某些伤心事，也不再强求，扬了扬眉，坐回沙发上去，"与她在一起自是有趣。"说完展颜而笑。

沈曼芸从镜子中看了看他，只道："于正业今日倒是没来看戏，只托人送了好大一个花篮来。"

仇少白微微一怔，"从来你的戏他都一场不落的。"说着又起身走到她身边来，道："那送花的人可说了他为什么没来？"

沈曼芸指了指前面的桌子，道："打开看吧。"

仇少白拉开抽屉，却见是一封信躺在里面，他不禁莞尔，"他对你的痴迷程度怕是不输任何男子，还当真为不能捧你的场写了一封致歉信，着实有意思。"

沈曼芸脸上闪过一丝异样，拿发卡将额前的发固定住，道：“看信吧。”

“信芳启函，吾当望谅。家备小女凤鸾事矣，实不得空往其所析，信芳登台绎明帝，定叫广阙辉生蓬荜。魏紫姚黄聊表歉意，日后小女良事成，定自铺氍毹，驷马邀至。于公，亲笔。”

仇少白双眉倏地收紧，眼睛里露出凌厉的光来，小小的化妆室一瞬间似是被凝固了一般压抑，“凤鸾事成……他敢!”

沈曼芸脸上的妆已是卸得差不多了，油彩拭去，依旧是面若桃花的媚，她将信纸由他手中抽出，道：“于初阳是他的女儿，要许配给谁当是他的自由，有何不敢？倒是你，你又有什么资格在这里耍威风？真把自己当了她的男人不成?”

桌边的浮雕陶瓷花瓶咣当一声被拂到地上，碎裂的玻璃渣子溅起老高，他的双拳紧紧握着，却是再也说不出什么反驳的话来。沈曼芸从衣架上取了那披肩围在身上，只道：“他那样的老狐狸，定不能将宝贝女儿嫁给一个无用之人就是。走吧，不是说老爷子要你今晚接我回仇氏林。”

门外突然响起一阵急促的脚步声，正是仇少白的心腹唐汉生，他三步并作两步跑到化妆室的面前，抬了手便砰砰地拍门，“白爷，白爷可还在里面?”

舔着血腥过日子的仇少白自是警惕惯了，当即从沙发上站起来，过去把门打开，只是本就有口气闷在心头上，见唐汉生气喘吁吁的样子，更是不耐烦，“干什么慌慌张张的，吵了信芳先生，你可担当得起?”

唐汉生面露赧色，朝着沈曼芸弯了弯腰，又道：“白爷，闸北那边出事了。”

仇少白冷哼一声："出什么事你倒是给我说利索了！"

唐汉生赶紧又道："那黄老板还未到英租界就走了水路，眼下整整一万箱货全数被扣在了闸北警察署！"

仇少白双目眯起，低咒一声："蠢货！"却又很快恢复了镇静，问："阿征呢？"

唐汉生道："这会儿在楼下打盹呢。"

仇少白道："让他把信芳先生送回仇氏林去，我亲自去一趟闸北。"顿了顿，又道，"你去稽查局找天磊来，就说我在江场路等着他。"

唐汉生道："是！"说着便又匆匆下楼去。

沈曼芸轻笑一声，拢了拢身上的披肩。仇少白问她："你笑什么？"

她道："你跟天磊这样的好兄弟，同甘共苦十余年，我只觉得羡慕。你快去吧，我去里面等阿征来。"

仇少白也没有什么心思细想她的话，只道："也好，老爷子近来身体不好，暂且不要告诉他这件事，我应付得来。"

沈曼芸颔首，"去吧。"

租界内外一堵围墙，政局上明争暗斗，商界更是藏着一股子劲儿，革命党聚集一地，让近日的上海滩时局甚是动荡。

仇少白行事向来沉着从容，他心知这次货被扣押并不是无风起浪，定是有人事先就盯了那成事不足败事有余的黄老板，所以自广阙楼里出来，他并不急着往闸北赶，而是亲自驾着小汽车来到百乐门。立在门口的两个侍从见是他的座车，赶紧上前给他开了车门，客客气气地道："白爷。"

仇少白摆手，只问："陈老板来了吗？"

侍从回道："来了，与樱子小姐在三楼。"

他眉头微微皱了皱，略显不悦。

仇少白径直走到三楼靠雕花栏木最里面的一间房前，笑声便传了出来。

他伫立门前，低咳一声，里面的人果然停了笑，千般妖娆的樱子小姐将门打开，衣襟半开，带了一脸春意，用让人蹙眉的蹩脚中文道："哟，白爷，您怎么专捡了这么个时间来啊？"

仇少白脸上尽是不耐烦，将她推至一边，低喝一声："滚！"

陈力水正在慌乱地系着衬衣扣子，见他进了门来，赶紧站起身来，道："少爷，我……"

话未说完，便挨了仇少白一脚，"我留着你，是因为你暂且有用，你还真把自己当成了家有万贯，供你吃喝玩乐的'老板'不成？"

陈力水疼得弯了身子，倒吸了一口气，谄笑道："少爷，我这不是刚办完了那黄老板的事，来放松一下嘛。"

仇少白冷哼一声："放松？为了他将货送到了闸北警察署手里而庆祝？"

陈力水惊道："什么意思？那姓黄的竟敢出花招？"

仇少白斜他一眼，道："他暂且没那胆子。眼下于正业面儿上虽是为了跑马场的事无暇顾及东西，对于烟草市场却也是一样不想放手。"

陈力水拉上穿了一半的袖子，道："于正业？他近日也没有什么动静啊。"

仇少白从桌上取了酒来，仰首喝尽那半杯威士忌，道："他这叫暗度陈仓，眼下他不知道这货是我要的，见那黄得利黄老板也不是我出的面，闸北警察署扣货或许也只是听人指示。"

陈力水见他神色镇静，问："少爷可是有了对策？"

仇少白将酒杯夹在两指之间，转了转，道："我已经让汉生去叫了高先生，你去士德银行取二十万来，我先行过去与那林署长叙叙旧，你拿着钱在江场路等着，随后与高先生一起过来。"

陈力水已大体知道仇少白的意思，便道："少爷放心，我这就去。"刚披了一件外套，又转过身来，道："少爷，我有句话不知当讲不当讲。"

仇少白怒瞪他一眼，"那就不要讲!"

陈力水碰了一鼻子灰，只得唯唯诺诺地点了点头，"哎。"但最后却还是忍不住开了口，"少爷，我与山本女士见面谈这批货的用途之时，曾被初阳小姐撞见过，您最近又与她走得频繁，若是……"

"若是你行事仔细些也不会出今天的事！你最好不要再自作主张地做些蠢事！真以为那日码头上的事我不知道?!"仇少白说罢，便取了沙发上的外套下了楼，独留一脸惊愕的陈力水，他这时才后怕起来。

仇少白与林署长的见面，少不了先是寒暄客气，正是吃晚饭的时段，便又一同驱车到了万荷楼。

推杯换盏、觥筹交错，一顿饭吃下来那林署长已然微醺，打了一个酒嗝。在警察署这样的地方当职，他自然是练就了一身见人说人话，见鬼说鬼话的本事，在仇少白说那批烟草之前，那林署长倒是熟人似的先说了句："仇老弟，上头盯得紧，我也是奉命行事，不知竟是仇老弟的买卖。"

楼下响起一阵皮靴踏地声，仇少白抬眼看了看墙上的石英钟，附和着林署长的话，又给他敬了一杯酒。林署长摆摆手，"唉"了一声，似还有万般无奈未说，恰在此时，门外响起了敲门声。

仇少白从容道："进来。"

正是唐汉生与陈力水。陈力水将那装着满满十万现金的皮箱拿上来，对仇少白摇摇头，示意没有找到高先生。仇少白微微颔首，并没有太多的异样，只让他把箱子打开来。

林署长面上一惊，"仇老弟，你这是干什么？"

仇少白将那白花花的钱箱子朝前推了推，道："林署长这一路上来的着实不易，黄老板这次犯险走了水路，按说被林署长扣了货也是活该，只是……"

林署长是何等精明的人物，正竖了耳朵听他下面的话。仇少白却是笑笑，递给他一支烟卷，道："只是上海滩的烟草生意岂是用箱来算的，就仇某所知，上海实业大亨，黄浦商会的会长于正业，也是卯了一股劲儿呢。"

那林署长听他提到于正业，脸上露出些惊色。仇少白又继续道："于会长可不比我们青帮在生意上的小打小闹，正经的生意人，动辄几十万几百万的投资，林署长要查可是要受累咯。"

林署长呵呵笑了笑，倒也干脆道："既然老弟这么说了，那我林某也不拐弯抹角了，这货确实是政府要禁的，不过，最后到了哪里也确实不是我这样地位的人说了算的。"

林署长一句自嘲的话，让仇少白心知他是个识趣的人，便顺势道："这禁烟的事当真是个吃力不讨好的活，要我说，上面定会派专员来，在闸北，即便是署长这样的高位，也不如租界一个探长过得清闲滋润。"

一句话滴水不漏，既给林署长找了台阶下，又似无意地提出筹码来。林署长道："那仇老弟可是有什么高见？"

仇少白道："高见谈不上，不过仇某倒真有个法子。"

林署长道："请说。"

仇少白笑笑，"船上的货我们拿走，若是有心人问起来，就只管开箱来验，正经生意还怕查吗？不过是那吃里爬外的杂碎想吃两家饭作出的乱子。"顿了顿，他又道："一万箱普通烟草不过多少钱，至于剩下的，买地买房当是林署长自己的事。"

林署长一听这钱都是给他的，眼珠子瞪得老圆，就要掉到那箱子里头似的。

仇少白轻笑一声，道："当然，若是林署长能替仇某将杂碎清理了，那仇某也将十分感谢，还有，他现在还不知道这批货的买主是我。"

虽是笑着，话里的狠意倒是让林署长打了个冷战，不禁道："人人都说仇老有一子，心思缜密，毒辣干练，不输仇老半分，当真是名不虚传啊，林某佩服佩服。"

仇少白道："能与林署长这样的聪明人合作，仇某深感荣幸。"

林署长起身为他倒了一杯酒，"那就拜托仇老弟在高局长面前好好替林某美言几句才是。"

"好说。"

一切商定，仇少白也就离场了。陈力水先行回了采仙斋，唐汉生本来开着车一路往回走，仇少白却突然让人掉转了车头，大老远地到了法租界华格臬路去。

已是半夜了，唐汉生道："白爷，您为了今天能抽出空来陪于小姐，昨晚忙到后半夜才躺下，今天又与林署长谈到现在，有什么事明天再说，就先回去休息吧。"

仇少白倚靠在车椅背上，微闭着双眼将口袋里的苏绣荷包握在手中，道："小心开你的车吧，去趟苏杭馆就回去。"

5. 如冰如素，纷尘独盼

仇少白果真是去了一趟苏杭馆便回来了，就为了买一个小小的刺绣钱夹，纯黑的锦缎底布，调皮地吐着舌的纯白小狗，上面还带着馆内师傅特意绕上的三尺红缨。

窗外树影拂动，让他想起于正业写给沈曼芸的那封信来。她总是小孩子一样丢东西，这次怕是要把自己弄丢了，如此，他便要拿这红缨将她绑得牢牢的，除了他谁都别想得到。

这一夜，他睡得极不安稳，天还未亮便醒了，窗外雾蒙蒙的，似是正在掩护着害羞的月亮离去。将床头的小灯打开，虽只有四五点钟的光景，他却再也躺不住了，便披了一件薄衫起身。台架上垂着一盆金心折鹤兰，自上而下透出的幽幽绿意倒是与这万籁俱寂的清晨很是相映。

下人们起得极早，已开始忙活着了，见他起得这样早，都有些意外，大丫头桂巧赶紧上前，道："白爷，厨房里的饭还没好，可要先去给您热杯牛乳来？"

仇少白挥挥手，道："就忙你们的，我不饿。"说着便倒了一杯酒，坐到了沙发上。

那桂巧是唐汉生老家来的表妹，是个手上勤快，心眼也实诚的乡下姑娘，见他手里握着酒杯，也没多想，上来就道："白爷，这么早您可不能喝酒，汉生哥说你昨儿喝了不少，要我们特别注意，这大清早的又没吃饭，会伤胃的。"

仇少白本是有些起床气的，若是别人，怕是早就怒了，偏偏唐汉生是他最亲的兄弟，桂巧土里土气的口音又很是特别，他倒是被惹笑了，听她一口一个汉生哥，便道："桂巧过了年就十九了吧？"

桂巧没想到他问自己的年纪，有些蒙地点了点头，回他："嗯，过了年就十九了。"

他晃了晃手上的杯子，脸上露出很是认真的表情来，道："汉生也有二十几了，明年打春以后，我就给你们办婚宴怎么样？"

桂巧的双颊倏地通红，甚至有些急了，道："白爷，您这是做什么，可不能拿我们下人打趣。"

仇少白笑道："打趣？你在我白园也干了有几年了，可曾见我说话不算话过？"

桂巧道："白爷是汉生哥的救命恩人、再生父母，白爷现在还是一个人，我们怎么能跑到您前面去？可不要再说这样的话了。"说着便羞着脸取了桌上装盘跑开了。

偌大的会客厅倒是没有谁再敢上前说话，唯独剩下墙上的摆锤洋钟嘀嘀嗒嗒地响，仇少白在沙发上静坐了良久，手里的酒杯晃着转着，忽然笑了。

一个人。

自十年前那个黑暗的夜晚开始，他便永远都是一个人了……

稽查局内设了一处西式宅子，向来是高天磊独居的小天地，那夜从于公馆回来之后，高中义却是强拉了他回高公馆，所以他并不知道仇少白找他的事。

一连几日又被父亲安排了这事那事的，总是得不到闲逍遥。终于到了那日跟于初阳悄悄商定的"约会日"，便起了一个大早，又被父亲堵在了门口。高天磊穿了一件修身的格子背带裤，手里还拿着尚未戴到头上去的浅咖色遮阳鸭舌帽，一副纨绔少爷的模样。高中义不悦，道："你今天是要去跟人家于小姐约会，这是穿的什么样子!"

他对着门上的玻璃整了整鬓发，道："难不成还要穿一身长袍大褂？于会长都说了，我们年轻人跟你们这些老腐朽不一样，您就放心吧，于小姐就喜欢我这样子。"

高中义无奈地摇摇头，将手背到身后去，"随你了。"

高天磊嘿嘿一笑，便跑了出去，只听高中义又喊："记住咯，少跟你老子耍花招，否则什么德国法国，想都别想，你就好好待在稽查局里任职吧!"他回头做了个敬礼的手势，"父亲大人，我哪儿敢啊!"

这一日正好是礼拜六，本来圣玛利亚女校还有半天课的，于正业却执意给学校挂了电话请假，这让初阳很不高兴，要不是想起与高天磊之间的交易，她怎么都不会同意的。

两人约定的地点是一处年轻人常去的公园，这个时候也正是许多名贵花品开放的时候，玉簪花娇莹如玉，仙客来幽香四溢，就连最常见不过的粉白月季都显得越发清雅秀气。

高天磊比她先来，找了亭子里一处避阳的角落等着，鸭舌帽的帽檐压得极低，像是一个做了坏事到处躲藏的贼人似的。

于初阳早就看到他了，那么一身痞里痞气的衣服倒是与他很是相配，别人穿着或许有些轻浮，在他的身上却跟自由艺术家似的。她脚上穿了一双尖头小皮鞋，踩在石铺的小路上嗒嗒作响。

高天磊倏地抬起头来，吓了初阳一跳，很快她便又露出笑来，道："看你那样半倚着，还以为你睡着了呢。"她笑着的时候唇边露出两颗小虎牙来，十分伶俐可人，一双清澈的眸子微微弯起，忽闪的睫毛打在下眼皮上，似是有一只扑翅的蝶，一直旋旋转转，飞到了人的心头去。

他也笑了，正了正头上的帽子，道："一大早就被我家老头子撵了出来，又等了你半晌，差点就要睡着了。”

她坐到他身边，高天磊从上衣口袋拿出那绣着小狗的钱夹子，道：“这是于小姐上一次落在我车上的，昨晚去得急没带上，今天就物归原主了。”

她的眼睛里像是要放出光来，开心道：“原来是在高先生那里，那日跟少白说起来，他还怪我是个连自己都要弄丢了的小迷糊。”

他轻咳一声，从长凳上站起，道：“那我们走吧。”

初阳抬起头来看着他，“走？去哪里？不是说了要我帮你演一出戏，你就告诉我他的事？”

他笑道：“戏是要演，但要与你这样独处，我怕我会被人半夜扔到黄浦江里去。走吧，就去你们沈老师家里，说不定她那里还有比我这更多的关于他的‘秘密’。”

初阳脸上一红，也不好意思再说话，点了点头。

沈曼芸每逢周末都是要留在仇氏林的，百利南路租赁的房子自然是大门紧锁，高天磊之前倒是忘了，不过好在初阳以为她是临时到学校加了课，也没多想，还天真地开着玩笑道：“看来沈老师真的是他的好友，一定算到我们要来打听秘密便早早跑掉了。”

高天磊见她极不淑女地坐在门前的石凳上，踢着小腿露出了一双纤纤玉足，很是俏皮，忍不住逗她：“那今天咱们就只能两个人了。”

本以为她又会羞红脸，却没想到她猛地抬起头来与他目光相对，令他冷不防地吓了一跳。她弯了眉角，很是爽朗地对他道：“那就两个人吧，这样岂不是更像约会，左右就这一次你父亲就放你走了，但是……”

高天磊扬眉看着他，“但是什么？”

她从石凳上下来，墨丝似的长发被风吹起，吹到她的唇边，她很不在意地将被吹乱的发捋到耳后去，道："但是这是我们的秘密，不可以让第三个人知道。"

高天磊笑着替她补了一句："好，尤其是仇少白。"

她扬起头来，"那是自然，你可是要做叛徒的人!"明眸皓齿，银铃笑语，似是岸边石畔处流出一股潺潺细涓。

他轻笑一声，道："走吧，去找一家咖啡馆，我们慢慢'叛变'。"

白园里的四季总是有开不败落不尽的花草，仇少白在后院独建了一处花房，他总是习惯在里面坐一会儿，或者看一本解闲的书，或者品一壶幽香四溢的清茶。

唐汉生来的时候，他正在修剪一枝尚未结苞的栀子花。唐汉生上前，道："白爷，昨晚回来得那么晚，怎么今天又那样早就起来了?"

他笑，"桂巧对你忠心耿耿，倒让我分不清在我白园里的是我仇少白的丫头，还是你唐汉生的女人了。"又道："不要听那丫头咋呼，我没事。倒是你，不是让你去盯码头货仓的进度吗，干什么又回来了?"

唐汉生嘴角很是甜蜜地向上扬了扬，方才上前将手里拿着的报纸递过去，道："法租界领事将跑马场的经营权给了于正业，还特意发了份授权声明。"

他将手里的剪刀搁到一边，拿着报纸坐到一边的藤木椅上去，果然见于正业的照片被印在了报纸的中央，他正一手拿着授权书，一手与领事大使相握，笑得一脸春风。仇少白却是没有露出太多的惊讶，只是抿了一口清茶，道："看这照片，李总长怕是也上了这条船。"

唐汉生点头应着，问："那可要现在就让人去找秦永昌秦先生?"

他摆摆手，"不急，好戏总是要等到最后才精彩，暂且由着他去吧，眼下，码头的事你要万分仔细，我还有事，今天且不过去了。"

唐汉生知道今日是圣玛利亚女校的休息日，于小姐是有半天假的，便点了点头，道：“是，白爷放心。”刚要转身走，又听他道：“派人去看看高先生回来了没有。”

圣玛利亚女校在百利南路的新校区修建得很是体面，一排排绿树后边是青灰色的教学楼。仇少白坐在车里，点了一根烟等着，看着从学校出来的人脸上带着的笑意，想着一会儿她见到新钱夹的样子，他的心里也莫名轻松。

奈何时间一点点地过去，人渐渐稀少了，却独不见她的身影，正巧有与她一起跟着沈曼芸学舞蹈的同学路过，他便捻灭了手里的烟下车去问。那女生倒是认得他，知道他是沈老师的朋友，便道：“初阳家里给她请了假，说是病了。”

仇少白想起先前那场雨来，她向来爱美，总是穿得那样单薄，到底还是病了吗？远处有同伴在喊这位女学生，他点了点头，道：“多谢。”那女生跑远了，他也回到了车里，静静地坐了半晌才驾了车子离去。

高天磊自是能选出全上海最雅致的咖啡馆，是一对法国夫妻开的，馆内洋溢着浪漫的异国情调，大厅中央放着一架华丽的钢琴，演奏师穿一身绅士的燕尾服，手指灵动地敲着琴键，旋律华丽悠扬，与窗外照射进来的阳光合在一起，暖得只让人想随着伸一个舒服的懒腰。

刚一落座，便有侍者上了两杯香醇至极的咖啡来，他点点头，道：“merci!”

初阳抬眼看着他，道：“原来高先生还会法文。”

高天磊轻笑一声，“去的地方多了，这些鸟语自然是要学一点的。”

她也笑了，将小茶匙在好看的瓷杯里搅啊搅，却不喝，只仰着头看着周围的摆设，“高先生定是常来这店吧，还未点单就有人送了咖啡来。这里装饰倒真是好看。”

高天磊嗯了一声，道：“我跟少白是这里的熟客，他也喜欢坐你现在的位置。”

初阳脸上浮出笑意来。他指指她的咖啡道：“怎么不喝？这里的咖啡，全上海怕是也找不出第二家了。”

初阳摇摇头，小声道：“我其实不喜欢喝咖啡，那次在白园，要不是丫头放了很多糖块，我一口都喝不下去的，我很怕苦的。”

他道：“你不喝咖啡，那我们来咖啡馆做什么？要不我们就换个地方吧，你喜欢喝什么吃什么我们就去那儿。”

初阳一把拉住了他，道：“不用，这里清静，就在这里吧，左右我是来听你说故事的，不喝也没事的。”

她莹白纤细的手腕上戴了一只砗磲白的玉镯子，打在桌沿上发出清脆的响声，她粉腮微晕，说不出的乖巧。高天磊笑了笑，道：“好，那你在这等我一下。”说着，便叫了旁边的侍者一起走了出去。

初阳并不知道他是干什么去，只是那样静静地等着。几分钟的光景，他便出来了，手里拿了一杯牛奶，还有一根银色的长杆细匙。他略是神秘地笑了笑，又取了半杯咖啡，将牛奶自上而下地倒到里面去，细匙杆轻松地在上面圈圈画画，杯子中央瞬时出现了一只可爱的小兔子。

她惊奇地哇了一声，这才忍不住开口，问：“高先生这又是练的什么手艺？可真是有趣。”

高天磊将那杯调好的花式咖啡推到她面前去，笑道：“这个嘛，自然也是我闯荡江湖多年的绝技，尝尝吧。"

初阳瞪了瞪眼睛，"这么好看的小兔子喝了不就没了？"

他还是笑，忍不住地笑，将吸管插到杯子里去，"这样喝，保准你的小兔子会毫发无损地留着。"

她这才试着喝了一口，当真是不那么苦了，还带着浓浓的奶香，别有一番滋味，忍不住又喝了几口，直到最后看到那小兔子真的完好，才又抬起头来，道："它真的还在啊。"

高天磊佯装生气，道："于小姐怎么还不相信人了？"

她爽朗笑开，道："不过高先生这一杯小兔子咖啡呢，倒是说明了一个道理。"

高天磊抬眼看她，"什么道理？"

她抿抿嘴，"苦中作乐！人这一辈子，遇到了苦不怕，怕的是找不到换甜的法子，心里够豁达了，就会想到去改变它，如此一来，苦中作乐也甚是美哉。"

高天磊没想到她说出这样的话来，开玩笑道："原来于小姐还是个乐观主义的哲学派。"

初阳用小勺子舀了一口蛋糕，道："我不是，是高先生才对，高伯伯给你安排的职务，你不喜欢便想方设法地去避开，去改变，不也一样可以过得逍遥自在。"

高天磊却是久久没有再说话，只是那样看着她，看着她，有那么一瞬间，他似是知道了，为什么十里洋场的大上海，独独是这样一个小女子映到了他仇少白的眼里，或许就是她身上那份冰魂素魄的纯真。

初阳被他看得很是尴尬，"我说错了吗，高先生怎么这样看着我？"

高天磊笑着摇摇头，道："没有，于小姐说得很对，不过要这么说，白爷才是最适合这句话的。”

她果真又抬起头来，眼眸里光芒流转。

高天磊道：“这个苦中作乐的小兔子呢，也是他教我的，他的事，怕是三天三夜也讲不完的，初阳小姐要先听什么？”

夜幕终是拉了下来，月光昏昏暗暗，月亮似是被一团云彩遮着，独有那点点的星光，稀疏地缀在空中，蜿蜒小路上种着一排排榕树，晚风掠过，树叶沙沙作响。

他本以为她真的是病了，绞尽脑汁地找了人去打听情况，又让沈曼芸特意打了家访电话，却是得到了这样一个消息。仇少白已经数不清自己到底抽了多少根烟，车里浓浓的烟味，似乎随时都能让人窒息。

姑爷，与未来的姑爷出去——不过几日的时间，她竟真有这样大的胆子……

他将车窗打开来透气，月亮湾浅滩上传来的阵阵蛙鸣却只让他更心烦意乱，他真想就这样不管不顾地将车子开到于公馆的大门前，等着她回来，清楚地看看她所谓的未婚夫是什么样子。

原本乌黑的沥青石子路被一束强烈的灯光照得发亮，似是突然铺上了一地犀利骇人的玻璃渣子，原是一辆黑色小汽车正往于公馆这边开来。他倏地回过头来，那个车子再熟悉不过，他算天算地，却是独独算漏了自己的兄弟。

高天磊将车子稳稳地停在于公馆的门前，又很是绅士地走到另一边去开了车门，夸张地做出一个弯腰的动作来，伸着手，道：“初阳小姐，请。”

初阳被他逗得咯咯直笑，一双铮亮的小皮鞋便踏在了地面上，她也有样学样地对着他弯了弯腰，道：“有劳高先生。”两人瞬时笑开，笑声宛如颗颗子弹那样射进仇少白的心房。

高天磊扬扬头，道：“谢谢初阳小姐能陪我演这出戏。”

初阳道：“那我也谢谢高先生给我讲了那么多关于他的事，如此算我们就扯平了。”

高天磊笑了一声，道：“初阳小姐这样在乎白爷，当真是他三世修来的福气。”

初阳突然仰起头来，眼底尽是甜蜜，却嘴硬道：“谁在乎他了，只是觉得不公平罢了，凭什么我就不能知道他的事。”

那样小女子的娇嗔，让高天磊不禁莞尔。

初阳道：“你笑什么，我说的是真的。”

高天磊挥挥手，道：“好好好，那初阳小姐知道了那么多关于他的事，可觉得公平了？”

她走到车前来，看着天上明媚的月，道：“只是觉得他这一路走得太难，不过也正是过去的那些伤，让他成了现在的仇少白。”

明眸善睐，春波流转，让高天磊莫名有些心神不宁，好半晌才道：“他现在有了初阳小姐，后面或许会走得轻松些。”

初阳脸上泛出红晕来，“能陪他走下去的人多的是，我才不稀罕呢。”

高天磊笑道：“好了，时间也不早了，于小姐快进去吧，刚才不是说明天是什么校庆？”

初阳道：“圣玛利亚女校校庆，沈老师教了我新舞蹈，高先生有时间可以来的。”

高天磊道：“左右你的眼里只看得到白爷，我们这些个小人物去不去又有何妨？”

她嗔怒一声：“高先生！”

6. 缎绣鸳鸯，万溺为水

告别高天磊，初阳便满心欢喜地要进门去，脚步轻盈，嘴里像是随时都能哼出一首欢快的曲子来，此时的夜色在她的眼里却是不一样的美，圆圆的月映着波光粼粼的湾，似是老嬷嬷温柔晃动的竹编摇篮，虫鸟窸窸窣窣，花草香远益清，让人欢心悦目。

走过凌霄花缠绕的罘罳网，就要推开铁艺大门进去了，却似是突然刮来了一阵风，她的手瞬时被人抓了去。她下意识地大喊出声，却被那人拿手捂住了嘴，只让她想起码头上的绑架来，恐慌害怕瞬时涌上心头。

树上原本嬉戏的鸟雀一哄而散，她奋力地挣扎，去拨那双有力的手，却是纹丝不动，似是如何都逃不开了。她又惊又怕地去咬他的手掌，仇少白终是吃痛，低呼一声，却依旧没有放开她，反是扳过她纤弱的肩，将她抓得更紧。

初阳终是看清了他的面容，昏暗的灯光，只让他的双眸冷得骇人，“少……”她哽咽着叫他，然而话音未完，一双冰凉的唇便覆了上来，她的心似是突然间停止了。

她没了力气再去挣扎，眼泪却似断开的珍珠链子，如何都止不住了。

仇少白轻抚着她的后背，终是于心不忍，放过了她的唇，轻声唤她的名字，“初阳……”似是带了千万句醉人的情话，让她不禁哭得更厉害，泪珠无声打湿耳边的发。他抬了手去擦，被她歪头躲过，“仇少白，你放开我。”

他将她抱得更紧。她瞪着他，双唇略显红肿，道：“你放开。”

他将头靠在她的肩上，“不放，这一辈子你都只能是我仇少白的女人。”

她气急地抡了拳头去打他的胸膛，“无耻!”

他却顺势张开手掌握住她的拳头，柔声道：“我今天去学校接你，你同学说你病了。”

初阳脸上红红一片，抬了眼看他。

他擦干她眼角的泪，也不点破，只道：“你知不知道我有多心疼，我匆匆地赶到了这里，就在你家门外，却是不能进去，就只得在这里等着，等着。”

他眼中的疼爱只让她觉得似是做了什么十恶不赦的坏事，心虚极了，道：“我只是，只是去……”

“我知道。”他微笑地看着她，弯腰将手伸进车窗里，一只崭新的绣着白色小狗的缎底钱夹便出现在了她的眼前，“你定是又贪玩去了街上，只是以后要仔细，这一个万不能再丢了。”又拿出她送的荷包来，在她眼前晃了晃，声音似是飘了好远，道：“本是一对的物件，可不能就这样散了。”

她心中一怔，方才举起自己手里的那只，道：“这一个我已经找到了，是落在了朋友那里，干什么又要大老远去买一个新的。”

他的眉微微一皱，倏地将她手里的那只取了过来，初阳尚未反应过来，他已远远地将之扔进了月亮湾里，惊起一片虫鸣蛙叫。

初阳急道：“你干什么?!”

他却是云淡风轻，道：“丢过的东西，就丢了吧，我不想你沾到不干净的东西。”

她也不再说什么，却一直盯着那尚未平息的水面看，总觉得今夜的他尤其让人看不清。她最终点点头，将那新的钱夹握紧，道：“好。”

他半晌没有再说什么，两人就那样静静地站在那里。半晌，她才抬起头来，问他："仇少白，你是信任我的吧？"

他扬眉，"嗯？"

她宛然笑了，"还记不记得跟你说过的，明天女校校庆会有我的独舞，你会相信我吧，我可以做好。"

她要说什么，他怎么会不知道，却依旧情愿与她装糊涂，点点头，道："你说什么做什么我都相信，明天我定会抽出完整的时间去。"

她道："可是爸爸也会去。"

他笑道："如此我就顺便提了亲，岂不是正好？"

她双颊通红，第一次未与他说逆话，看着他，道："好。"

如此坚定的一个"好"，只让他心中一动。

她一步一步往后退，对他挥着手，"少白，明天见。"

他也摆摆手，却是又猛然上前将她拥在怀里，半晌才放开，轻轻地点了点她的鼻尖，道："明天见。"

初阳还在回忆刚刚那个甜蜜的拥抱，进家门的时候有些心不在焉。月香将手里的活放下，跑过来给她拿拖鞋，见她嘴角上一直带着笑，道："小姐，跟未来姑爷一起出去这么开心吗？"

她方才回过神，问："什么？"

月香拿手指了指她的嘴，笑着道："小姐从刚才进门就一直笑啊笑，莫不是高少爷喂小姐吃了蜜糖？"

初阳抬手敲她的脑袋，"你这丫头，跟谁学的这样爱胡说八道了？"

月香道："本来就是，要不然小姐为什么这么高兴？今天全府都知道小姐是跟未来的姑爷出去约会了！"

初阳眉头皱了皱，做贼似的看了看身后，道：“月香，你跟我来，我有事要跟你说。”说着便拉月香进了自己的房间。

月香道：“小姐在自己家里，干什么还这样神神秘秘的？小姐不会又闯祸了吧？”

初阳斜睨她一眼，“什么叫‘又闯祸’，你们小姐我闯过祸吗？”

月香努努嘴，“上次小姐瞒着老爷跟画院的老师去山上写生，就是这样神神秘秘地叫我扮成你装病，我差点被辞不说，小姐还险些出了事。”

初阳道：“那次是因为爸爸死板，现在都什么年代了，还在乎那些个不能和男学生一起过夜的旧思想，还有其余的老师同学在呢，又不只我一个人。再说，要不是那次写生，我怎么能遇上仇少白。”

上海滩响当当的人物，就算是没见过也是听过他名字的，月香直直看着她，“小姐你刚刚说仇……仇什么白？”

初阳吐吐舌头，“就是仇少白嘛。”

月香急道：“小姐，难怪那天陈经理说你拿什么青帮的东西，小姐怎么认识了那种人？”

她哎呀一声，道：“月香，你怎么也这样说话？我认识谁是我自己的自由，是青帮的人就一定是十恶不赦的坏人吗？那次在山上，若不是他救了我，我早就死了。”见月香还是一脸担心的样子，她又道：“其实我今晚这么开心，不是因为什么高天磊，而是因为他。”

月香道：“小姐，这么说你不喜欢高少爷？”

初阳坐到梳妆台前，将发上的小夹子一个个地摘下，“喜欢，高少爷潇洒风流，干什么不喜欢，不过只是朋友的那种喜欢罢了。”

月香一听就急了，忙道：“这可怎么办？今早我听老爷在电话里都要跟高局长商定你们的婚事了。”

“婚事?”初阳手中的梳子顿了一下，“我只是答应今天跟高先生出去，何时答应了什么婚事？我自己的婚事只有我自己说了才算!”

月香道：“可是那位白爷毕竟是青帮的人，老爷怎么会同意小姐跟那样的人交往?”

初阳气鼓鼓地坐到床上去，将那新的钱夹子拿在手里，皱着眉头，道：“除了他我不会再嫁给别人，何况那人还是他的好兄弟。”

两人正说着话呢，便听到一阵软布拖鞋踏地的上楼声，楼道里干活的下人此时都正了身子，低声喊：“二太太。”

初阳也听见了，从床上站起来，三步并作两步地跑到门前来，见来的人果然是从佛堂回来的秦宝莲，脸上一下子便露出甜美的笑来，软软喊道：“姨母，你终于回来了。”

她依旧习惯喊秦宝莲姨母，尽管当年秦宝莲只是母亲的一个丫头，可母亲对她说过的话，她却是深深地记着，母亲说宝莲姨母本有一段大好姻缘，是为了照顾她们母女才斩断了这段姻缘。母亲曾经流着泪叮嘱，要像对待妈妈一样对宝莲姨母。哪怕宝莲姨母现在真的成了父亲的二太太，成了自己的小妈，可于公馆上上下下的人都知道，父亲娶她不过是想赎当年的罪，想减轻心里对母亲的愧疚。一句虚情假意的“二太太”，终不如一句“姨母”暖人心。

此时，秦宝莲穿着一身茶色传统斜襟旗袍，用簪子在发后绾了一个垂髻，端庄大方，比四姨太不知要美上几十倍。她挽住初阳的手一同进到房间里去，柔声道：“是老爷让人提前把我接回来的。”

初阳孩子气地努努嘴，拉着她的手坐到床上去，“爸爸一定是想让您提前回来看我表演的。”

秦宝莲笑了，道：“是，还说给你定了一门亲事，要我明天看看。”她抬手拢了拢初阳耳边的发，又轻声道：“时间过得真是快啊，似是眨眼的空当，我们家阳阳也到了要嫁人的年纪了，定是太太在天上看着，让老爷给你找了个稳妥踏实的年轻人。”

初阳气鼓鼓地站起身来，“什么亲事！我的婚姻，我的幸福，应当我自己做主!”

秦宝莲道：“你这孩子说的是什么话！老爷做了一辈子的事，看了一辈子的人，总不会错的。”

初阳道：“我就是不嫁!”见秦宝莲还要说什么，她干脆红了眼眶，露出一副小可怜的样子来，“姨母，母亲去世后，在这个家里就你最疼阳阳了，其实阳阳早就有了喜欢的人，我不可能嫁给别人的。”

秦宝莲皱眉，道：“阳阳，你现在年纪尚小，万不能被居心叵测的人给骗了!”

初阳急道：“姨母，他不是的!”

秦宝莲道：“好好好，不是就不是，那能给姨母说说那个人吗?”

初阳走到窗前来，手指轻轻拨动着随风微晃的风铃，“姨母，你还记不记得一年前我到山上的事？他就是我的那位救命恩人，就算全天下的人都不信，我于初阳要嫁的人也只有他。”

仇少白自于公馆出来后又去了一趟仇氏林，回到白园时已是十一二点钟的光景。唐汉生在门口等着，见他回来赶紧上前给他开了车门，道：“高少爷来了，等白爷半晌了。”

他嗯了一声，松了松领前的扣带，却问起唐汉生别的事，“闸北那边可有挂电话来?”

唐汉生道：“有，不过说是那黄老板在林署长的人到之前便逃了，丢了一家子的孤儿寡母。”

“废物!”他低咒一声，“枉为男人的孬种!”两人说话的同时也进到了屋里。

高天磊早就听到他的声音了，也不回头，另从桌上翻过一个杯子，边倒酒边问：“哟，大半夜的，谁招惹咱白爷了？”

仇少白坐过去，接了他手中的酒，很是平静，“怎么这个时候来了？”

高天磊道：“我被家里老头子留在了府里头，今天刚回稽查局就听常胜说你找我找得急。说吧，找本少爷什么事？”

仇少白仰头将杯子里的酒喝尽，只字不提于初阳的事，只道：“有时间帮我引荐一个人给高局长。”

高天磊笑道：“白爷什么时候也做这种官场买卖了，是谁有这样大的面子？”

仇少白道：“闸北区的警察署署长林德贵，他这次帮了我一个不小的忙。”

高天磊抬头看了看他，道：“好。”

他未问一个字便答应了，让仇少白有些意外，道：“怎么不问问他帮了我什么，你就这样答应了？”

高天磊笑着跟他碰了碰酒杯，“咱们兄弟俩还用解释那么清楚吗？你开口了我当然答应。”

仇少白想着他与初阳的事，扬了扬眉，轻笑一声，“好，兄弟。”又起身把大衣脱下递到汉生手里，“怎么无端端高局长扣了你这么久？是不是你又闯出了什么祸事？”

高天磊将腿搭到沙发扶手上躺下，吊儿郎当的模样，道：“哪有什么事，只不过是母亲想我罢了，你知道的，我母亲在府里除了跟那些官太太们打打牌，最喜欢的就是折腾我这个亲儿子了。”

仇少白与他碰杯，道：“那正好明天我就帮你逃一天自由，你替我去盯着码头仓库的进度，眼前有一批货急需入库。”

高天磊知道他定是为了能腾出时间来去看初阳校庆，便挑了挑眉，没正经道：“我看是你要逃得自由才是吧，白爷？”

仇少白笑道：“行了，明天一同入库的还有广州那边来的上好俄国酒，随你拿。”

高天磊道：“算你有良心，佳人就让你去会，我高天磊有美酒呢，也不算可怜。不过话说回来，仓库都还没剪彩呢，什么货这么急着入库？”

仇少白将头望向窗外的明月，半晌才回过神来，双眸间带了些让人捉摸不透的光，冷声道：“人命。”

7. 灵似莺仙，风雨云隐

圣玛利亚女校是上海顶尖的学校，来这里上学的女孩子大多是非富即贵的千金小姐，校庆当日，停在门口的名贵小汽车一直排到了街尾。万幸天公作美，这日的天气好得不得了，和风习习，吹动着窗前开满小花的楸树，很是幽然。

初阳的节目被安排在了最后一个，用孟丽丽的话说，那正是做压轴。孟丽丽是与初阳一起跟着沈曼芸学舞蹈的女孩子，是正儿八经的音乐部学生，生得俊俏，成绩又好，自然是音乐部老师们的掌心肉，从进学校那天起她就扬言说以后要做电影明星的。因为今日有她的钢琴独奏，所以她穿了一身很是隆重的晚礼服出来，纯白的绸裙上压了一层蕾丝边，点点星钻在领前异常夺目。

初阳正在对着镜子绑头发，她便笑盈盈地走了过来，坐在旁边的凳子上，以手撑脸，像是看什么稀奇玩意儿一样盯着她笑。初阳将棕色礼帽戴在头上，又整了整衬衫前的领结，从镜子里看着她，调皮道："丽丽，你干什么这么看着我，是不是觉得今天的我万分潇洒，动了你的春心？"

孟丽丽斜她一眼，揶揄道："你打扮得再英俊也不过是个女儿身，我看动春心的应该是那位白爷才对。"

初阳猛地回头来看着她，"什么白爷黑爷的？"

孟丽丽却是上前附上了她的肩，笑道："哎呀，你就别装了，昨天他的车子在学校门前停了半天，多少女生的心思都飞了出去，要不是我告诉他你生病请假了，估计他要等到下午去了。"

初阳方才想起昨天仇少白的话，便有些不好意思地哦了一声，道："原来是你啊。"

孟丽丽扬了扬眉，道："以前在沈老师舞蹈教室见过，倒是没想过他就是白爷，被人说成阎罗王似的凶狠角色怎么能长得这样好看？"

她这样一番话说出来，初阳有些哭笑不得，又听她道："不过话说回来，你是于氏大小姐，怎么会认识这样的人，而且关系还这样亲密。"

孟丽丽意味深长地笑了笑，初阳的脸上当即泛起了一片红，羞道："丽丽！你再这样说话我可要恼了！"

孟丽丽却是笑得更欢了，拉着她坐到一边去，"那你快点告诉我，你们两个是怎么认识的？"

初阳几次岔开话题，她却是不依不饶，又接连问了好多关于仇少白的事，不过好在没多久就有人来喊她准备换场了。她照着镜子弄了弄漂亮的发髻，突然又回过头来，道："于初阳，每次我都输给你，这次我一定要赢你一次。"

初阳被她的话弄得莫名其妙，还没反应过来，她便踏着小皮鞋嗒嗒嗒地跑出去了。

孟丽丽上台的时候，老远就听到了四周如潮水般的掌声，初阳走到窗前往楼下看了看，一眼就看到了父亲跟姨母的位置，两人在正中间的贵宾席与校长同坐，很是显眼。观众席里不知是谁拉了一条长长的大红横幅出来，她在后面虽看不到写的是什么字，但从丽丽突然娇红的双颊不难猜出，定是哪家少爷为了追求她而花的心思。

后台的女生看到了都咯咯地笑开，她也跟着笑，心里更生出些羡慕来，又望眼欲穿地踮脚看了看观众席，半晌才在最后角落的座位上看到了那熟悉的身影。今日的他有些不同，没有了那从头掩至脚的长风衣，换着了一身浅咖细纹西服，墨色的领巾从微敞的领口里露出来，倒似是寻常人家的公子那般温文尔雅。

她老远地看着，当真是害怕的，却也有期待，他到底会不会提？又会如何提他们的事？正想得入神，仇少白那双流星似的眸子就突然看了过来，她冷不防吓了一大跳，手里的木梳子差点掉到楼下去，忍不住在心中恼他。

仇少白生性警惕，她小孩子一样地扒窗户“偷窥”自是逃不出他的眼睛，见她正秀眉微皱地怒瞪着他，他扬了嘴角，也不说话，就那样与她隔着万水千山般地对视。

初阳的心怦怦跳得厉害，小女孩的性子却是浮了上来，更是不避不躲地回视过去。琴声幽幽而来，仇少白粲然一笑，那一瞬间，像是所有的一切都变成了空白，偌大的会场就独剩下了他们两个人。

几分钟的光景琴声便停了，初阳的脸上也浮起了笑意。沈曼芸从后台进来，手里拿着一把固定住的墨色洋伞，见她正挨着窗沿发笑，走上前去唤她：“初阳。”

她被吓了一大跳，赶紧转过身来，有些局促地挠了挠头，“沈老师。”

沈曼芸伸手阻止她，“唉，别又弄乱了，再重新梳可是要来不及了！”她哦了一声，十分乖巧。

沈曼芸不动声色地望了眼窗外，果然见仇少白坐在人群里，待看到前方的于正业时，双眉稍动，复又笑着对身前的初阳道：“怎么，今天白爷也在场，排练了那么久不会因为在他面前表演而紧张吧？”

初阳脸上一红，“干什么在他面前就要紧张啊？”嘴上犟着却又忍不住要往楼下看，却是被沈曼芸挡住了，她举了举手中的洋伞，道：“走吧，我再陪你把接伞杖的地方练一遍，就该你上台了。”

高天磊果然一大清早就到了码头去，唐汉生早就在那里等着了，见他来了，恭恭敬敬叫了声“高少爷”。高天磊戴了一副能遮住半张脸的洋墨镜，左右看了一番，道：“货要什么时候到？”

唐汉生道：“不出半个时辰也该来了。”

高天磊漫不经心地哦了一声，又径自到了办公室内坐着，抽出一支香烟来，常胜立马从口袋里掏出了打火匣，笑盈盈地递上前，“少爷，给。”高天磊却是斜睨他一眼，刚低下头点着了火又无比迅速地朝着他的脑袋拍了一巴掌，动作之突然只让他连续颠了两步，险些撞倒一边的木格屏，上面摆着的陶瓷瓶雕哐啷哐啷晃了一阵，所幸都还安好，他的小心脏却是要给吓出来了，一边扶着桌沿一边回过头，委屈道：“少爷，常胜又做错什么了啊，怎么又突然打人？”

高天磊眯眼看他，“我打你是轻的！我问你，今天早上出门的时候父亲问你什么了？神神秘秘的。”

常胜啊了一声，“没有什么，老爷就是，就是问我……对！老爷问我最近身体怎么样。”

“呸！你当你是他的姨太太还是我们家祖宗啊，问你身体怎么样？我看你这是皮痒了，欠揍！”说着，高天磊便又伸了手作势要打他。

常胜哀号着赶紧求饶，去挡他的手，“少爷少爷，我说还不行嘛！老爷就是问你今天要去哪儿，是不是又要去舞月堂鬼混。”说到这儿，常胜抬眼偷瞄了下高天磊的表情，见他一副继续说的神态方才谄媚地笑着直起身来，“少爷，我可是您一手带大……不是，我可是您一手带出来的，虽然没有少爷聪明，可常胜也不笨。”

高天磊面无表情，“说重点。”

他哦了一声，继续道：“我跟老爷说，我们是去于小姐学校看表演，是不是很机智啊？老爷当时还笑了呢，就赶紧放我出来了。”

高天磊复又伸出手来，常胜条件反射地要去挡，并大喊一声：“少爷！这也要挨打啊？”

高天磊皮笑肉不笑地摸了摸他的脸，轻声吐出一个字：“乖。”常胜刚要得意，他却又突然出了手，常胜到底没能躲过那一巴掌。高天磊怒道：“他本来不知道有校庆，现在好了，既然知道了他就一定会去看的，到时候发现我不在，我一顿藤鞭肯定免不了了！”

常胜揉着头，赶紧道：“那怎么办？少爷，要是您受了家法，那我罪过可就大了啊！”

高天磊冷笑一声，“没事，到时候你替我受着，那你在我这儿的那份罪过就可以免了。”

“啊？”

“高少爷！”主仆二人正说着，唐汉生突然从门外进来，道，“高少爷，货到了。”

高天磊自木椅上站起身来，指指常胜的脑袋，“赶紧出去干活，一会儿再去学校，看能不能赶上。”

常胜应了一声便跟着出去了。货仓前，唐汉生已经安排几个兄弟候着，见都是仇少白平常最信任的几个人，高天磊不禁皱了皱眉，这番情景，倒让他对这批神秘急货的好奇心更浓了起来。

这几个人都是仇少白的心腹，办事自是稳妥，又有唐汉生在一旁盯着，货很快便点清了。高天磊象征性地检查了一遍，那几个人便开始往仓库里搬货。常胜也被当作了苦力，来来回回扛了几趟，累得直喘粗气，“少爷，能不能歇歇啊？常胜都要成常败了。”

高天磊冷冷地瞪了他一眼，刚要骂他“孬样儿”，却见他肩头上落了些棕色的碎末，常胜一边喊着身子都要散架了，一边往他身边凑，他便伸手将他按住，从他肩头取了些碎末放到鼻底去闻，这一闻瞬时让他变了脸色。常胜吓了一跳，连忙问他怎么了，他却是径直跑到最近的一个木箱前，用手掰了掰，没掰动，又没有工具打开，便拿口袋里的钢笔从细缝里抠。

唐汉生跑上前拉住他，道：“高少爷，你这是做什么?!”

他却是没动，直盯了那箱子半晌，方才站起身来，笑着对唐汉生道：“白爷答应说有俄国酒拿，这货都搬完了，怎么还没见酒，可不是骗我白给他盯工？若是如此，我就自己来找了。”

唐汉生也回他一个笑，道：“那俄国酒尚在外面呢，不过这酒瓶子脆容易碎，要等到最后才能入库，高少爷且放心，白爷早就吩咐过了。”

高天磊又恢复了那副吊儿郎当的模样，将钢笔收回口袋，道：“好吧，不过我得先走了，我还有事要去父亲那里。”

唐汉生道：“高少爷，这……”

高天磊抢先道：“这货呢，也搬得差不多了，我这‘警旗’的作用也起到了，左右你跟兄弟们还在这儿，不会有问题的。”

唐汉生面露些许难色，高天磊却笑笑，道：“那就这样，咱回见。”

话刚说完，高天磊便拉了常胜驾车离去，车开出好远，他才道：“直接去学校。”

终于轮到于初阳的节目了，老师刚报完幕，台下便掌声雷动，与之前孟丽丽的钢琴独奏相比，更是有过之而无不及。于正业看着满场子的西洋乐器，满脸笑意，道：“这丫头排场倒是不小。”秦宝莲心里却是想着昨夜初阳说的话，不禁多了份担忧。

高正义果然来了，一眼就看到了他们的位置，校长趋奉着将他引至贵宾区，他却是直走到于正业身边来。于正业倒也不意外，道：“高局长也来了？”

高中义左右看了看，不见高天磊的身影，心中顿时来了气，对于正业却是很客气，道：“天磊说是初阳小姐今天有独舞，嚷着一定要我来看。”

于正业转头与秦宝莲道：“高少爷倒是个有心人。”

秦宝莲也赔着笑，说了几句客气话。

这时，音乐声起，是欢快而又热烈的节奏，半空中的气球都像是随着跳了起来。仇少白紧盯着于正业的位置，本是蹙着眉，待听到这样的旋律时，却是突然起了笑意，只想着这小丫头也玩起了美国百老汇的东西。他朝后仰了仰身体，只等着好好欣赏她的演出。

初阳本是已经准备好了的，对着镜子说了一百遍没事，上台前到底还是紧张了，捏住帽檐的手都要冒出汗来。幕布被缓缓拉开，她也终是出现在了舞台之上。黑色小款燕尾服，帅气的礼帽与半掩着的发髻，一双亮得耀眼的铁掌皮鞋，如此别出心裁的装扮让仇少白小小地惊艳了一下。远远地看着，他却又想起了与她的第一次相遇来，那时刚刚与死神擦肩而过的她疲惫狼狈，与现在的她相比，简直是天壤之别。

初阳也老远地望向他，本想寻得些许鼓励，却是正对上了他那一双笑意满满的眸子，她心中一恼，映着灯光又露出小女子的那份倔强来。

地板中央，她的双脚自由而灵动地点踏，双手也变幻着各种俏皮动作，会场瞬时被一阵轻快的踢踢踏踏声包围，观众席中响起了一阵一阵的叫好欢呼声。突然，音乐戛然而止，她也随着停了动作，所有人都疑惑地等着，就见她利落地朝着后台打了个手势，一个漂亮的转身，手伸出去之时，黑色的洋伞杖具便稳稳地落在了她手中，只是这次帮她抛伞的换成了一个女孩子，虽是女校学生打扮，却是她不曾见过的。

音乐声又起，她来不及多想，又如小精灵似的将洋伞拄在地板上，左右摇摆跳动，几个干脆的节拍响起，压轴表演果真将校庆引致高潮，人群中响起热烈的掌声。见仇少白也跟着鼓掌，她得意地扬了扬眉角。虽然额前都是汗，但在结束时她依旧认认真真弯了腰向观众席鞠躬谢幕。

她本是将洋伞收在腰间的，却不知怎么碰到了弹簧按钮，伞身便啪的一下撑开，力量极大，将她向后推了好几步，要不是被站在那里的孟丽丽挡了挡，她都要直接摔到后台下去了。

“小心！”

她惊魂未定之时，人群中突然又响起一声惊呼，正是从码头赶来的高天磊，他已然站在了观众席中，极快地将一把木椅举在于正业夫妇中间，只听砰的一声，那从天而降的一颗子弹便实实地打进椅背中间。

初阳扶着孟丽丽的胳膊站起身来，心中害怕极了，一边喃喃喊着“爸爸”，一边往前跑去，那幕布却突然落了下来，她心中一惊，尚未反应过来，便有一双手强硬地扼住了她的肩膀，她甚至都来不及回头看那人的模样，只觉得身子也不由自主地摇晃，脑后一阵晕眩袭来，便朝着地面摔去，就连双眼都要失去睁开的力气。

“阳阳!”

于正业与秦宝莲见此情况，迅速从椅子上站起。

仇少白也是一惊，注意到了天台上那抹黑影，他双眉微蹙，倏地从座席上站起，由腰间摸出一把枪来，对着那影子便是砰砰两枪，也不问这个时间高天磊为什么会出现在女校，只看着远处，冷冷对他道：“你先带于会长离开这里!”说着便转身往后台而去。

仇少白这样的人物，于正业又岂会不认识？知女莫若父，与李总长、高局长攀亲附戚一方面为己，另一方面也是想早日断了仇少白与初阳的纠缠，却是没想到真正打照面是这样的情景。观众席中乱作了一团，仇少白却依旧从容镇静，可见其心思缜密，城府极深，倒也不负“仇老狼子”之名，不得不防。于正业暗自忖道。

高天磊是随身带着枪的，又有高中义带来的一些巡捕，很快便将人带至安全处。高天磊来不及跟父亲解释更多，简短交代了几句后便又转身冲进了学校。

于正业面色冷峻，对身后的人道：“快去救小姐！小姐若是出了什么事，你们一个都别想安生!”

秦宝莲手握佛珠，更是担忧至极，低声喃喃道：“佛祖保佑，保佑阳阳，保佑孩子们没事。”

仇少白与高天磊毕竟是多年的兄弟，两人一前一后配合自是默契，只是待学校的混乱平息得差不多时，依旧寻不见初阳的影子，就连与她一起在后台的孟丽丽也跟着没了踪迹。

夜晚的白园显得有些冷清，唐汉生站在堂下，见仇少白一根接一根地抽烟，心急却又不知该说些什么，毕竟人是在他眼皮子底下丢的。仇少白抬头看了看墙上的石英钟，将烟蒂熄灭，问："今天有哪些人在后台可查清楚了？"

唐汉生道："大都是这次参加校庆演出的师生，倒是有几个女学生说，为初阳小姐递伞杖的那女子是个新面孔，当时只记得她穿着的也是校服，事发之后却是找不见了。"

他双眉倏地蹙紧，想起她在台上被伞推出去时的异常事，道："去把那把伞给我找来。"

唐汉生从门外将伞取了进来，道："早就给白爷一起带回来了，我已经大体检查过了，这伞应该是被人动过手脚，高少爷拿木椅挡住的那颗子弹，怕就是从这伞柱里打出的。"

仇少白将伞柱凑近鼻下闻了闻，果然还有未消去的火硝味儿，他又拿手按了按那按钮，眼中霎时发红，虽尚未查清是什么人想要杀于正业，可他们竟如此大胆，若在演出时不小心碰到了这按钮，伤着的就极有可能是那傻丫头。

能熟悉初阳每个舞蹈动作的人除了她便无第二个人。他沉默片刻，道："汉生，去取车来。"

唐汉生立刻答应，问："白爷心中可是有了眉目？"

他将桌上的枪支挂到腰上，目光如炬，"把伞拿好，我要回一趟仇氏林。"

秋夜入寒，原本青色建筑的仇氏林被蒙上了一层白霜。虽为堂堂青帮之主，仇文海却是出了名的雅先生，他于上海摸爬滚打了半辈子，却只钟爱中国人自己的东西，高楼大厦再气派，也比不上他这清朝留下的园林清静，一年四季百花齐开，入了秋冬更是美得让人流连忘返。

仇少白来的时候，他正于后堂听唱片，信芳独辑。沈曼芸坐在一边给他捶着肩头，道："听了十几遍二十几遍的东西，也不嫌腻烦，我这人就在身边儿伺候着都舍不得关了。"

仇文海穿一身极为老气的麻色长袍，下巴上冒着点点胡楂，虽是已过半百的年纪，那双深邃的眸子却依旧明亮，丝毫不显老态。他将烟斗扣了扣，笑道："你唱的我哪会觉得腻烦，怕听到死都不嫌多咯。"又抬眼看着仇少白道："怎么这么晚过来？你的初阳小姐还没有找到？"

这半个上海都有他仇文海的耳目，他知道今日女校的事本也不足为奇，但那一句"你的初阳小姐"却让仇少白心中一怔，他抬眼去看沈曼芸，却见她一副事不关己的模样，将仇文海从竹榻上扶起来，道："你不用看我，这事儿还真不是我说的。"

仇文海在一边轻笑了一声，又道："你是我仇文海养大的，别说你做了什么，就是你心里想的我也一样能知道得清清楚楚。如此也好，姓于的竟敢抢我们青帮的生意，本就是敌家，你也收收心思。"

仇文海话说得轻淡，仇少白的脸上也看不出什么表情，从小到大便是如此，不管对与不对，他都从未对仇文海说过一句反话。仇文海低声叹了一口气，走到他身边来，看着他手里拿着的东西，道："来了就一句话不说地戳在这里？你手里拿着把伞又是要做什么？"

他将那伞杖放到桌子上，离沈曼芸极近，道："义父，我想与信芳先生独说几句话。"

仇文海双眉蹙了蹙，回头看了一眼沈曼芸，见她倒是一脸从容的样子，道："也好，信芳啊，你就替我好好劝劝这小子，他将来可是要接我青帮的主位，那样一个柔柔软软的娇小姐还真是不适合做我青帮未来的帮主夫人。"

沈曼芸轻笑一声，玩笑道："就怕白爷心已是走远，劝不回咯。"

仇文海走后，仇少白便让站在堂内的人都下去了。沈曼芸将那桌上的伞杖拿起来，轻笑一声，道："怎么，你这可是找我兴师问罪来了？"

仇少白看着她，双眸里的冷意越来越浓，从她突然对建新仓库之事上心时他就该想到的，她与于正业也有着与他一样的秘密。

沈曼芸见他不说话，又道："你今天这是怎么了，老爷子问话不答，说了找我也不开口。"

话音未落，他却突然将她的手紧紧抓了起来，直盯着她的眼睛，问："一年前，于初阳恰巧出现在崖边的事，是不是你做的？"

沈曼芸笑道："当时她跟的是美院的队伍写生，她为什么出现在那里，我怎么会知道。"

他从她手中夺过那把伞来，道："她拿你当最喜爱的老师，最亲近的朋友，小情绪都要与你说了才痛快，就像这把舞台上要用的伞杖，熟悉她所有行程所有动作，于你又有何难?!"

她的手腕被捏得有些发红，又听他道："沈曼芸，原本你能在老师与名伶之间转换相安无事已是稀奇，却又在当红之时委身于我义父，你到底有什么目的？你与那于正业又有着什么样的关系?!"

"我与他没有任何关系！"

沈曼芸终是被他激怒，那脱口而出的话往往又是人最抵触的真意。见她面色已是有些发白，仇少白心中亦有了答案，慢慢将她放开来，只道："好，我不逼你，今日来也不是为了逼你说这些，你只要告诉我，你把她藏在了哪里。"

沈曼芸抬起头来，双目有些发红，却也不再躲，只是哼笑了一声，道："你也真是，本有着比天高比海深的血仇，你就当真对她如此上心？"

仇少白不料她说出这样的话来，像是让他的秘密一下子暴露出来，手下意识放到了那腰间的配枪上，"你找死。"

沈曼芸却是笑得更深，只道："这是在仇氏林，你杀不了我，也不能杀了我，撇开老爷子不说，仇少白，你知道的，你我其实是一条船上的人。"

仇少白深吸一口气，冷冷问："说，她在哪里？"

沈曼芸揉了揉发痛的腕，又坐回到那竹榻上去，"虽然行刺于正业的人是我安排的，但是你那初阳小姐被绑架确实不是我做的，信不信由你。"抬眼看了看在窗外来回踱步的唐汉生，她又道："或许，你也该问问你的那些个心腹，他们可不是个个都喜欢你跟她有关联。"

仇少白面色一沉，推门而去，沈曼芸看着他的背影笑道："白爷啊白爷，你还真是被鬼迷了心窍。"

初阳昏昏沉沉不知道睡了有多久，迷迷糊糊醒来的时候，只觉得头疼得厉害。她费力地睁开了眼，才发现自己竟是躺在一张软榻上，粉帘粉枕，一片旖旎之气。她揉了揉额头，站起身来，本想打开门去透透气，却发现这门竟是被人从外面紧锁住了。

她又用力拽了几下，着急地大喊了几声，终是没人回应，她便又将身子弯了弯，透过那门上的窗格往外看，迎面是一个硕大的水晶吊灯，异常华丽，再往下，竟是一个满是莺燕宾客的大舞场，她这竟是被人抓到了夜总会了吗?

这样想着，瞬时后怕了起来，复又极快地检查了身上的衣服，所幸都完好无损。不足两个月的时间就经历了两次绑架，她心中自是害怕，楼下欢声笑语热闹无比，楼上却是冷冷清清的，过道里甚至见不到人的影子。她只觉得身子止不住地颤抖，又无力地坐回到床上去。

她抬眼看着屋子的四周，只见夜风徐徐将那锦缎窗帘吹得来回晃动，便直走到那窗户边上，伸出头去看了看，竟有三层楼那样高，而下面正是波涛汹涌的江水，月色一照，晃晃荡荡的波纹只让她想起小时候的一次落水来，不禁一阵晕眩恶心。

门外突然响起一阵噔噔的上楼声，其中还有一个女人娇媚的声音，语速不快却是她听不懂的语言。她的心跳得厉害，想着那日码头上的事，又是这样的场所，便下意识地将身体靠到了那冰冷的墙壁上。她踩着墙边的木凳爬到那窗台上，秋夜的寒意已是能穿透薄衫了，衣袖里被吹了满满的风，让她忍不住打了个冷战，只想着若真是被迫去做那些肮脏的事，她宁愿就这么跳到江里去。

“初阳。”

此时突然响起的呼喊，让她吓了一大跳，险些抓不稳。待静了心思才发现竟是隔壁传来的声音，那墙壁正被咚咚地敲着，有人小声道:“初阳，我是丽丽，是你在那边吧?”

她伸出头往外看了看，果然见旁边的窗户是开着的，她便小心翼翼地应着，“丽丽，怎么你也在这里?”

孟丽丽极痛苦地哀吟了一声，道:“今天台上像是变戏法似的突然跑上来一些人抓你，我本要喊人救你，谁知道他们竟把我打晕了一起抓来。初阳，你快点想办法把我救出去，我的手脚被绑着，疼得难受……”

门外的脚步声越来越近，初阳的脑袋里混乱一片，正不知所措之时，却看见那窗外系着的一根绳索，蜿蜿蜒蜒一直伸到了孟丽丽那个窗口上。她试探着伸出手去够，那江上却是突然打起一个高浪头，险些都要把她的魂吓掉了。

“山本女士您放心，人就在这最里面的包房里，是跑不了也飞不掉的。”

这次是一个男人的声音，听上去是那样的熟悉，只是这样的情况不允许她仔仔细细地听清，她极快地从那窗口上跳下，又跑到床上躺着。门打开之时，她便将眼睛闭上，装作依旧昏迷的模样。

那被称作山本的女人笑着说了几句什么，然后走到她的身边停下。初阳身体抖得厉害，怕是再多一秒她就要撑不住了。

好在那人只是稍稍俯身看了看她，用一句极为蹩脚的中文说了句“大大有赏”之后便又离开了。门被从外面重新锁上了，远远地还能听到那男人谄媚的笑声。

她这才又从床上起来，轻轻敲了敲墙壁，问道：“丽丽，你还好吧？”久久没有得到回答。“丽丽？丽丽你怎么了？”突然的安静又让她陷入了恐慌，她再次爬上那窗台，忍着不去低头看那翻腾的江水，伸手勾出那根绳索，道：“丽丽，你不要害怕，我这就来救你。”

脚上的鞋扣却突然松开，所幸她及时抓住了那随风飘出来的窗帘，才复了平衡，只是那皮鞋终是落入了江中，那一声闷响像是直接砸到了她的心上。

几经艰险，初阳终于爬到了孟丽丽所在的房间。她的身上已被擦出了几块瘀青，却是顾不得了，急急从窗台上跳下，却又因为这间屋子里未开灯而险些被什么杂物绊倒在地上。

初阳小心摸索着走到孟丽丽的身边，叫了她几声却只得到了几句含糊不清的回复，初阳将手覆上她的额头才发现烫得厉害，极快地给她解开了手脚上的绳索，又将她扶到一边的木箱子上坐下。想着她是为了帮自己才被人抓来的，初阳心中便是满满的愧意，见这样阴寒的夜里，她只穿了一件演出时的单薄礼服，便毫不犹豫地将身上的燕尾服脱下来披到了她的身上，道："丽丽，你坚持一会儿，我一定想办法救你出去。"

"来人啊！人跑了！"

门外突然又响起一阵喊声，紧接着便是一阵混乱的脚步声。初阳刚刚平息的心又再次提了起来，她下意识将孟丽丽发烫的身子抱紧了些，看着这满地的木货箱，她眉头紧皱，决定今晚再大胆地赌一次。

"都给我搜，不过是个小女子，左右也逃不出这会所，若不想掉脑袋就给我瞪大眼睛搜！"

"是！"

声音越来越近，初阳费力地将孟丽丽藏到最里面的木箱里，自己再想藏到里面的时候已是来不及，眼见房门就要被推开了，她便又从桌上搬起一件大摆屏，费力地朝着窗外扔下去，那样大的声音足像是一个人落入了水中。

她扒着窗沿看了看，门便被猛然推开了，房间里的灯也倏地被打开。首先进来的是一个身材矮小的男子。

"你们是谁？"初阳只觉得手心里全是汗，却还是装出从容的样子面对着他们。

那人左右看了看这间屋子，又看了看她身边的窗户，便从腰间摸出枪来。

"你想干什么？"

那人没有回答，对着江面便砰砰砰地连开了数枪。江面还在汩汩往外冒着气泡，刚刚被重物砸起的涟漪还没有退去，初阳看着那人脸上无比凶狠的表情，只觉得连呼吸都要停了，她极力控制着自己的声音，问他："她不过是被我无辜牵连的同学，你们为何不放过她，为何要这样残忍地杀了她?"

那人却是回过头来看着她，带出一个让人觉得背脊发寒的笑，道："初阳小姐不要害怕，她不过是因为见到了不该见的人的模样，如此一逃，我们便不能让她活着。不过初阳小姐大可放心，你于我们主人还有用处，我们是不会杀你的。"

他一边说着，一边朝着初阳走过来。初阳当即大喊着跑到了窗边，道："不要过来，你们若再往前走一步，我就从这里跳下去!"说着便将身子往后仰了仰，耳边的发瞬时被风吹得飞舞起来。

那人果真不敢再向前走，只是对着身后的人打了个手势。她虽不知道是什么意思却也能猜到是对付她的计策。只见那人向后退了一步，道："初阳小姐，您这是何必呢，我们不过是受人之命罢了。那里危险，您还是先下来的好，您也不想看到于会长跟二太太白发人送黑发人的悲伤吧?"

她抓着窗棂的手顿了顿，却见他身后那人突然从腰间摸出一支"笔"来，她神经已是绷成了一根紧紧的弦，大喊："你们想干什么?!"

那人却是突然将笔放到了嘴边，道："不干什么，只是夜已深，初阳小姐，您该休息了。"

砰!

一声极为清脆的枪声从门外穿进来，那人的话尚未说完便直直地在她的面前倒了下去，他的身后，竟是汩汩往外淌的血。与此同时，她只觉得有什么东西凉凉地射进了自己的身体，她的耳朵被枪声震得嗡嗡直响，慢慢抬起眼来看着进来的人，她已然分不清这是自己害怕至极时生出的幻觉，还是真实的——她看到了仇少白，他依旧是今日校庆时帅气的模样，微敞的领口，笔挺的西装……

"初阳!"

在她身子朝着江面倒下去的前一秒，仇少白牢牢地将她抱进了怀里。他看着地上那人手里拿着的东西，低咒一声："混蛋!"他们竟敢对她用了迷魂针。她面色苍白的样子，让他觉得自己的心都要揪到了一起。

门外突然又涌进一些人来，他们虽然个个手中持枪，却终是抵不过仇少白的速度，甚至有人尚未摸到扳机，便被子弹射穿了头颅。霎时，这原本狭小的房间内便横躺了几具尸体。

"少白……"

她突然发出的声音让他身子一怔，待低了头看她，才发现原来是她的梦呓。他的嘴角不禁扬了扬，那一刻他是庆幸的，庆幸她现在是昏迷的，如此，便见不到自己最残忍的模样。

就要踏出房门了，身后却忽然响起一阵窸窸窣窣的声音，他下意识地又将手里的枪上了膛，待转过身来才发现，那原本杂乱的货箱堆里竟爬出了一个女人。

孟丽丽被他手中的枪吓了一跳，忙道："别开枪，白爷别开枪，我是……"

她话未说完，原本有些微眯的双眼却倏地瞪得很大，她的手条件反射一样地举起，像是看到了什么可怕的事。

仇少白终是意识到了什么，背脊也一下子挺直，只是这一次他就算再快，也到底是来不及了。

砰!

“白爷小心!”

那突然冒出来的女人竟为他挡下了那一枪。

他迅速回过身将那再次站起的贼人击毙，那女人也摇摇晃晃地朝着地面倒下去，他向前一步去扶，却听她道：“白爷，我是孟丽丽，你要，你要记着……”

8. 青丝缠指，绕尽秋念

秋风渐冷，寒意便于风中浓了起来。时间无情地匆匆流过，甚至让人来不及惋惜。

独自坐落于半山腰上的别墅在这一片秋瑟中便更显空寂，那中西合璧的建筑将古典与现代相融，楼前是一个硕大的花园，本是千娇百媚的美景，四周围起的铁蒺藜却是让这美中偏带了些威严与冷意。

下午四五点的光景，仇少白正站在床前给初阳换热毛巾。她沉沉地睡着，耳边的发丝被水气沾湿贴在脸颊，他便伸手给她拨开，指肚摩挲着她的颊，满脸担忧。房门被敲响了，是唐汉生，他轻声在屋外道：“白爷，陈老板已经到了。”

仇少白手上的动作一顿，看了看窗外于山头徘徊的夕阳，复又重重呼了一口气，重新给初阳盖好身上的锦缎棉被，方才站起身来，道：“知道了。”

床上的人虽是还在昏迷着，他却依旧将脚步放得极轻。

陈力水就坐在楼下的会客厅里，见他从楼上下来，老远就站了起来，唯唯诺诺的样子，“少爷。”

仇少白却是突然拔出枪，令人猝不及防的一枪，砰的一声将他身后的印纹罐打得粉碎，子弹是从陈力水耳边擦过去的，只让他当即吓得双手捂到了头上。

仇少白将枪扔到唐汉生的身上，冷冷道："陈力水，上次在百乐门我对你说的话，你可还记得？"

陈力水见他在自己身边坐下了，方才稍稍冷静下来，弯了弯身子，道："少爷，你让我做的事我一件没忘，少爷说的话也自是记得牢牢的，只不过眼下我们该做的都做了，该准备的也都准备齐了，与于正业一争已是箭在弦上，你真要为了一个女人毁了所有？我自作主张绑架于初阳虽是不该，但我不能眼睁睁看着少爷走错路，山本女士已经见过她了，她正需要一位有影响力的世家小姐做少将夫人，于初阳……"

"放屁！"

仇少白站起身来，食指紧紧扣住陈力水的脖子，道："陈力水，你当真以为我不敢杀了你是不是？"

他面色阴冷，力气之大让陈力水咳个不停。陈力水却是执意要将话说完："少爷，于正业想将她嫁到高家你是知道的，他不过也是为了拉拢人，为了跑马场，为了赢总会长职位。若是将她交给山本女士，于正业就会因失信于人而损失惨重，少爷，这是绝好的机会，于初阳再好不过也只是个女人。"

"陈力水！我今天就毙了你！"

唐汉生一直握在手里的枪被他夺了回去，就要扣下那扳机之时，陈力水却又不死心地突然大喊："少爷，她父亲与你有着不共戴天的血仇，你本就不该对她动情，老爷太太还在天上看着呢！"

他终是下不去手的，十年前那场突如其来的噩梦，让他一夜之间变成沧海中的孤舟。若不是陈力水拼死相寻，他怕早就死在了于正业的手中。更可恨的是，他明白陈力水说的都是真话，他与她父亲本有着血海深仇！

看着窗外葱茏的绿树，他突然想起初阳第一次到白园时的样子，她恼他总是来来回回寻不着，怨他神神秘秘不得踪，却还是将一枚枚花瓣捡起置入了相思荷包，对他道："花香凝神，你要一直带着。"

仇少白将枪放了下来，发狠似的道："滚！"

陈力水却似那缠人草，大有不死不休之势，"少爷……"

他双眸突然变得通红，抬手对着他身旁那一排鹤望兰砰砰连开几枪，喊道："我让你滚！你要是再敢踏进这里一步，我真的会杀了你！"

见他已是到了怒不可遏的地步，唐汉生赶忙上前对陈力水道："陈老板，白爷定有了自己的打算，你就先回去吧。"

陈力水见仇少白一副目中喷火的模样，终是低叹了一口气，道："好，那我就先回采仙斋了。"

仇少白心中的怒气满满，抬脚便将那圆筒沙发踢出去老远。唐汉生摸了摸鼻子又给他搬了回来，道："白爷，你这又是何必呢，陈老板也是为了你好。"

他却是不说话了，重重坐到沙发上去。

恰在此时，楼上房门的把手突然被转开，他脸色一沉，赶紧对唐汉生道："愣着干什么？还不快去找人把这里打扫干净了。"说罢，便匆匆朝着楼上跑去。

初阳将门推开之时，仇少白正好跑到跟前，让她冷不防被吓了一大跳，原本还有些昏沉的头脑也清醒过来，她将手放在胸前轻轻地拍着，两道秀眉都要皱到一起去，娇嗔道："你干什么？我要被你吓死了。"

那一副受惊小白兔的模样，只让仇少白不禁上扬了嘴角，见她苍白的小脸上已恢复了几分血色，他心中更是如同巨石落地，瞬时轻松。他将她的手握到自己的掌心里，笑着道："不干什么，你若是再不醒，我就要被你吓死了。"

那样深情的话，那样柔情的双眼，只让初阳心中感到一片温暖，他到底是将她救了出来。她将手从他的掌心里抽出来，看了看楼下正在打扫的用人，又看了看周围的装饰摆设，扬头问："这里是什么地方，你的白园吗？为什么我觉得不一样了？"

仇少白扑哧笑出声来。她便生气了，噘起嘴，"我问你话呢，你又笑什么？"

粉唇嘟起，那娇嗔的模样，只让仇少白觉得心里像是突然被人用羽毛轻轻拨了一下，让他有些不受控制地将那柔软的小身子揽入了怀中，那铺天盖地的吻便落了下来。

初阳受惊地哎了一声，用力去推他，他却是趁机将她的手扳到了后背上去，就那样顺势揽着她的腰际，更深地撷取着她口中的甜蜜。她嘤咛叫他，他却仿若未闻，就那样拥着她吻回到了房间内。这一次的吻虽是蛮横地强取，她却是在他浓烈的气息中感受到了他心中的爱意。她的身体微微向后倾着，也不再挣扎，就那样任由他索求，两人一路吻到了床边，仇少白才将她轻轻地放开。

初阳连耳朵都已发红了，这样一番动情的吻之后，却是不敢再抬头看他，只软软地坐到了床上去，双手无措地搅着床帘上的小穗子。

仇少白也跟着她坐了下去，朝着她红红的耳朵轻轻吹了一口气，她嫌痒地歪了歪身子，却听他道："小傻子，这里不是白园。"

初阳这才抬起头来，却不想又正好碰到仇少白本是靠在她耳边的唇，她只觉得脸上发烫，刚要躲开，却又被他亲了一下。

仇少白道："你被人打了迷魂针，我不放心把你送去医院，便将你带到了这里，这里是尘园，你住在这里才是最安全的。"

初阳本是感动得不行，却不知犯了什么神经，偏又与他唱起了对台戏，道："尘园听起来跟'沉冤'似的，好好的一座园子怎么起这么个名字，不知道的还以为你有什么大仇记在心里呢，我可不想住在这里，我怕你伤及无辜把我也害了。"

初阳的一时戏语却让仇少白脸上的笑突然停滞了，放在她肩头的手也微微顿了一下，低声重复道："尘园，陈园，沉冤……"仇少白轻笑一声，道："你倒是聪明，能想出这么个歪意。"

他的笑要比平时不笑时还要冷上几分，只让初阳有些害怕了，急忙又道："错了错了，听起来应该是尘缘才对。"又十分调皮地伸手来捏住他的脸颊，逗他道："我是初阳，你是少白，我们两个都是崭新纯净的，就算真有沉冤也不关我们的事，对不对？"

仇少白直直地看着她，终还是笑了，将她的手握住放在唇边吻了吻，道："傻丫头，我已是身陷泥浆之徒，只有初阳才是崭新的，纯净的。"

初阳只当自己的小聪明圆过了一场，便咯咯笑开，抬眼见那摆满玉露文竹的窗台，像是突然想起什么来似的呀了一声。

仇少白问她："怎么了？"

她慌慌张张地从床上站起来，话都有些说不清了，道："丽丽，丽丽！我把丽丽藏在那里的木箱子里，你快点带人去救她！"一边说着一边就将他往屋外推，他却是返身将她拦腰抱起，她惊道："喂，你干什么，你快去救丽丽啊！"

他将她轻轻放回到床上去，道："放心吧，她已经被送到医院里了。"

她哦了一声，方才安下了心。

仇少白笑着把被她掀开的被子重新盖上，道："你越来越不像女孩子了，一会儿的工夫就有精神跟我斗嘴了。尘园向来清静，你受了这样大的惊就再休息一会儿，晚上我带你去后山看烟花。"

她却从床上坐起来，道："不行不行，我失踪这么久，爸爸该担心了，我要回家的。"

仇少白无奈地摇摇头，复又将她按到床上去，"交给我去安排，你就安心住在这里吧，不用急着回去。"

初阳脸色一红，偏又坐起身来，道："还是不行，你都还没履行承诺跟爸爸说我们的事，我怎么能……怎么能跟你在这里过夜？谁知道你是不是藏了什么坏心思。"

她这样反反复复只让仇少白有些忍俊不禁，干脆伏身将她牢牢地压在床上，道："好啊，那你倒是说说我会有什么坏心思？"

他的脸离她极近，她紧张地闭上了眼睛，道："仇少白，你欺负人。"

仇少白笑出声来，用手指刮了刮她的鼻头，哄道："我怎么舍得欺负你？我保证不会对你怎么样，你呢，就当作是放假，在这里住几天，我亲自送你回去，好不好？"见她虽是睁开了眼睛，却依旧是一副蹙着双眉不合作的样子，他便低下了头来要亲她，却被她一手挡开。她将脸沉沉地藏进被子里，闷声道："好了好了，你快出去，我就要休息了。"

仇少白满心欢喜，却偏要将她头上的被子扒开，在她的额前亲了一亲方才起身，道："那我一会儿再来叫你。"

待他关上门出去的时候，楼下的碎物也已经清理干净了，唐汉生正站在窗边，见他出来了便道："白爷。"

仇少白点点头，与他一起到了书房内，道："秦先生那边可联系到了?"

唐汉生顿了一顿，道："白爷，其实今天陈老板来就是为了这件事的，他早就通过山本女士找到了秦先生，他是一心为着少爷的，您不该那么对他。"

仇少白胸腔又莫名堵上了一口气，道："左一个山本女士，右一个山本女士，真当一个日本人是他的救世主不成?"

唐汉生见他又是这个样子，在一边抿了抿嘴，不再说话。又听他道："中央政府派的禁烟大使不出几日就要到上海了，眼下最重要的是要找到那姓黄的与于正业买卖鸦片的订单。他做的那些丧尽天良的事，我要让他一件一件拿命还。"

唐汉生道："手下的人已经去找了，不过仓库里那些东西老爷子好像已经找人去摸了。"

仇少白倒是不在意，"摸就摸了，义父本就知道于正业跟我们抢这单生意的事。只是要让那边的人小心，万不能让里面的一丝一毫流到了百姓手里，这罂粟之毒只能做对付于正业的筹码。"

唐汉生应着，又道："对了，桂巧说昨日夜里高少爷往白园里挂过电话，是为了初阳小姐的事。"

仇少白脸色一沉，道："桂巧可说了什么?"

唐汉生道："这尘园的事，没您的吩咐自是不敢对外说。"

他方点了点头，道："罢了，这件事我还需要他的帮忙，一会儿我会给他回电话。初阳要在这里小住几日，你就把桂巧接来伺候着吧。"

唐汉生道："是。"他刚要转身下去却又被叫住。仇少白看了看窗外渐渐暗下的天色，道："今天是农历秋分，让桂巧带些用的吃的，你再从张记购些烟火花灯来，咱们也好久没有过过节了。”唐汉生当即答应，出去时脸上还带着笑。

仇少白看着他欢喜地去接心爱之人的背影，只觉得羡慕，唐汉生同样是与他一起活在刀尖上的人，却有着比他幸运一万倍的宿缘，可以不躲不藏，平淡却真真实实地存在着。

初阳那一觉睡得昏昏沉沉，她迷迷糊糊中做了一个梦，一个极美却又极恐怖的梦。

梦中，她置身于“上海天际线”外白渡桥的中央，桥的四周系满了彩色的氢气球，微风一过，摇曳飞扬。仇少白就在她的面前，穿着的依旧是那一身熟悉的西装，整齐的短发，俊朗的眉，正捧着一大束玫瑰花沐浴着阳光朝她一步步走近，来来往往的人群车子也因为他们而驻足。仇少白眼睛里洋溢着温暖的爱意，似是电影画报里的那样，一枚戒指被摆在花的中央。

她满心欢喜，就要等他说出那句话时，人群中却突然传出一阵枪声，竟有十几二十几个黑影从黄浦江内涌出，不分青红皂白地朝着他们开枪。她害怕极了，伸手去抓仇少白的手，却被人一把推开。仇少白的脸上还带着来时的笑，就像是已经被定格表情的傀儡。那些黑影将他牢牢包围在里面，朝着她嘶吼：“于初阳，这辈子你们都不可能在一起了!”

她恐慌到了极致，大声地哭喊，问那些人为什么，那些影子却变得越来越淡，越来越淡，就要淡得看不见了，空气中才回荡出那一句：“他死了，死在了尘园里……”

唐汉生与桂巧早早就回来了，两人手里拎着大包小包满满的东西，仇少白看着他俩手上各种吃的用的，只觉得心里莫名多了些暖意，他真是好久都未感受过如此气息了。

桂巧见仇少白正盯着他俩手上的东西出神，便笑着碰了碰唐汉生的胳膊。唐汉生抬头去看，也忍不住笑了，从那些吃的里面翻出一个纸包来，递到他的唇边，道："白爷，尝尝，这是桂巧的大嫂老远从扬州捎过来的月饼，用琼花面做的，可香着呢。"

仇少白故作不在意地接过来咬了一口，只是还未来得及细细品尝，便听到楼上传来一声无助的叫喊——"不!"

仇少白瞬时将手里的东西扔到一边去，极快地跑上楼，跑到了初阳的床边。此时的初阳额头上全是汗，紧皱着的双眉都要打出一个结来，她低声呢喃着："少白……"

虽不知她是做了什么可怕的梦，但是见她如此痛苦的模样喊出自己的名字，仇少白只觉得心中也莫名地跟着痛。他将她的手牢牢握在掌心里，柔声道："初阳，我就在这里，在你身边，你不要害怕。"

许是听到了他的声音，初阳终于醒了，仇少白就那样半趴在床前，她本还有些迷迷糊糊的，不确定到底是在梦中还是现实，下意识地将他的身子抱紧，眼里的泪落了下来，道："少白……"

那委屈的模样，让站在一边的唐汉生与桂巧也跟着心疼。仇少白轻笑着将她扶坐起来，揉揉她的发，道："我就在这儿呢，怎么又跟小孩子似的哭?"

初阳这才抽噎着抬起头来，拿手指小心地触摸着他的脸颊，道："我梦见你跟我求……"

话说到一半，在看到他身后还站着两个人之后又突然止住了声，仇少白嗯了一声，她才又道："没事，我就是做了一个梦，梦见你正随着一群骇人的影子离去，他们说你死了……"

见她又要哭出来，仇少白干脆将她紧紧搂在怀里，隔着头发亲了亲她，道：“傻丫头，我不是好好地在你身边吗？好了，我没事。既然你醒了就起床洗漱一下吧，厨房已经准备好了晚饭，桂巧也从老家给你捎了好多好吃的来，正合你这小馋猪的意。”

桂巧也赶紧上前，道：“初阳小姐，桂巧扶您去洗漱室。”

初阳这才把视线转到这个一直站在唐汉生身边的女子，原来是那次在白园为她冲咖啡的丫头。

尘园属于仇少白的私密住处，很少有热闹的时候，难得有人留在这里吃饭。如今初阳留在这儿，厨子那菜自是做得跟满汉全席似的。初阳随着桂巧走到饭厅，只觉得那迷人的饭香要把肚子里的小馋虫都叫醒了。她刚刚洗过澡，换了一身仇少白为她准备的淡蓝色长裙，夜晚微凉，她便又在领口覆了一件三色云肩，显得越发乖巧。

仇少白早已坐在桌前了，见她来了，招了招手，道：“初阳，来我身边坐着。”唐汉生与桂巧本是站在一边的，也被拉到了桌边坐着，等饭菜上齐了，也就开席了。

这桌子的中间摆着几个大菜，旁边放着的一盘小丸子便显得格外俏皮，表层炸得黄黄的，只是看着就能闻着香味儿似的，初阳离那盘子有些远，伸了几次胳膊够不到，便小孩子似的用胳膊肘碰了碰仇少白。

仇少白早就看出她那副小馋猫的心思了，一直憋着笑，问她：“怎么，你想吃那个菜？”

初阳点了点头，一副可怜兮兮的模样，可又觉得他的笑太欺负人，复又摇了摇头，“谁说的，我才不想吃呢。”

仇少白笑出声来，把那盘小丸子换到她跟前来，用那发亮的象箸夹了一颗送到她嘴边。她本就与他赌着气，待看到桂巧与唐汉生露出的笑意时，更是低了头只吃碗里的饭，偏不张嘴接那小丸子。

仇少白笑道："这可是刀工一流的师傅做的珍珠团，你真不要吃?"

初阳鄙夷道："不就是汆面丸嘛，怎么就是珍珠团了?"

仇少白见她不吃，便夹到了自己嘴里去，嚼得格外香，道："那你可是要亏咯，这珍珠团可是一绝美味，选的是熟鸡胸脯前的肉，很是细腻爽滑，切这肉丁的师傅刀工必是极好，才能将这一盘子豆粒似的肉团切得极为均匀，用酒跟清酱拌匀之后啊……"说到这里不忘拿眼角看了看初阳，见她果真来了精神听得仔细，便又满意道："拌匀之后啊可就该滚面了，合着面滚得圆圆的，在油锅里那么一炒，滋啦一声，哎哟那香味啊，隔着两条街都能闻得到。"

初阳明知道他是在逗她，却还是忍不住笑出声来，道："隔着两条街？你这人真是夸张。"说着便也自己去夹了一筷子，那味道只叫她眉角都弯了。

仇少白问："怎么样?"

她干脆拿小勺子舀了起来，嘴上却依旧不投降，道："算你没瞎说。"

四个人一起笑开，饭厅里有主有仆，有主有客，却没有丝毫生分，像是一家人似的，吃得格外轻松。吃到一半的时候，桂巧甚至拉着唐汉生一起唱了小曲儿，让初阳听得入了神，琼花饼捏在手里半晌都忘了吃，嚷着要学。

仇少白便笑着将她拦住，道："那是人家桂巧与汉生的定情歌，你呀，若是吃完了，我们去山上放烟花不是更好?"

这样一句只让初阳像是遇到了稀罕事，直直地盯着两个人，直看到桂巧脸上发了红才罢。她调皮地冲唐汉生道："汉生，你这首歌一定练了很多次吧，为了讨得我们桂巧的欢心？"

仇少白不料她这样大胆地说出这一句话来，当即笑出声来，对涨红了脸的唐汉生道："好了，汉生你去准备一下，咱们去后山。"

唐汉生立马站起身来逃跑似的离开了，初阳却像是做坏事得逞的小孩子笑个不停。

仇少白走上前宠溺地拉住她的手，却见唐汉生从外面跑了回来，道："白爷，出事了。"

仇少白面色一暗，道："书房里说。"又转身对初阳道："我还有些事要处理，让桂巧先陪你去楼上加件衣裳，我一会儿便过来。"

初阳知道他有着各种身不由己的事，虽不愿却也只得点点头答应。

仇少白与唐汉生离开之后，桂巧就陪着初阳出了饭厅，本是要回卧房加衣服的，初阳却在半路停住了。桂巧以为她是迷路了，便走到她前面，道："初阳小姐，寝居在这边。"

她却是不动，直直盯着前面，问："那是什么地方，怎么会有那么漂亮的屋子？"

桂巧顺着她的视线看过去，才发现她说的是尘园里的花房，便笑着道："那是白爷的花房，白园也有一个的，白爷平时无事的时候最爱摆弄这些花花草草。"

初阳哦了一声，想着他原来还有这样的爱好，便想去看看，"我可以进去看看吗？"

桂巧道："尘园向来清静，本就没什么人，所以花房的门一直是敞开着的，不过这里面不似白园那般每一样都是名品，不过都是些北方运过来的普通花木。"

初阳更是来了兴趣，忙道："无妨，我本也不是懂花之人，只觉得这样一处房子好看得紧。"将嘴抿了抿，她又小声道："白园里的花房我也是没见过的。"

如桂巧所言，花房的门果然是敞开的，里面竟还是一个小型的书房，原木书架与铁艺花架相对摆在东西墙两侧，一盏竹编双向台灯放在桌上，拉线的投影印在下面摆开的书面上，伴着花开满屋，让这小小的空间更显书香之气。

初阳俯下身子嗅了嗅最显眼处的一大株月季，那样馥郁的香气让她像是一下子回到了幼年时，那时父亲还只是盐城一个普通的商人，那时的她还能感受到妈妈怀抱的温暖，那所不大的院子里总是开满各种颜色的月季花，虽不名贵，却散发着蓬勃的朝气，从春天到秋天总是那样盛开着，记录着，诉说着，它不是玫瑰，却更胜玫瑰的坚韧……

那是她所能回想起来最美的童年。这样想着，初阳的鼻子突然有些酸，她深呼了一口气，又坐回到书桌前，拿着仇少白留下的钢笔把玩了一会儿，随手取了一张白纸，几笔后，便在上面画出了一只翩翩起舞的蝶。

桂巧惊奇地哇了一声，道："初阳小姐真是厉害，这只蝴蝶画得跟活了似的。"

初阳被她说得不好意思，便道："桂巧要是喜欢的话，那就送给你吧。"却听门外传来了仇少白的声音，他笑着走到初阳身边来，道："我说怎么楼上没寻见你，原来是跑到了我的花房来了。老远就听到桂巧的声音，初阳小姐又显露了什么让她这样咋呼了？"

桂巧赶紧抢了话，将桌上的蝴蝶拿起来比在那些月季花丛里，道："白爷，桂巧在说初阳小姐送给我的画呢，画得如真的蝶一般，像是随时能飞出画来似的。"

仇少白自是知道她画画是极好的，却还是被这样一幅栩栩如生的飞蝶小小惊艳了一下，只觉得正如是桂巧说的那般。不管是尘园，还是这花房，再美也终是少了份生气，有了她便像是活了一般。他将那画拿在自己手里，将眉一扬，道："这东西是我的了。"

初阳当即伸了手去抢，道："这是我刚刚才画的，怎么会是你的？我答应送给桂巧了，你快给我。"

仇少白却一副赖皮的模样，干脆将那画夹在桌子上的书本里，道："你用我的钢笔、我的白纸画了这样一幅东西，当然是我的。"

初阳又伸手去夺那书本，却被他顺势一下子揽住了腰，道："你要是真想送桂巧，回去拿于公馆的纸笔再画一幅。"

初阳气得握紧了拳头打他，道："你这人真是小气……"话未说完却是突然被他挠起了痒痒，初阳忍不住笑着求饶："仇少白你别闹，我们……我们去后山看烟花吧。"

仇少白笑着把她放开，转头对唐汉生道："带上东西，去后山。"

后山原来叫作耳目山，是仇少白起的名字，因为它的高度恰巧可以看见朝阳初升，夕阳日落，正前方又有一条弯弯的河围绕，静下心来便能听到潺潺涓流。这样一座无人问津的孤山，远离了十里洋场的嘈杂，于此看到的听到的只让人觉得安宁。

唐汉生与桂巧忙活着摆物件放烟花之事，仇少白便带着初阳坐到了那山顶上看月亮。初阳一开始还是十分乖巧的，依偎在仇少白的怀里，任由他的温度暖暖地包围着自己，但不过几分钟的光景，当唐汉生将第一个烟花放到天上去的时候她便坐不住了，她哇了一声就要从仇少白怀里起身，却是被仇少白一把拉住，问："你干什么去?"

她却一副你明知故问的表情，甩开他的手，道："当然是要去放烟花了，从小到大爸爸都只让我远远地看着，说一个女孩子不能碰这些个东西，今天好容易这样近地接触了，我才不想只是这样看着。"说完，便朝着唐汉生与桂巧的方向跑去。

仇少白本也想说些爆竹危险的话，但见她欢喜的样子也不忍再拦，只得起身跟了过去。

唐汉生也不敢轻易给她拿烟花，直到仇少白点了头才给她找了一支小烟花。她迫不及待地让桂巧给她点上火，拿在手里高兴得都要跳起来了。桂巧又从烟花堆里取了几支，两个女孩子干脆远离了他们跑到了一边去。

仇少白远远地喊了一声："别走太远，放完那些就回来。"唐汉生拿了几盘大的与他一起点着了，漆黑的夜瞬时被这五颜六色的烟花点亮，仇少白闭上了眼睛，只觉得恍惚间像是听见了陈白两家最后一次大团圆的欢笑……

唐汉生见他如此，便上前道："白爷，陈老板说于正业以处理刺杀之事为由将跑马场经费推迟，您可有了什么对策?"

仇少白回过神来，取了他手中的打火匣点了炉中香，道："推迟又何妨?李总长并非仁心之人，高、于两家联姻之事毕竟还未正式公开登报，如此连个筹码都没有，他还能让于正业白白占了经营权?"

唐汉生又道："高局长这几日与于正业接触频繁，初阳小姐怕是一回去就要与高少爷成亲了。"

仇少白把玩打火匣的手微微顿了顿，抬眼看着在远处与桂巧嬉笑的初阳，道："她是我仇少白的，谁都抢不走。"复又将手中的香烟点上，幽幽道："而他们于家欠我的，也一个都跑不了。"说完便迈开了步子朝着前面走去，只让唐汉生有些捉摸不透。

初阳正与桂巧玩得尽兴，手里的烟花也放光了，见他走过来，便喊道：“少白你再帮我们拿几支过来嘛。”

他却只是笑，仿若未闻一样一直走到她的跟前，对桂巧道：“桂巧，你先去汉生那边。”

桂巧哦了一声，知趣地走开。

初阳对他噘了噘嘴，道：“喂，我刚才让你帮我拿几支烟花过来，你怎么不理人？”

仇少白笑着将她揽进怀里，往一旁的大石块上坐下，道：“剩下的就由他们去放，难得清静自在，与我在一起赏月不是更好？”他一边说着，一边打开身上的大衣将她裹在里面，他身上淡淡的烟草香便散发在初阳的周围。

仇少白将她紧紧抱在怀中，她的侧脸就贴着他的胸膛，她能感觉到他的心跳，可让她奇怪的是，他的心跳十分平稳，并不像其他人说的那般恋爱中的人心跳会加速。

初阳从他的怀里直起身来，看着他的双眸，问：“仇少白，你真的……真的是爱我的吗？”

他笑着揉了揉她的发，“傻丫头，怎么突然问这样的问题，也不害臊？”

她却是不依不饶，道：“我就要你回答。”

唐汉生与桂巧合放的水上烟花恰好盛开，火焰映在两人脸上，显露着无尽幸福。

仇少白将她拉到身边，依旧未回答她的问题，反问：“汉生与桂巧那首歌你可还记得？”

初阳点点头，“不是定情之歌吗？”

他嗯了一声，双手捧住她的脸庞，低头吻了吻她的额，道：“我也来教你唱一首如何?”

初阳一时愣在那里，这样的回答或许也是她想要的吧。

仇少白拥着她一起仰头看着漫天烟火，轻轻唱着：“月圆挂枝头，山高水长流，麦间细穗黄里透，风儿吹来醉悠悠……”

烟花明月下，高山溪水间，小调久久回荡，却不知为什么只让初阳觉得这一切的美好显得那么遥远而不真实……

唐汉生陪着仇少白回到白园的时候，高天磊已经到了那里，正坐在沙发上盯着墙上的一幅西洋油画。

仇少白将外套脱下来，倒了两杯酒走过去，道：“不是让你去尘园了，怎么又在这等着?”

高天磊接过酒，唉了一声，道：“别，你那尘园比这白园阴气还重，就让你的初阳小姐在那儿安心休养吧，我可不想自找没趣。”

他这话说得极快，仇少白笑着叫了他一声：“天磊。”

高天磊也不看他，嗯了一声，问：“又怎么了?”

仇少白与他碰了碰酒杯，道：“谢谢你，谢谢你对初阳的关心。”

高天磊也笑了一声，道：“你这‘谢’字说得可真是违心，但谁让你我是兄弟。不过，她身体若是无大碍了，还是早些送回去的好，怕时间再久，我就圆不了这个谎了。”

仇少白点点头，看着远处葱茏的绿树，道：“天磊，你父亲的人你现在可能动?”

高天磊嗯了一声，道：“要是说帮着查校庆之事，估计父亲还很乐意，怎么了?”

仇少白道：“我要你帮我去找一个人，利来烟馆的老板黄得利。”

高天磊倏地抬起头来，看着他，道：“烟馆？少白，我之前早就想问你了，那日你让我替你去码头盯货，原本我以为你是为了去学校看初阳的表演，没想到你竟也做起了这烟草的买卖。本来你的那些心腹就能完成的事，偏要我去守着，可是为了让我这稽查局长之子做个警旗，避开巡捕房好保你无失？”

仇少白也不否认，点了点头道：“确实如此。”

高天磊气得站起身来，“我看你是疯了！老爷子让你放手去做生意，做什么不好，偏做这害人的买卖！”

仇少白笑道：“只是要害那些面对诱惑毫无抵抗力的窝囊废，放心吧，我这些货绝不会流入市场，我留着还有用。”

高天磊这才缓下语气，道：“留着有用？什么用，黄浦江里养鱼啊？”

仇少白道：“以后会告诉你。那黄得利现在撇下妻儿寡母逃得无影无踪，手里还拿着一些重要的订货名单，帮我找到这个名单。”

高天磊知道他的脾气，听他说了这么一句，虽是有着千般疑问，也只得装作无所谓，从沙发上拿起外套来，道：“放着好好的日子不过，非得做些钩心斗角的事，左右你们的事我也不懂，可既然你说了，做兄弟的也只能去做，人交给我去找吧。”

仇少白道：“多谢。”

高天磊哼哼两声，指了指墙上的画，“跟我说这个也不嫌虚伪，这画我要了，好歹是个美女像，我摆在卧房欣赏。”走出几步又在门口停下，“你还是快点把人送回去吧，我真是撑不了这么久。”说完才大摇大摆地走了出去。

高天磊走后，唐汉生上前道：“白爷，医院那边挂了电话来，说那个孟小姐醒了，嚷着要见你。”

仇少白点了点头，道："备车。"

天空阴阴沉沉的，像是要下雨。初阳坐在尘园的花房内，一会儿动动这个，一会儿戳戳那个，百无聊赖。见桂巧正拿着一把水壶给那些月季花浇水，便凑上前去，道："桂巧，让我来吧。"

桂巧忙道："这可使不得。"

初阳唉了一声，伸手去抢，"不过是给花浇水，这有什么使得使不得的，我可不是那种手不能提的娇娇大小姐。"

桂巧扑哧笑出声来，道："初阳小姐若是闲得紧，不妨先从白爷书架里寻些书看，一会儿这里浇完了，我就陪初阳小姐去踢毽子。"

初阳只得把水壶还给桂巧，在一旁扒拉着书架上的书，问："桂巧，我们什么时候可以回去啊?"

桂巧拿着水壶的手微微停了一下，笑道："这个桂巧实在不知，只知道这次来尘园就是为了照顾初阳小姐的，要什么时候离开还是得看白爷的意思。"

初阳哦了一声，手指正好翻到一本有些歪斜的书，书脊上写着"莎士比亚""暴风雨"的字样，便小心地将它从书架上取了下来，还未走至书桌前，那厚厚的书封内竟飘落出一张泛黄的照片来。她弯了腰从地上将照片捡起来，似是被火烧过一般，老照片的左角已是残缺，但仍看得出这本是一张陈年全家福，然而此时照片上留下的，却只有一个八九岁光景的小男孩，还有一双扶在他肩头上的手，而身后扶着他的那人的模样已是看不清了。

初阳拿着那照片坐到书桌前，借着窗外的光，反复看着。这男孩儿只让她觉得莫名的熟悉，似是在哪儿见过一样。照片的背后写着一行娟秀小楷——"少安九岁留念"。

仇少白自外面回来的时候，手里正抱着一只巴掌大小的小花猫，本是一路带着笑走到她身前的，待见到她手里拿着的东西时，脸色却是突然冷得骇人，倏地将照片抽了出来，怒道："谁让你乱翻我东西的?!"

初阳被他的样子吓了一跳，道："仇少白，你干什么这么凶？我不过是想找本书看罢了。"

见她眼眶发红，仇少白心中的火气瞬时消了，他将那张残缺的照片重新收进书本里，又返回身来哄她，道："初阳，是我不好，这尘园从来没有生人进来过，我忙了一天，精神也有些紧张，不要怪我。"

他弯下身来，轻轻揉了揉她的脸颊，将那小花猫递到她眼前，道："这是回来时在山下遇到的，许是哪户人家丢的，便给你带了回来，你可喜欢?"

初阳把那毛茸茸的小东西捧在掌心里，道："说不定它只是跟妈妈走散了呢，你这样把它带回来，它就再也找不到妈妈了。"

仇少白见她接了自己的话，便将她连小猫一起拥进怀里，道："那就一直养在尘园里，有这个小东西陪你做伴不好吗?"

这一番话，让初阳心中一急，忙道："少白，我已经在尘园住了好些天了，我要回家了。"

仇少白蹭了蹭她耳边的发，笑道："怎么，这里景色这么好，你不想待久点？放你回去的话，你什么时候再来?"

她从他怀里抬起头来，"离家好几天了，也该回去了。要是我很长时间不来，它自己在这里岂不是孤孤单单的，多可怜啊!"

仇少白道："留也不是，不留也不是，我真不该把它带回来，那我干脆就再将它扔了吧。"说着就要叫汉生进来。

她又唉了一声，道："你这人真是没善心，它这么小，要是真扔在外面，怕是要饿死了，就养着吧，大不了我走的时候，带回家里去养着。”说着便将那小花猫抱在怀里。它的毛发软软的，嘴里“喵呜喵呜”地叫着，可是让她喜欢得不得了，便嚷着要叫它“萌萌”。

过了一会儿，初阳抬起头来，道：“我真的要回去了，我想姨母了。”

仇少白也伸手逗弄着小猫，道：“好，明天便回去。”

她惊喜道：“真的？”

他道：“当然是真的，不过，我也要出趟远门了，你就乖乖在家里等着我，等着我去于家提亲，等着做我的仇太太。”

初阳看着他一脸的笑意，问：“那爸爸要是不同意呢？或者，他想让我嫁给别人呢？”

仇少白道：“不会的，这辈子除了我，你不可以再嫁给别人。”他又将她的脸抬起来，道：“你跟天磊的事，我都知道。”

初阳一惊，道：“你都知道？”

他笑着捏捏她的小鼻子，点了点头，道：“再等我些时日，我一定会履行承诺，好不好？”

初阳唇边溢出笑来，嘟嘴道：“我可没有那么好说话，从来我要的东西都是最好的，你若真能娶了我，我便要一场全上海都能看到的婚礼，这样才公平。”

仇少白刮刮她的小鼻子，道：“全上海都能看到，你可不是要在飞机上嫁给我？你这小脑袋里怎么净装了些鬼主意。”

她扬扬眉，道：“我才不要在飞机上呢，那样高的位置，连亲朋的祝福都听不到。”见仇少白弯着嘴角看她，又道：“我不管，反正你要做到。”

仇少白低下头来，亲了亲她，轻声道：“好，我记住了。”

窗外憋了整整几天的阴闷天气终是落下了雨了，雨点簌簌落在花房的屋顶上，又顺着那蜿蜒水纹一路滑入草丛中，雨越下越大，渐渐的，就连窗外的树影长亭都要看不清了……

雨下了一夜，第二日清晨终是放晴了，阳光透过芙蓉叶扇照在床头的蕾丝枕套上，斑驳摇晃。

初阳醒来之时仇少白早已经与唐汉生离开了，只剩了桂巧与屋外候着的阿征。阿征是他专门派来送她回于公馆的小弟，不似唐汉生生得那样白净，倒像是粗犷的北方汉子，也不多说话，就那样站在客厅里等初阳出来。

初阳本还有些情绪，说话也没什么好语气，问他仇少白到底去干什么了，他也只道一句："阿征只是奉白爷之命在这等于小姐，其余一概不知。"

初阳虽有几分不悦，临上车了却还不忘将那小花猫抱在怀里。只是这车子行了一会儿却又突然掉头转到了白园去。初阳道："不是要送我回家吗，怎么又到了白园来？"

白园的门前却走出一个极其熟悉的人来，她定了定神，仔细一看，不是别人，正是高天磊。

高天磊依旧是一脸的春风笑意，道："初阳小姐，身体可好些了？"

初阳有些摸不着头脑，点点头，"好多了，高少爷这是……少白呢？"

高天磊道："少白已去山东了，我呢，受他之托送你回于公馆，不过，我想于小姐还是要再跟我演一场戏的。"

初阳有些警觉，道："什么戏？"

他道："若是于会长问起来，于小姐就说这几日一直与我在一起。"

初阳皱了皱眉，但想到这是仇少白让他做的，也终是没有再问什么，只道：“好。”

车子重新发动起来，发出呜呜的声音，怀里的小猫突然尖叫了一声，挣扎起来，险些抓伤了她的手，高天磊担心地去抓那小猫，却被她挡住，“没事的，它只是受了惊。”说着便将它重新抱了起来。等到上了柏油路，那小猫才渐渐安静下来，那双清澈的蓝宝石猫眼直直地盯着窗外看，似是要极力看清未知的方向。

9. 寒上月梢，玉露郁馥

那日高天磊将她送回于家之后，于正业没有多问什么，只请了医生来简单地给她检查了一下身体。

那些在校庆上作乱的人都被抓了起来，听说全都被枪毙了，有些大胆的女学生甚至去看了行刑现场，回来的时候小脸吓得惨白，直道：“太惨了，脑浆子都给崩出来了。”

初阳与沈曼芸走在路上，遇到几个女生都是叫了声“沈老师”之后便匆匆跑开了。初阳将脚底的石子踢出老远，嘴里嘟囔着：“真是胆小鬼，人又不是我杀的，躲我做什么？”

沈曼芸之前受了些风寒，一直不停地咳嗽，待稳了些，才道：“毕竟是因为你们于家出的乱子，你可知道那日给丽丽送横幅的江少爷也被牵扯其中了？”

初阳点点头，道：“我听高少爷说过，说江老爷把人带出来的时候，都脱了一层皮了。”她又抬起头来看着沈曼芸，问：“可是沈老师，那些暗中行刺我父亲以及绑架我的人真的是革命党吗？爸爸从商多年向来不问政事的，怎么会跟革命党扯上恩怨？”

沈曼芸对着她伸出手指嘘了一声，“你小声点，嫌这件事闹得不够大吗？”

初阳吐了吐舌头。

沈曼芸又道：“好了，你平安无事就好，这件事过去就过去了。”

“于初阳。”

两人正说着话，孟丽丽老远便走了过来，到了跟前又乖巧地叫了一声：“沈老师好。”

沈曼芸笑着应了，初阳却是急了，忙拉着孟丽丽转着圈打量，问：“丽丽，你回来了，你没事了吧？”

孟丽丽笑了笑，道：“我当然没事，而且还好得不得了呢。”

初阳哦了一声，问：“发生什么好事了，快让我也听听。”

孟丽丽得意地从口袋里拿出两张电影票来，“看，这是陆依依主演电影的电影票，首映就在咱上海达山电影院里，导演也要来的。”

初阳惊奇地哇了一声，道：“之前随着父亲回江苏倒是见过一次陆依依，其实真没丽丽你好看。不过导演要来的话，丽丽你去的时候可是要好好打扮一下，说不定就会找你演戏了。”

孟丽丽道：“那当然。我这里有两张票，你跟我一起去看吧。”

初阳啊了一声，又看了看沈曼芸，道：“就要大考了，我想回家看英文书，要不，让沈老师陪你吧。”

沈曼芸笑她到底是大户人家出来的小姐，这个时候还记得尊师礼，便轻咳了咳，道：“我向来对电影不感兴趣，什么陆依依、伍浓浓的远没花木兰来得有意思，再说我身体也不舒服，初阳，你就陪着丽丽去吧。”

孟丽丽又道：“于初阳，你就陪我去嘛。”

初阳这才将那票拿过来，道：“好吧。”

看得出孟丽丽是真的特别在意这件事，平时就习惯化淡妆的她今日偏要初阳陪着她到一家照相馆里化了镜头妆才罢。

电影演的是两个底层夫妻的患难爱情，初阳几次都要被演员的演绎感动，孟丽丽却像是坐在针毡上一样，一会儿这样动动，一会儿那样伸伸，弄得初阳一点心情都没有了，好容易等到电影结束了，初阳便道："好了好了，丽丽，电影也看完了，我们回去吧。"

孟丽丽却鄙夷地瞪了她一眼，道："我来又不是为了看电影的，再等等，一会儿那些导演跟演员就要上台说话了。"

初阳却真的坐不住了，便道："那我去外面等你好不好，这里闷得我喘不过气来。"

孟丽丽喂了一声，本想拉她，回头见陆依依已经上台了，便道："好吧好吧，不要走远哦，我很快就出来找你的。"一边说着一边朝着前面几排跑了过去。

初阳如释重负，赶紧钻出了电影院。只是白露秋分夜，一夜冷一夜，她刚一出来，便被那冰凉刺骨的寒风吹得打了个冷战，原本姨母已经叮嘱她穿上外套的，但是因为白天实在暖和，她便脱了下来，这会儿正落在学校的桌子上。

她将书包放在胸前，紧紧抱着挡风，一副标准女学生的模样。

她本来想找个面馆吃点热面的，也不知道怎么就转到了一家戏院门前，戏院名为广阚楼。戏院门前摆了一张很大的画报，里面传来咿咿呀呀的唱戏声，本来她是很少听戏的，此时却只觉得那画报上的人很是眼熟，鬼使神差地便推开了门进去。

戏院不像电影院，没有那么多西洋讲究，但里面的装饰却是丝毫不比电影院差，灯光敞亮，暖气徐徐，比电影院要自在上几十倍。

因为进去听戏是需要戏票的，她没有票便只能在门口那里站着往里瞧，好在没一会儿便开戏了，那角儿踏着鼓点噔噔地上了台，她看不真切，便又朝着里面蹭了蹭，只是这一蹭正好碰开了固定住门板的插销，那门呼地一下打开，她也跟着一个跟头栽了进去，原本扎在后面的头发一股脑地全到了额前去。

多狼狈啊，可高天磊偏偏又在这个时候出现了。

他叫了一声“小心”，便将她自那大花篮上扶起来。初阳只觉得都要丢脸死了，小声嘀咕：“丢死人了，丢死人了。”

高天磊笑道：“每次见你不是被绑架就是摔跤，确实挺丢人的。不过左右现在戏楼里的人都在看戏，而看到你狼狈样的就我一个，也没关系啦。”

初阳知道他是在哄自己，便露出了笑意来，她一边站直身子拍了拍衣服，一边问：“高少爷是在这里听戏吗？”

高天磊道：“没有，只是来找个朋友。”

她点了点头，想着他刚刚是从里面出来的，便道：“高少爷你身上还有票不？我想进去看看这个信芳先生的样子，他们不让我进去。”

那一副小可怜的样子，只让高天磊笑开，他将地上的书包捡起来还到她手里，道：“今日登台的不是信芳先生，信芳先生受了风寒，今晚换了戏。”

初阳惋惜地啊了一声，又听他问：“这个点你怎么还不回家去？吃晚饭了吗？”

她道：“本来是陪着同学来看电影的，她去找导演去了，我瞎逛便逛到这里了。”

高天磊哦了一声，“见导演？是你那个想做电影明星的同学吧，叫什么丽丽的。”

她点了点头，“孟丽丽。”

高天磊又问："那你吃晚饭了吗？"

她嘟着嘴摇了摇头，"没有，我都要饿死了。"

"哈。"高天磊最喜欢看她这样小孩子的表情，笑道，"走吧，我请你吃饭。"

高天磊对于这上海滩的夜场是何等的熟悉，果真没一会儿便找到了一家小笼包店，这个点客人已没那么多了，老板娘见两人走进来，喜笑颜开地从柜台后走了出来，道："高少爷，你可是好久没来了。"又看了看初阳，道："怎么，又……"

"哎！"高天磊赶紧打断她的话，"我跟朋友都还没吃饭，这不又想念张嫂你家的包子了嘛，先来两屉。"

初阳自是猜到了那老板娘要说什么，只是高天磊的那一个"又"字重复得格外重，让她忍不住笑出声来。

高天磊带着她坐到一旁的桌子上，拿了上面的青花茶碗倒水，道："于小姐可别笑，我说的是真的，这家的小笼包可是绝对地道的北方口味，好吃着呢。"

初阳笑着应道："好，那我就先谢过高少爷的美食推荐。"

包子本就有现成的，老板娘很快便给端了上来，正听到两人的话，便打趣道："哟，还小姐少爷地叫着呢，连我听着都觉得生分。"

高天磊把包子推到初阳面前，佯装生气，道："什么生分不生分的，张嫂你看又来客人了，赶紧去招呼。"

初阳看着张嫂掩嘴走开的样子，也忍不住打趣道："看来高少爷真是风流无比啊。"

高天磊敲了敲桌面，道："唉唉唉，你一个姑娘可别把这样的词放嘴边。"

那语气像极了家中的兄长，初阳便笑得更欢了，咬了一口满是肉馅的小笼包，声音含糊着道："张嫂说得其实也蛮对的，我们认识的时间虽然不长，却也不短了，你与少白是兄弟，也年长于我，以后我们不要高少爷、于小姐地叫了，我喊你高大哥可好？"

高天磊给她倒着醋的手微微顿了顿，抬眼看着她因为太烫而拿手扇着嘴中热气的可爱模样，好长时间都没有说话。

初阳好容易将那烫人的包子吞下去了，道："怎么了，高大哥是不是嫌弃初阳太丢人了，不愿认我这个妹妹啊？"

高天磊道："怎么会？不过现在你我在于会长眼里还是情侣的关系，我只是有些未转过弯来。"

初阳笑了一声，倒是豁达，道："这有什么，你我都知道的，是假的嘛，等到少白回来了，去我家提了亲便不是了。"

高天磊看着她，问："你就那么相信他会去提亲？"

初阳刚刚夹起的包子突然落到了地上，蹭过桌沿的时候，沾了满满一片油渍。她抬起头来，问："高少爷，你怎么突然说这样的话？"

复又变回的称呼，让刚刚还很亲近的两个人像是突然又疏远开了。高天磊笑着打了圆场，道："没有，只是少白这个人向来不按规矩行事，说不定他就先给你办场大婚礼，等到全上海都知道了，再去跟于会长提亲也说不准。"说着将手边的茶杯举了举，道："高大哥以茶代酒，先敬你一杯，愿初阳与少白能相扶相持，白首一生。"

初阳却只觉得莫名尴尬，身上的冷意也多了一分。

待孟丽丽找到他俩的时候，已是十点多钟的光景。高天磊怕于会长责骂初阳晚归，便亲自开车将她送了回去。

见是高天磊送初阳回来，于正业果真没有太多的责备，甚至还要请高天磊进去喝杯茶再走。高天磊只道还有朋友在车里等着，便没有多待，与初阳道别后便走了。

只是从那时开始，孟丽丽像是突然变了一个人似的，在所有同学都不喜欢与初阳在一起的时候，她却时不时地去英文部找她，这一天甚至都随着她到了家里去。

二太太是念佛经的，自是好客，笑脸相迎地叮嘱两个小丫头要好好相处，日后老了也有个说知心话的朋友。四姨太便没有那么好说话了，许是听到了什么闲话，总是阴阳怪气地对初阳说："别总是领些不干净的人回家。"

初阳瞪她一眼，拉着丽丽便跑到了房间里，道："她就那个样子，自己出身不干净就看谁都脏，你别理她。"孟丽丽叹了一口气，道："其实她说的也没错，我本来就是孟家收养来做摇钱树的，指不定后面会被卖给哪家做姨太太，自是比不上你这种大小姐清白。"

初阳佯装生气地叫了她一声："丽丽！你再这么说话，我就不理你了。"孟丽丽赶紧给她赔笑脸，初阳禁不住也笑了。说说笑笑间，孟丽丽往她床上一看，正见一个毛茸茸的小家伙正抬着脸看着她们，小女孩的心性也一下子露了出来，呀了一声，走上前去将它抱在怀里，道："初阳，你家还有这么个小东西啊，好可爱。"

初阳得意地扬了扬头，"可爱吧？它叫萌萌，是少白送给我的，说陪我解闷儿。"

孟丽丽的眼睛垂了垂，道："是吗？白爷对你真好。"

初阳也凑过去拨弄萌萌的小耳朵，道："他对我才不好呢，已经有半个多月不见人影了，不来看我，也没有消息。"

孟丽丽道："那你们的事于伯伯知道吗？"

初阳突然对着她伸出手指嘘了一声，让月香去把门关上，道："丽丽，你小声点啊，爸爸现在当然不知道，不过也快了，他答应过我回来就提亲的。"

孟丽丽哦了一声，又问："那你跟高少爷又是怎么回事啊？"

初阳神秘兮兮地笑了笑，"这是秘密，我们既是兄妹，也是最好的朋友，不过在长辈们眼里，我们是情侣。"见孟丽丽眼里有些不置信，初阳又道："是真的，少白也知道的，高大哥可是我们俩的烟幕弹。"

孟丽丽脸上的笑容有些勉强，手放在萌萌的后面，轻声道："哦，原来是这样啊……"

原本乖乖趴在床上任由两人抚摸的小猫突然喵的一声叫了起来，瞬时从床上蹦起，两人还没反应过来，它那尖锐的爪子便实实地抓伤了初阳的肌肤。

"啊！"初阳吃痛地大喊了一声，月香赶紧上前查看，道："呀，小姐你的手！"

于正业正好与陈力水从书房里出来，听到初阳的喊声也赶紧推了门进来，问："阳阳，你怎么了？"

初阳看着已经钻到枕头下去的萌萌，道："没事，就是被萌萌抓了一下。它刚才还好好的，也不知道怎么突然就发疯了。"

于正业一看她手上的血，暴跳如雷地对月香道："还愣着干什么，赶紧叫医生！路边捡来的畜生也敢在家养着，快抓去扔了！"

"是。"月香应了一声，让门外的用人去叫了医生，然后转身就要上前去抓萌萌。初阳却一下子挡在她的前面，道："爸爸，萌萌向来很乖的，它刚才一定是受了惊吓才这样的。"

一直没有说话的孟丽丽终是站了出来，她抬眼看了看陈力水，道："于伯伯，是丽丽的指甲太长，刚才不小心夹到了萌萌的尾巴，初阳喜欢这小家伙，您要怪就怪我，不要把萌萌扔掉了。"

于正业方才正眼打量起这个随着初阳一起回家的女生，只见她虽是与初阳一样穿着女校的校服，却愣是将领口的扣子换成了花朵的模样，裙子上还绣上了一只翩翩起舞的彩蝶，尽显小女子爱美俏皮之态，那双看着他的眸子，也正如秋水般盈盈惹人怜。

陈力水也出了声，道："是啊，老爷，这小猫是小姐那日自高少爷车上下来的时候带回来的，怕也是高少爷送的，让下人给它剪剪指甲，防着点便是，要是扔了，小姐怕真要伤心的。"

于正业抬眼看着初阳，似是在无声地问她陈力水说的是不是真的，萌萌也像感受到了周围危险的气息，这会儿倒老老实实地待在了初阳的身后。

于正业方才道："罢了，等会儿医生到了先让医生看看你的手。"

所幸小猫是干净的，初阳的手除了破了点皮并无大碍，但自那以后孟丽丽却是以弥补对初阳的愧疚为借口，往于公馆去得更勤了。

那一日正好是礼拜六，下午没有课，又是难得的好天气，两个小女生便到了后花园去晒太阳。

萌萌变得比之前活泼了不少，一放到草地上便撒了欢地跑。初阳叫月香去楼上把无线电打开，对孟丽丽道："丽丽，你知不知道来上海之后，你是第一个主动跟我亲近的朋友，之前不管是上学还是玩耍，陪我的就只有月香。"

孟丽丽道："你是于家的大小姐，按理说，想与你交朋友攀关系的得打破头才是。"

初阳却是叹了口气，道："做这个于家小姐有很多时候也很无奈的。"

月香去把无线电打开之后，又给她拿下来一块画板，道："小姐，你好久都没有画画了，今天天气这么好，就画一张吧。"

初阳看了看孟丽丽，便道："也好，丽丽，为了庆祝我们的友谊，我就给你画张画可好？"

孟丽丽抬了抬眼，道："好啊，不过你要把我画漂亮点，以后说不定还可以直接拿着做我的宣传画报。"

初阳笑着道："好，那你要跳舞吗？"

孟丽丽道："当然要！"

月香与萌萌在一边玩耍，偶尔还能听到一声："啊，我撞到萌萌的屁股上了！这小东西停下怎么也不说一声！"两个小女子当即笑开，那爽朗的声音只让这花园的花草都随着摇摆了起来。

高天磊听说初阳受了伤，那天也带了一些补品来看她，他告别了二太太便来到了后花园，正好看见这样一幅大好的景色。

无线电里响着的是悠扬的西洋曲子，身着白色长裙的孟丽丽正翩翩起舞，初阳披了一件淡青色的单衣斗篷坐在花坛边上，手握铅笔，时不时地抬头与孟丽丽对笑，阳光透过树枝打在她的颊边，眉眼弯弯，灵秀如画。

孟丽丽早就看到了高天磊，脚上的动作停了停，刚要叫他，却被高天磊拿手晃了晃止住，似是顽皮的小孩子那样蹑手蹑脚地走到初阳的身后去。

初阳正要画孟丽丽飘舞的长裙，见她不动了，便抬了头嚷道："丽丽，你怎么不跳了？我还没画完呢！"

"你画得真好。"

孟丽丽没有说话，高天磊却是突然在她身后出了声。初阳吓了一跳，回过头来，拍着自己的胸膛，埋怨道："高大哥，我要被你吓死了！你怎么每次都是这样神出鬼没的。"

高天磊却笑了，道："是你自己画得太入神，怎么还怪我了？"

孟丽丽也笑出声来，初阳恍然大悟，道："好啊，丽丽，你刚刚还说是我的好朋友，竟联合高大哥一起骗我。"

孟丽丽道："我哪儿敢啊，不过是被高少爷给迷住了，成了同谋。"

高天磊有些不喜欢她说话的语气，总觉得一个小女孩这样太过轻浮。他笑了笑，也不接话，只是看了看初阳，问："怎么样，手上的伤好点了吧?"

初阳将手伸到他眼前晃了晃，道："不过是破了皮，早就没事了。"她看了看他身后拿着的东西，问："怎么，你给我带了礼物吗?"

高天磊将那袋子打开，拿出来的竟是一只蝴蝶形状的风筝。初阳新奇地哇了一声，道："好漂亮的风筝。"又看了看那袋子下面，竟还有两个穿着红衣服的小泥人。

高天磊将那小泥人拿出来，小声道："我可不敢送你这种东西，走吧，我受托要带你去一个地方。"

初阳自是能猜到这送礼物的是谁，高天磊刚要拉着她走，她便哎了一声，道："可是丽丽……"

高天磊道："那人只叫了你，旁人我可不敢一起带了去。"

孟丽丽在一边早将两人的对话听了个清楚，便知趣地先开了口，道："初阳，你就跟高少爷去吧，那个电影导演下午约了我去试戏，我也要走了。"

初阳有些尴尬，还未说什么，高天磊倒是先开了口，招手把候在一边的常胜叫过来，道："常胜，送孟小姐回去。"

孟丽丽被送走了，高天磊也一路载着她从城中到了郊外。

虽已入秋，那田间的绿色却尚未褪尽，瑟瑟微风吹来，那金黄色的稻田里便如波涛汹涌的海，星星点点的绿随风荡漾，让人的心也随着轻轻摇晃似的。

她本以为就要在这个地方停下了，没想到高天磊却是继续开着车往里走，直到开到了一个被尖锐的铁蒺藜围起的场地前才停了下来。那门前拴着几条黑色的大狗，见她下来，便开始拼了命地狂吠，直吓得她小脸惨白，下意识地朝着高天磊的背后躲。

唐汉生先行走了出来，对那几条大狗做了几个手势，大狗果真就安静了，竟还像小孩子撒娇似的呜呜叫。他走到两人跟前来，道："高少爷，于小姐。"

初阳这才稍稍回了神，问："这是什么地方？"

唐汉生道："这是白爷带人打枪练拳的靶场，于小姐不要害怕，白爷就在里面等着您呢。"

说完，便带着两人走了进去。

当她看到他手握短枪，眼神冷清而又凶狠地将一只活蹦乱跳的小兔子一枪射死的时候，他是帮派中人的可怕念头突然就在她的脑海中清晰了起来。那小兔子中枪之后，挣扎了几下便不动了，她的手心也开始发凉。

唐汉生见仇少白收了枪停止射靶，赶紧跑上前去，道："白爷，高少爷跟于小姐来了。"

仇少白装弹匣的手顿了顿，下意识地朝着门口看，果真看到她面色发白，一脸害怕的样子，当即面色一沉，怒道："谁让你把人带到这里的?!"

唐汉生一个激灵，仇少白把枪摔在他的身上，"去，让他们都散了，今天到此为止。"

"是。"

仇少白快步跑到两人身边来，竟像是做错事的孩子那般，搓了搓手，道："初阳，你来了。"

高天磊见他这样子，却是笑了，将初阳往前一推，推到他身前，如释重负，道："好了，人也给你带来了，我这个烟幕弹也该风来散场了。"

仇少白道："天磊，谢谢你。"

高天磊回了一句："虚伪！"说完便大笑着转身，故作潇洒地背对着两人挥了挥手，道："这天下能自己给自己戴绿帽子的男人，怕是只有我高天磊一个了。你们有什么悄悄话便赶紧说吧，我也要去会我的莺莺小姐了，咱回见。"

初阳这才笑开，抬起头来看着仇少白。仇少白本已做好说大道理解释刚才用枪射小兔子的事，却没想到她竟开口说了一句："少白，你也教我打枪吧。"

仇少白一愣，道："怎么突然要学这个，女孩子拿枪很危险的。"

她却道："什么都不会才是最危险的，现在的我就像是这只小兔子一样，爸爸身在高位仇家多，校庆上的事，我不想再经历一次，也不想自己再有危险时，任人宰割。"

他将她的手握住，道："傻丫头，我可以保护你的。"

她摇了摇头，道："那万一你不在我身边呢，就像这段时间，我都找不到你，你又如何保护我？"

仇少白的心里突然有些酸楚，那样直直地盯着她看了半晌，初阳还以为他又要说出什么反驳的话来，却突然被他抱在了怀里。

身边尽是些拿着枪把来回走的小弟，全都偏了脑袋往这边瞧，初阳一下子连耳朵根都羞红了，轻叫了一声，要挣脱他的怀抱，道："你干什么，放开我。"

他却是仿若未闻，干脆将她拦腰抱起，也不说话，就那样一路抱到了办公室里。

他看着她气鼓鼓的样子，解释道："前几日，义父让我去山东处理的事缠人，所以才耽误了回来的日程。我答应你，以后都不会了好不好？"

她瞪了他一眼，"仇少白，我不喜欢你这样一消失就找不到。"

他嗅着她的发丝，笑道："那要不以后我黏着你。"

她哎呀一声，嚷道："仇少白，我讨厌你！"

仇少白笑道："要是讨厌，那你还要跟我学打枪吗？"

她抬起头来看着他，"你同意了？"

他点点头，道："不过我还有些事，晚上又要走了，等我下次回来好不好？"

她听到这话，又嘟起了嘴来，道："怎么，你还要走？这次又是多少天？"

他道："很快。我再回来就去跟于会长提亲。"

她瞪了他一眼，"你都说过好多次了，谁知道是不是又骗人，我看你非得要等到我跟高大哥被推到花轿上了才急是不是？"

他紧紧拥着她，道："这次是真的，相信我。"

她噘了噘嘴，道："那你要怎么证明呢，或者，我凭什么相信你？"

他似是早就料到她会这样刁难，便从腰间拿出那把被她找回的佩刀，笑道："这把刀你拿着，这可不是普普通通的短刀，若我没回来娶你，你就把它送去官府，这刀柄上的凸起是城南码头仓库的钥匙，那个仓库里面都是禁品。"

她吓了一跳，赶紧将那短刀推回去，"我才不要这个呢。"

他笑了一声，将佩刀牢牢地按在她手心里，道："你不是问我要证明吗，这钥匙后面就是我的性命，我把性命都交给了你，你总该相信我了吧？”

初阳这才接受了那把重似千金的佩刀，道：“那你可要早点回来娶我，我狠起心来很可怕的，你要是负我，我会真的拿这把刀要你的命。”一边说着一边不忘拿着刀在他的脖颈处比画，本想发发狠，却没忍住，自己先笑了。

他将她的手一把握住，有些分不清真假地重复道：“好，要是我负你，你就拿这把刀来取我的命。”然后亲了亲她的额头，“现在还有些时间，你想要做些什么？我们去放风筝好不好？”

她点点头，变回乖巧的模样，道：“好。”

夕阳染红了天边的云彩，照亮了两人唇边的笑，林中清新的空气弥漫在靶场上空，有些分不清到底是花的气息，还是泥土的气息，涩涩甜甜扑面而来，只让人迷失在其中而忘了原本的方向。

10. 凌霄落雨，一曲往昔

高天磊自打靶场回来之后，并没有回稽查局，更没有同什么莺莺小姐燕燕姑娘约会，而是独自进了舞月堂的包间，一个人喝得酩酊大醉。

常胜把孟丽丽送回去之后一直陪在他的身边，看着他不要命似的喝法，心惊胆战，道：“少爷，别喝了，你不要命了啊。”

高天磊喝得有些上了头，双颊红红的，他抬起头来看着常胜，因为喝得太多，说话也有些大舌头，他道：“常胜啊，少爷我……少爷我心里好难受……”话刚说完，便是一阵恶心的干呕声。

常胜赶紧拿了一边的痰盂来给他接着，道：“少爷少爷，痰盂在这里啊，你那是醉了堵的，吐出来就好了啊。”

他却像是小孩子似的嘿嘿笑了，站起身来，有些摇摇晃晃地走到常胜跟前，一手搭着他的肩，道：“吐什么吐，少爷我根本就……根本就没醉……”话尚未说利索，胃里的秽物又涌了上来，全吐在了常胜的身上。

常胜哎哟一声，脸色都变了，自己也忍不住干呕了几声，赶紧把高天磊拉开，道：“少爷，你一定是故意整常胜的吧？常胜怎么就这么命苦呢，偏被分到少爷房里了！”

一边说着一边又小心地将罪魁祸首扶到沙发上去，却听他已是迷迷糊糊地睡过去了，嘴里低喃着：“是我活该，是我……活该，偏偏对……对你……是我活该……”

初阳回到于公馆的时候，正好是吃晚饭的时间，她因为刚刚跟仇少白吃了东西，所以不饿，便随便找了个借口回到了房间里。

她像是对待稀世珍宝似的将那把佩刀装到了一个镂空的蔷薇锦盒里，又给锦盒上了锁，拿着锦盒在屋子里来来回回走了几遍，才找到了一个自认为是稳妥的藏匿之处。藏好后，她像是完成了什么大事一样，双手拍了拍，十分惬意地朝着身后的软床躺下去。

萌萌平时最喜欢爬到衣橱顶上的一个小盒子里趴着，这会儿正露出一个小脑袋朝下看，她心情大好，便将还在纸袋里的那对小红人拿出来，对着萌萌喵喵叫了几声，引它跳下来。

小家伙果真是随了主人，一点定力都没有，也或许是因为它把那小红人当作了吃的，眼睛一亮便真的跳了下来。它的指甲都被剪平了，所以当它的四只小肉团按在初阳肚子上的时候，只让她又软又痒地笑了起来。

二太太推门进来的时候，正见她与萌萌在床上闹成一团，便咳了咳，道："你这孩子，当真是好了伤疤忘了疼，当心它再咬你。"

她抱着萌萌坐起身来，脸上是还没有撤去的笑，撒娇道："姨母，怎么连你也说这样的话了？萌萌很乖的，我让它给你跳舞看。"

说着便拉起萌萌的两只前爪，嘴里哼着乱七八糟的调子要小猫跳舞。

二太太道："好了好了，你好好坐着，姨母有些话要问你。"

二太太很少有这样正色跟她说话的时候，初阳的心里一下子紧张起来，把萌萌放到一边去，端端正正地坐好，道："姨母你要问什么，干什么这么严肃啊？比爸爸还要吓人。"

二太太坐到她的身边，将她散乱的头发捋顺，叹了一口气，问："阳阳，你老实跟姨母说，你跟高少爷到底走到哪一步了？"

初阳道："什么哪一步啊，姨母，我跟高大哥清清白白，什么关系都没有。"

二太太双眉蹙了蹙，道："什么关系都没有？你之前遭人绑架，与他同住了那么久，今天回来的时候又这样开心，还说什么关系都没有？"

初阳急忙道："不是的，之前根本就不是高大哥，是仇……"她话说了一半，赶紧又捂住了嘴。

二太太道："不是高少爷，难道是你之前说的那个救你的先生？"

她似是做错事的小孩子似的点了点头。

二太太双眉皱得更紧了，又指了指她身后的那对小人，"那么，今天你出去见的也是他？"见她又是那样点了点头，二太太直叹了一口气，道："你这孩子，姨母早就让你收收心的，你知不知道你爸爸已经开始在跟高局长商议你们的婚事了？"

“什么?”她一下子从床上蹦起来，“为什么?高伯伯不是已经同意高大哥的话，说明年再谈这件事吗?”

二太太道：“等不及的是你爸爸，于氏公司出了问题，跑马场一直没能开建，总商会会长选举一事又迫在眉睫，老爷也是没办法。”

这样一番话，只让初阳觉得血管里的血液都要沸腾起来，她道：“利益利益，他心里想的永远都是他自己的利益。姨母，我这就去跟爸爸说明白!”

初阳说着便下了床，就要拉开门出去了，却又被二太太拉了回来，她道：“阳阳，不要再闹了，若是没有李总长的帮助，你爸爸拼了一辈子的心血就要毁了!”

她大喊一声：“可是姨母，爸爸若真的为了利益，为了那些虚名而与高家联姻，毁的就是我一辈子的幸福!”

窗外突然刮起了大风，原本关着的窗户咣当一声被有力地吹开，她眼中的泪也终是随着呼啸而进的凉风落了下来。

二太太却是将她拉回床上去，道：“月香，还不快去把窗子关上!”

初阳只觉得心里头委屈极了，眼泪一滴一滴落在那对小红人身上，她喃喃道：“姨母，我不可能嫁给别人的，他就要来娶我了……”

于氏公司真的出事了，一大清早便有一群人聚集在于公馆的门口，他们手里拿着大大小小的家伙，情绪狂躁地喊着：“奸商于正业还我血汗钱!奸商于正业还我血汗钱!”

初阳本就因为姨母的话而一夜未睡，听到这些喊声时便赶紧下了床，从阳台往外边看了看，匆匆套了件衣裳就下了楼。

陈力水不知什么时候也来了，正在沙发上唉声叹气。二太太坐在一边捻着佛珠，一脸担忧。初阳几步跑到了于正业的身边，问：“爸爸，这是怎么回事？”

四姨太在一边抚着肚子，抢道：“也不知是哪个王八羔子干的好事，竟一夜之间……”

“闭嘴！”本还是一脸平静吸着烟斗的于正业突然怒喝一声，“老子的事什么时候轮得到你说话了？！”

四姨太当即闭了嘴，脸上有些发讪。

初阳抬头看了看二太太，却见她正在对自己摇头，示意不要问。可初阳偏是不听劝，又问于正业，道：“爸爸，我是你唯一的女儿，你告诉我到底发生了什么事？”

于正业看了看她，只低叹了一声，将烟斗扣在茶几上，道：“这是大人的事，不用你管。早上这么冷，怎么只穿了这么一件衣服就出来了？月香，快扶小姐上去。”

初阳却不从，道：“爸爸，你都要把我当作筹码嫁出去了，我难道还不算是大人吗？你就告诉我吧。”

于正业没料到她竟说出这样的话，怒气冲冲地瞪了二太太一眼，道：“你听谁胡说八道的？你是爸爸的宝贝女儿，爸爸怎么可能拿你作筹码？你快回房去吧，爸爸还有事。”又朝着坐在客厅里的一干人都挥了挥手，“都走，都走，没有我的允许，谁都不许下来。”

他的态度强硬，所以一家人也就乖乖地回到了楼上的小客厅去，这小客厅向来是亲朋家眷打牌的地方，这会儿桌子都还密密麻麻地摆着。

四姨太鄙夷地瞪了一眼一直在捻佛珠的二太太，嘴里嘟囔道：“真是念佛念傻了。”

初阳听见了，气得上前道：“你说什么呢？！”

“阳阳！”二太太开口把她叫住，道，“你四姨娘有孕在身，脾气不好情有可原，你这是做什么？”

初阳只觉得头都大了，一个是什么委屈都吞到肚子里的老好人，一个是整天想着算计人的风尘女，心情越不好就越觉得这于公馆里没有一个正常人。她道：“要说母亲我只有一个，姨母我也只有一个，她算我哪门子的姨娘！”

四姨太哎哟一声，刚想说什么，初阳便狠狠地瞪了她一眼，“你闭嘴！”那一眼便让四姨太的气焰瞬时消了大半，只顾装可怜地摸着肚子叹气。

初阳坐到二太太身边去，道：“姨母，你昨天就跟我说过爸爸公司出了事，你快告诉我，到底出了什么事，那些人为什么堵在我们家门口说那些话？”

二太太叹一口气，道：“原本这上海除了那些洋人开的银行，华人最信任的便是咱于家的银行了，可是这几天也不知怎么回事，突然就有人到处散播咱于氏银行已被亏空，说里面的钱被老爷全都投进了跑马场，现在出现了变故，于家就要破产了。”

初阳道：“那爸爸把钱提给大家就是，怎么还会被人无缘无故地扣了这样的帽子？”

四姨太在一边轻笑了一声，道：“还说自己不是小孩子，要是真有钱，我们于家能让人闹到家门口来？”

初阳心头一惊，“那是什么意思，跑马场真的出事了？经营权不是都已经登报了？”

二太太摇摇头，道：“自然不是。我听陈力水说，是一个叫白少安的人，一天之内把存在于氏银行的五十万全部取走了，一些跟于氏有来往的大客户也纷纷提了钱，剩下的钱已是寥寥无几。放出这样的流言，定是别有用心。”

“白少安?”初阳下意识地重复了一下这个名字，只觉得是在哪儿听过。她道：“全上海家世显赫的姓白的人家没有几个，爸爸可是又得罪了什么人?”

二太太道：“我只听到了这里，那些人便到门口闹事了，不过听老爷的口气，倒好像是真的认识这位姓白的。”

初阳思索片刻，倏地站起身来，道：“月香，你让司机去后门等我，我要去趟稽查局。”

二太太道：“这个节骨眼儿上，你去稽查局做什么?”

初阳道：“姨母，您不是也说爸爸已经在向高伯伯、李总长寻求帮助了吗，我想要自己去弄明白。”说完便转身回了房换衣服。

闹事的人都聚在于氏的前门，后门倒十分清静。等初阳换好衣裳到了后门的时候，车子已经在那里等着了。她坐上去，道：“载我去趟稽查局。”

高天磊昨夜在舞月堂里喝得烂醉，很晚才回到稽查局，这个时辰自然是还没醒。初阳走近稽查局的时候，常胜简直像是看到了救星一般，大叫着：“于小姐，你总算是来了！你快去看看我家少爷吧。”

初阳眉头蹙了蹙，问：“高大哥怎么了?”

常胜道：“我也不知道啊，昨天自靶场回来之后就一头栽进了舞月堂……”说到这里，又赶紧改口，道：“不是，少爷是去了舞月堂喝酒，昨晚很晚才回来，就只是喝酒，一直喝一直喝，拼了命地喝，到现在都还没醒呢，嘴里嘟嘟囔囔地直叫你跟白爷的名字。”

常胜一边说着，一边引初阳到里面去。稽查局后边附设的卧房自是没高公馆那般敞亮，简简单单的水门汀地面上摆放着一些桌椅，粉白墙边种了些小盆栽，虽不讲究，却也雅致。

常胜带着初阳一路往里走，便是高天磊的卧房了。门一被打开，便是扑鼻的酒气。初阳拿手扇了扇，抬眼见屋子的窗户都还是紧闭的，便道："常胜，你去把窗子打开吧，透透气。"

常胜便赶紧应了去开窗，初阳径直走到高天磊的床边来，只见他身上还穿着昨日他送她去见仇少白时穿的那件羊毛薄衫，领带歪歪扭扭被扯得不像样子。他的脸上还泛着红，一看便知昨晚醉得有多厉害。

他的眉头紧皱着，拿手抓了抓脖子，突然一个翻身，将身上的被子踢开，有一半都被踢到了地上。常胜哎呀一声，刚想跑过去捡，就见初阳已伸手捡了起来，很是自然地替高天磊重新盖了回去，他便站在了墙边上，不再吱声，生怕一说话就会让气氛尴尬似的。

"水，我要喝水……"

高天磊迷迷糊糊地大喊了一声，吓了初阳一跳。常胜赶紧去倒了一杯茶水递了过去，又帮着初阳把高天磊的身子扶了起来。初阳从口袋里拿出随身带着的帕子来，像是对小孩子似的挡在他的胸前，一只手又小心地将杯沿压到了他的唇边上。她的身上带着一股淡淡的香气，随着茶水的雾气齐齐涌进高天磊的鼻腔，只让他倏地一把抓住了那双还握着茶杯的手，本是眯缝的双眼也一下子睁开了。

"高大哥。"初阳被他这冷不丁的举动吓了一跳，下意识地想要把手抽出来。

他却是将她握得更紧了，看着她，含糊不清地问："你是谁?"

常胜在一边替他捏了一把汗，赶紧上前道："少爷，少爷你到底是醒了还是没醒啊？这是于小姐，特意来找你的。"

他依旧盯着初阳看，原本微蹙的双眉却突然展开了，唇角也露出一个笑来，道：“我真是醉了，初阳只看得到少白，才不会……才不会来看我。”只是这样一边否定着，却又突然将她的手举了起来，杯子里的水到底是洒到了他的身上，亦打在了他那双长长的睫毛上，正像是从他眼里涌出的泪。

他有些鲁莽地将她的手瞬时拉到自己的胸前，她的身子便也随着离他近了些。初阳有些发蒙，他却是突然拿手捧着她的脸，就要亲上去。初阳下意识地将他猛地推开，反手打在了他的脸上，却没想到他的身子竟就这么摇摇晃晃地倒了下去，头也结结实实地撞在了床沿上。

“少爷!”常胜赶紧上去扶他。

初阳觉得难堪极了，便起身退到一边去，被他抓过的手紧握在胸前，到底还是担心自己那一推真伤了他，见常胜又将他扶回床上躺好，便压着气，问：“他没事吧?”

常胜哭笑不得地摇了摇头，“少爷是魔王出身，哪那么容易有事，挨了于小姐这一巴掌，又睡过去了。”

想着他毕竟是醉了的，不能当真，初阳便无奈地笑了笑，道：“他身上好像有些烫，要不你去煮碗驱寒汤吧，我还有事需要他的帮忙，可别在这个时候病了。”

“哎!”常胜才不管后半句是什么呢，只当是初阳对他家少爷的关心，应了一声便跑开了。

高天磊睡过一觉，不到晌午的时候就醒了，喝了常胜端来的驱寒汤，他整个人也精神了不少。这一次初阳倒是不敢再向前，坐在沙发上，隔着老远地叫了他一声：“高大哥。”

高天磊头还有些发疼，听到有人叫他，便揉了揉脑袋往这边看，待看清了是谁的时候，心里一下子打了一个激灵，早上的事也在脑子里翻来覆去地演了起来。他极力掩饰心里的尴尬，装作没事一样，道："初阳，你怎么来了？"说着便要下床来，却因为躺得太久，猛地一下有些头晕，险些摔到地上去。

常胜赶紧将他扶住，忍不住唉了一声，尽是嫌弃之色。初阳忍不住笑了，她站起身来，揶揄道："高大哥，你还好吧？"

高天磊自嘲地笑了，道："还好，还好，就是有些找不到南北。"他一边说着，一边也坐到了沙发上去，看着她，道："怎么，找我有事吗？"

初阳见他是真醒了，方才坐直了身子，道："高大哥，我爸爸的银行出事了。"

高天磊的身子一顿，道："出事？"

她点点头，手指轻轻划着手包上的流苏，道："姨母说，是一个叫白少安的人在爸爸银行存了五十万之后又在昨天一天之内取了出来，那些大客户也不知听了什么谣言，把账户上的钱全都取走了，那些取不到钱的老百姓今天早上都堵在了于公馆的门口，他们大骂爸爸是奸商。"

高天磊道："白少安？你是想让我帮你查一下这个人的背景吗？"

初阳点点头，道："或许他跟爸爸有什么误会，我想帮爸爸去谈谈。"

高天磊眉头蹙了蹙，在上海滩姓白的，又家世显赫的不是没有，但是在这个总会长选举的节骨眼上，能明目张胆跟于正业唱对台戏的却绝对没有。那么这个白少安，要么是于家劲敌化名所为，要么便是一只隐藏极深的黑手，能让于正业毫无防备被将了军。无论是哪一种，对方怕是早就有了详细计划，说查，谈何容易？

初阳见他半晌没有说话，有些心急地叫了一声："高大哥，是不是初阳的要求太鲁莽了?"

高天磊啊了一声，道："不会，你叫我一声高大哥，我定会全力帮你。"

初阳听他答应了，悬着的心这才落了下来，道："谢谢高大哥。我是偷偷跑出来的，那我就先回去了。"

高天磊道："这个时辰了，要不我请你吃过午饭再回去。"

初阳道："姨母还在等着我，我叫了家里的车子来。"

高天磊道："那好吧，路上小心，有消息我会往于公馆挂电话的。"

初阳点点头，起身往门外走去。高天磊也跟着一起走到了门边，刚要迈开步子送她至车前，却是被她拒绝，她道："高大哥，你还有些发烧的，就不要出来了，谢谢你。"

稠李树上突然掉下一片发黄的叶子来，随着秋风转了一个圈，正巧落到了她的发上。高天磊跨出一步想要去帮她摘下来，她却不自知，似是孩子一样笑了笑，转身甩着手里的牙黄色提包便走出了门去。

高天磊举起的手又慢慢收了回来，稠李树上的叶子似是感受到了秋风的召唤，又呼啦啦地落下了一片，盖住了她来时踩过的石子路，也挡住了她的背影。他抬首望了望湛蓝的天，秋浓寒透，那些云彩竟也不知不觉离他那样远了，只剩了那尚未散去的香气，却已是闻不尽摸不到了。

初阳回到于公馆的时候，正门前堵着的那些人还未散去。原本司机开着车子要从小路绕到后门去了，在经过人群的时候，也不知是谁喊了一句："是于正业的车!"那些人便又纷纷涌了上来，将车子围了个严实。

司机下意识将车门车窗上了锁，把脚踩在了油门上。初阳却大叫一声："不要！"司机看着她，道："小姐，这些人现在这样狂躁，不冲出去，会有危险的。"

她却道："你这样将车子开出去，他们就没有危险吗？他们也是人，辛辛苦苦赚来的钱存进银行却拿不回来，暴躁也是难免的。"

"可是小姐……"

她道："于叔，你把车门打开，让我下去。"司机面露难色，还想说什么，她又道："于叔，我自有分寸，你就把门打开吧。"

那些人见是一个小女子自车上下来的时候，都有些愣住，里面似是有带头的人，率先将她认出来，道："这是于正业的宝贝女儿，把她给绑了就不信于正业这个奸商不把钱拿出来！"说着便怂恿人们前去抓她。

司机有些急了，忙将车里的引擎打开，汽车呜呜地叫着，他道："谁敢动！谁敢动我就将车子从他身上压过去！"

初阳虽是个小女子，见这般情形却是冷静得多，她的双手抬了抬，喊道："大家听我说！于家银行并不会破产的，跑马场也没事，各位少安毋躁！"

人群中有人道："你说没事就没事啊！要是有钱就还给我们，让你老子不要躲在里面做缩头乌龟！"

初阳道："大家听我说，初阳知道大家存在于家银行的钱都是你们辛辛苦苦的血汗钱，也是因为信任于家拥护于家才将钱存到银行里的，过去这八年里，我于家可有做过对不起大家、不守信用之事？"

其中一位年纪稍大的老太爷拄着拐杖，道："那倒没有，可是昨日不代表今天，现在全上海都知道于老爷为了选会长之事，重金投资跑马场，我们相信关于于家银行被亏空一事并不是无风起浪!”

“是啊，什么都别说了，要是真有钱，就把钱还给我们啊!”

人们吵吵嚷嚷着拥了上来，初阳回过头来问司机：“于叔，是不是在银行门前也有人在闹事?”

司机点点头，道：“这前后加起来有几百号人!”

初阳皱了皱眉头，又对众人道：“家父是重金投资跑马场不错，可也绝不会用大家的血汗钱，所谓家丑不可外扬，这里面的缘由恕初阳不能详细告诉大家。这样，于家在江场路有三家米铺，现在所有人都可以凭手上的存单图章去领取二十斤大米，最迟明日，明日于家便给大家一个答复!”

“那就是真没钱咯?”

“哎哟，还说什么，赶紧去领米吧！晚了连米都没了!”

“是啊是啊，走走走!”

“就是，先捞回一点是一点吧，明天再来！这么大的于公馆总是跑不了的!”

众人一哄而散。初阳对司机道：“于叔，你快去给米铺挂电话，就说是爸爸的意思。”

于叔是于家的老司机了，自小看着初阳长大，却从未想过她有这样大的胆子，可是这时候也顾不得了，他将车子随便找了个地方停下，便跑了进去。

初阳面上依旧是平静的样子，双脚却早已软了下来，刚走一步，那鞋跟也像是跟她作对似的咔嚓一声断开了。她便干脆赤了脚，拎着鞋子走进了家门。

于正业却早已站在了门口等着她，初阳吓了一跳，这会儿倒心虚了，叫了一声：“爸爸。”

于正业盯着她，道：“你好大的能耐！你知不知道今年大旱，庄稼低产，我们米铺的大米本来可以翻倍提价的！”

初阳将鞋子扔到地上，道：“初阳就是知道才提出的这个条件，若不是因为粮食珍贵，我大可让大家去瓷厂、衣行换东西。爸爸，他们不是你们做生意的，如今时局这么乱，能填饱肚子，活下去已是最大的奢求。你本就已拿不出钱来给他们，怎么还又想着怎样再从他们身上赚钱?!”

于正业倒不料她能义正词严地说出这些话来，怔了怔，道：“我自是有法子让他们拿到钱，不过是时间问题。从老百姓身上赚钱那是商人的天性！你以为你是靠什么长这么大的?!”

她的胸口有些发闷，道：“所以我用你米铺一点点的利益，换了解决问题的时间。我已经去找了高大哥，等到查出那个白少安是谁，我定会亲自去替爸爸讨一个说法。”

她突然提到“白少安”三个字，只让于正业的眸光中突然透出些怒意来，“胡闹！谁让你掺和这些事的！今天的事我就不跟你计较了，可是关于查什么白少安，就到此为止！”

初阳道：“为什么？只有找到他，弄明白了背后的事，爸爸才能解这燃眉之急。”

于正业将拐杖重重地敲了一下地面，“我说到此为止就到此为止，哪有什么背后的事！为了你替爸爸作出的承诺，就算是卖地契，明日我也会把钱补到银行去！”

“爸爸！”

于正业厉声道：“上楼去！”

初阳见父亲当真是动了怒，心里就算有着千般疑问也全都咽了回去，只能怄着一口气跑上了楼。

因初阳的承诺，于公馆好歹得了半天的清静。于正业自刚才把初阳训斥了一顿之后便出门去了，直到天黑都还没有回来。而初阳明知道高天磊那边不会这么快就有小消息，却还是傻傻地等在了床边的电话前。萌萌就躺在她的手边上，没心没肺地正拿小爪子拨弄着枕头上的细穗，偶尔还像捕捉猎物似的弓着背喵喵直叫。

她将萌萌抱在怀里，轻轻揪着它的小耳朵，道："像你似的做个小猫多幸福啊，什么事都不用操心。"

月香站在一边道："小姐，你也不要太担心了，左右老爷说了既然你给争取了时间，他就一定有办法。小姐，你晚饭也没有吃，月香去给你热杯牛乳吧。"

初阳点点头，"去吧。"

月香出去后，初阳抱着萌萌从床上下来，走到了阳台上去。阳台上种了一些凌霄花，顺着花架爬了满满一杖子，原本夏天的时候开满橙色的小花很是美丽，到了这个时候，花都败了，只留了些棕黑色的残蒂在上面，应着这墨青的夜，只让人觉得越发的寒冷。

在旁边放着一架白色的钢琴，这是在她十岁生日那年，于正业从德国找了师父做的，那盖子上面还刻着她的名字，而那一年她的生日愿望便是要爸爸娶了姨母。

她把萌萌放到一边去，抬起手来轻轻地按了上去，随着熟悉的音符响起，小时候的往事便在脑海中翻涌而来。

即便是现在，她还是没办法原谅自己的父亲。她清晰地记着，当年他为了赶赴那些商业之约，狠心将母亲扔在医院时的绝情。

她的妈妈是一个很美丽的女子，至少在她的心目中没有谁比妈妈更温柔，更漂亮。妈妈原本是盐城大户人家的千金，因为在码头上对爸爸一见钟情而决意下嫁，外公本是不同意的，但最终拗不过妈妈的执着。爸爸生意上的精明终是得到了外公的认可，婚后，他更是借着外公家的家产在江苏盐场干出了名声。

但自那以后，爸爸像是疯魔了一般，只顾生意，心里也只有生意。爸爸本可以有个儿子，她本来也可以不这么孤独的，然而妈妈就要临盆了，他却只道："上海一行，必会让我翻身成龙。"

妈妈难产，可是爸爸却要走了，初阳哭着一路追到码头，爸爸终是没有回头看她一眼。

那时候的她，为了妈妈才是最勇敢的吧，她甚至爬上了那艘货船跟着一路到了上海，可是上海太大了，大到让人害怕，她从船里爬出来，又饿又冷，无助地看着码头上来来往往的人，唯独找不到她的爸爸。

那时候的黄浦江上尽是做工的货船，她一路找一路哭，却被突然驶进港口的船只上的光刺痛了眼睛，竟一下子踩空了路阶，生生地摔到了江里去。她大哭着挣扎，那时候她突然想起了妈妈的话，妈妈说过不听话的孩子会掉到大鲨鱼的嘴里。她拼尽全力地挣扎，身子却是越来越沉，她哭得更大声了，因为她不明白，她是为了救妈妈，为什么还要受到惩罚。

当一双手紧紧地将她圈在怀里的时候，她以为自己要死了，是鲨鱼咬住了她的身体，她甚至不敢回头去看，只剩了本能地挣扎，耳边却突然响起一句："小不点，你再乱动我会跟你一起死的!"

那男孩是那样的凶，只让她忘了身后可怕的鲨鱼，也忘了挣扎，所幸最后，她得救了……

她的手指在黑白琴键上随意地跳动着，双眼轻轻地闭上，她已想不起当年救自己那男孩儿的模样，就记得他那一声满是怒意的"我会跟你一起死的”，还有那双虽是埋怨，却明亮的眼睛。

她一直悠悠扬扬地将一整首《雨滴》弹奏完了，窗外竟也真的淅淅沥沥地下起雨来了。月香其实早就端了牛乳上来了，因为不忍心打断她的弹奏便一直站在边上，这会儿看着那窗户上滴滴答答落下的雨点，她禁不住呀了一声，惊喜上前，道：“小姐，每次你弹这首曲子的时候都是这样的入情入景，你看，今天老天爷真的派了小雨来给小姐做陪衬。”

初阳接了她手中的牛乳，笑着打了打她的头，道：“你跟谁学的这样会说话了，可不是背着我跟哪家公子交了好？”

月香害羞道：“哪有，月香说的是实话嘛，不信你问萌萌。”

说来也奇怪，萌萌也像是听懂了人话似的，趴在那竹椅上张开了嘴喵呜一声，像是真的在回答她们的话。

两个人当即笑开。初阳找了个小碟子把杯子里的牛乳倒出一些来，道：“萌萌真乖，这是赏给你的。”

正说着，屋子里的电话突然响了起来。她似是条件反射一般，将那牛乳往月香手里一放便急急地跑了出去。

“高大哥！”她脱口而出的话，却是让电话那头重重地叹了一口气，她的心陡然被提起老高，复又轻声问了一遍，“高大哥，是你吗？”

又是久久没有得到回复，只让她原本洋溢出来的希望又渐渐消失，就要当作是谁打错了电话而挂掉了，那边才终于有了回音——

“初阳。”

再熟悉不过的声音，她却突然有些生气，仿佛是被人耍了一道，她大喊道：“仇少白，是你，你为什么不说话？！”

仇少白道：“我就是想听听你的声音。”

又是这样一句直戳人心房的话，只让她鼻底突然有些发酸，却依旧是生硬的语气，道："那你为什么还不回来，我偏要挂了这电话。"说着便真做出了要挂的动作。

仇少白道："挂了我的，就是为了等他的吗？"

她一下子反应过来，他是误会了，他竟误会了她与高天磊，心中本就委屈，这会儿干脆一块发作出来，道："是啊，我就是在等高大哥的电话，等一个比你重要千倍、万倍的电话，我就是……"

"我明天就回去了。"她原本一肚子的气话还没说完，他却再一次打断了她。

她握着听筒的手顿了一下，她委屈极了，眼角的泪终是不争气落了下来，哽咽的声音虽小，透过听筒，却足以让他听个明白，他问："是不是出了什么事？"

眼泪吧嗒吧嗒地落到了电话边的坐簟上，她道："我家出事了。"

他在那边顿了一下，问："什么意思，出什么事了？"

她道："爸爸的生意最近接二连三地出问题，于氏银行被一个叫'白少安'的人突然提走了五十万，还连带着几个大客户，一天之内把所有的钱都提光了，而爸爸手里的钱都投进了选举总会长所需的地方，那些提不出钱来的人都堵到了于公馆的门口，他们喊爸爸是'无良奸商'……"

她的声音越来越低，仇少白的呼吸在那边也越发的重，他问："你说是谁？白少安？"

她握着听筒在这边点了点头，嗯了一声，道："姨母说她听到陈力水跟爸爸的谈话了，我已经拜托高大哥去查了，只有查出白少安是谁，才能想办法。少白，虽然我爸爸利欲心是很重，可我不想看着他难过……"

他却在那边沉默了下来，半晌才缓缓道："若是天磊来电话，告诉他不用再查，等我回去，我来处理，好不好？"

她道："那你明天真的会回来吗？我帮爸爸把时间拖到了明天，最迟明天。"

他笑了笑，道："好，明天我便正式去拜会于会长。"

他的承诺让她心里莫名踏实了下来，她抬眼看了看放在梳妆台上的那对小人儿，便道："少白，谢谢你。"

他道："傻丫头，'谢谢'这两个字，我不希望以后再听到第二遍。"

她笑了，又问："那你能告诉我，为什么不要高大哥查那个白少安的事吗？爸爸也不让我问。"

他轻声道："没有什么，只是不想你的心装太多这样的烦心事，我想于会长也只是希望你能单纯地活着。"

"可是……"她还要说什么，却被他打断，"好了，不要再为这些事操心了，早点休息，明天打扮得漂漂亮亮等我回去。"

她终是妥协，在电话这边轻声道："好，我等你。晚安。"

他也道："晚安。"

电话挂断了，窗外的雨却还在淅淅沥沥地下，她抱着萌萌轻轻地躺到床上去，看着窗帘随着细缝里吹进的风微微晃动，听着屋外落地的雨声滴答不停，原本紧皱的眉头却是缓缓舒展开了。

她多幸运，世界这么大，她遇上了一个她爱并也一样爱着她的人……

仇氏林中，依旧青山流水景致盎然。

仇文海半卧在那老虎椅上，大口大口地吸着手里的老烟斗。沈曼芸在一边伺候着，道：“都说姜还是老的辣，先生这一招真是绝。”

仇文海笑笑，指了指在堂下的陈力水，道：“老姜也得需要好锄头，有这么个坏出水儿的锄头给我除草埋线，能不辣吗？”

陈力水弯了弯腰，恭恭敬敬的态度，道：“此次力水自作主张，若是少爷回来，怕是要吃不了兜着走了。”

沈曼芸笑了笑，“反正是死不了，若是白爷真能狠得下心，上次你从先生这儿要人绑架于初阳的时候早就死了一万次，你真是狼心狗肺，他对你下不了手，你在先生这告密倒是不含糊。”

陈力水道：“力水自是不能看着少爷为了一个女人而误了大事。”

仇文海半眯着眼睛笑了笑，道：“听说于家那小丫头倒是不怕事，用几斤粮食就给她老子搭了个台阶，还家丑不可外扬，她老子那些事确实是不能外扬的，你手下的人可是把事情做利索了？”

陈力水起身，道：“先生大可放心。”

沈曼芸看着他弓着腰的样子，问仇文海：“你们俩这是打的什么哑谜，还有什么事要去做？”

仇文海抬了抬手，示意她把唱片机打开，那华丽的沈家腔便流淌出来，他眯着眼晃了晃头，对她的问题置若罔闻。

虽是已经有了最坏的猜测，可是当仇少白在仇氏林见到陈力水的那一刻，还是抑不住愤怒。陈力水就坐在仇氏林的厅堂里，看着仇少白铁青的脸色，自知是难逃他的惩罚了，他抬眼看了看坐在堂上的仇文海与沈曼芸，深吸了一口气，叫了仇少白一声：“少爷。”

然而话音未落，仇少白那双凛冽的眸子突然透出一道让人发寒的光来，陈力水甚至都未能看到他是何时从腰间摸出的枪，那子弹已是实实射入了自己的肩膀。

血瞬间溅到椅边立着的那把白玉三镶如意上，如雪中血一般骇人。陈力水哀呼一声，扶着半边身子后退几步，撞得那摆满古董物件的木格橱当啷作响。

仇少白道：“陈力水，你当真想死，我便送你一程!”

仇文海大怒：“放肆!”

沈曼芸也给仇少白递眼色，打着圆场，道：“少白，这是仇氏林，不是你的白园，有话好好说。”

即刻便有人进来看陈力水的伤势，他的肩上汩汩往外冒着血，刚要开口跟仇少白解释，却被仇文海拦住。仇文海将烟斗重重地搁在桌上，道：“在我堂上动枪，我看你是要造反!”

仇少白拿枪指了指在一边包扎伤口的陈力水，极力压抑着心中的怒火，放下枪，道：“义父。”

仇文海冷哼一声，道：“还知道叫我义父，我养你这么多年，你真有拿我当过老子?”

堂下还坐着几位爷叔长辈，这会儿都纷纷坐直了身子，即使是义亲也是一家人，他们不便插言，那偌大的屋子一下子便静了下来，独剩下那自窗缝灌进来的凉风呜呜咽咽地响。

仇少白沉默片刻，缓缓道：“义父对少白养育之恩大于天，少白将义父视为此生至亲。”

仇文海道：“好，那今日我们爷俩就把话说清楚了。我是个在刀尖枪口上活了大半辈子的人，你以为我当年收养你的时候就真的什么都不知道？我可怜你的身世，赌你是个能成大事的角色。可你呢，这么多年只有忍忍忍，我看你真是被一个小丫头迷得昏了头，什么报仇早就忘得一干二净了!”

仇文海走下来，指了指仇少白的额头，道：“你也不用怪陈力水，就是你想的那样，对付于家是我的主意。上次绑架那小丫头的事也是我做的！”

仇少白吃惊地看着他，问：“为什么？”

仇文海道：“为什么？因为于正业已经不单单是你白家的仇人，他现在与日本人合作，将来必要祸害全天下的中国人，绝不能留！”

这样一番话只让仇少白再一次怔在那里。

仇文海又道：“我问你，此次你去山东不就是为了去会那秦永昌，他可有对你说过几日会到上海来？”

仇少白面色一沉，原来仇文海真的什么都知道，甚至比自己更清楚，而这山东一行，不过是他借刀杀人的一步好棋。眼下时局正乱，日本人早就对上海滩的繁华虎视眈眈。于正业早已被军阀宋志年暗招为幕僚，于正业在财力物力上皆大力援持宋志年，宋志年的势力也在这几年的征战中不断扩大，陈力水曾说过，他假意与山本女士合作时，山本女士曾有意无意透露消息，说宋志年已与日本皇军有了暗中交易，是什么交易虽不得而知，但是没有财力是万万行不通的。如今区区五十万于正业都拿不出来的原因也就说得通了，原来跑马场一事竟是真的。

他静了半晌，一改刚才横冲直撞的小孩气，对仇文海道：“义父，那跑马场的经营权领事馆已经登报作证了，又有李总长与宋志年在于正业左右，您何必在这个时候出手？”

话音未落，楼上的电话却突然响了，便有女人接电话的声音自楼上传了下来，陈力水也从后房包扎好了伤口，站在堂下抬着头听着。

两三分钟的光景，电话便挂上了，那女人竟是孟丽丽，今日的她穿得格外淡雅，糯白苏绣旗袍，整齐利索的盘发，以往带着小女孩儿的那份天真不见了踪迹，只剩了成熟女人的温柔如水。她带着淡淡的笑，走到仇少白的身边来，对着他笑了笑，又对仇文海道："先生，于正业今早当真把钱全数补回了银行。"

仇文海笑了笑，看着陈力水，道："交代的事你可处理好了?"

陈力水下意识地先看了仇少白一眼，方才点头道："老叟失子，难妇丧夫。"

仇少白倏地抬起头来，双眉紧蹙，问："义父这又是做了什么?"

仇文海道："你的女人倒是聪明，懂得为自己的老子拖延时间，那我就将计就计，再送她一次教训。"仇少白一声"义父"刚出口，还未说出接下来的话，便被仇文海打断，他道："你是我养大的，我绝不允许一个女人把你毁了！你没得回头！等着吧，什么是不是时候，我只知道秦特派员一来，就是这些肮脏之徒的败亡之日。"

于家银行躲过一难，笼罩在于公馆上空的那片乌云也终于慢慢消散。

最开心的当属初阳了，于正业就要驾车去银行之时，她便也跟着钻了进去。于正业唉了一声，道："你跟着去干什么，就在家好好待着，爸爸一会儿就回来了。"

她却偏不依，搂着他的胳膊撒娇道："我就是要跟爸爸去，左右这次也有我的功劳。"

于正业无奈地笑了笑，终是让司机开了车，却是说了一句莫名其妙的话，道："你这么聪敏，爸爸真是舍不得把你嫁出去，我的好女儿哦。"

已是对"嫁娶"之字很是敏感的初阳一下子从他的身边坐起，于正业方又笑道："爸爸的意思是，你现在也已经是大姑娘了，爸爸总不能把你留在身边一辈子。"

她脱口而道："那我也绝不会嫁到高家去。"

于正业唉了一声，道："这是说的什么话，你之前不是还跟天磊很是交好，每次出去回来都开心得不得了，怎么这会儿一说起他倒跟仇人似的？"

初阳道："不是仇人啦。"想了想，又道："爸爸，从小到大阳阳从来没有主动跟你要过什么对不对？"

于正业点点头，道："所以说你是天底下最乖的女儿。"

初阳拉住他的手掌，道："那这次银行的事圆满解决之后，爸爸送阳阳一个礼物好不好？"

于正业扬了扬眉，"什么礼物？"初阳摇摇他的手，道："你得先答应我。"

于正业笑着揉揉她的发，道："你这小丫头！好，爸爸答应你，就算是天上的星星，爸爸也一定给你摘下来。"

父女两个正说着话呢，车子就到了于氏银行的门口。那门前虽还是挤满了人，可是这次却都是带着笑意的，他们虽手里还拿着要把钱提走的存折跟印章，但大多都只是来看个虚实，老百姓要的是安稳，若于氏银行倒闭不了，他们也乐意把钱继续放在里面。

初阳跟着于正业下了车，便有人将她认出来了，大喊一声："于大小姐来了！"

原本排在后面的人便纷纷跑了过来，道："想不到于老爷还有这样一个了解民间疾苦的好女儿，善良又聪明，不但能帮着自己父亲解决棘手之事，也把咱这些老百姓的利益放在了第一位，领的那些白米，可是够我们吃一阵子的。"

便有人跟着开玩笑，道："怕是于大小姐这一折腾，于老爷的心都要疼出血了！"

于正业也笑开，很是宠溺地拍拍初阳的手，道："于某也谢谢各位，小女还是个孩子，谢谢各位对她的包涵，也谢谢各位信任于某，给于某一个机会。"

两边不再对立，自是一派其乐融融的气氛。所有人心里都是轻松的，商不为利难，民不为益愁，于正业于银行大楼前稍讲了几句抱歉的话，父女二人就一起走进了大楼里的办公厅。

于家乐业银行虽地处上海最为繁华的地段，楼外人来人往，楼内却很是安静。楼房用时兴的玻璃面为墙，映着楼里的空间更是宽敞。墙边上摆着一些绿油油的小盆栽，在这色彩偏厚重的楼层里显得越发生机勃勃。

于正业的办公室是很老派的装饰，深棕色的桌子、沙发，像是他这个人的影子，又刻板又严谨。想到这里，初阳便抿了嘴笑开，于正业刚要回头问她笑什么，一推开门，却见财政总长李洪山已坐在了里面。

初阳礼貌地叫了他一声："李伯伯好。"

李洪山笑着点了点头。

于正业也道："李总长怎么还亲自过来了？"

李洪山道："刚刚去了一趟稽查局，让中义早些做准备。"

于正业下意识地回头看了初阳一眼，似是有些警惕。

李洪山笑着道："阳阳啊，以后可不能叫我李伯伯了。"

初阳的神经一下绷紧了，问："李伯伯您这是什么意思？"

李洪山看着她突然发红的双颊，只当她是会对了意害羞，便道："你跟天磊的事也拖了这么长时间了，我们长辈就做个主，下月初八就给你们办婚礼可好？都快成一家人了，你是不是不该再喊我李伯伯，而是随着天磊叫我一声舅舅？"

她不由自主地往后退了一步，看着于正业道："不，爸爸，我不能嫁给高大哥!"

"阳阳，"于正业上前去扶她，"这次若不是李总长拿钱存到我们银行，于家就真的要面临倒闭了，从跑马场经营权到现在，你李伯伯帮了我们于家多大的忙你可知道?"

她大喊一声："是帮你，不是帮我们。爸爸你说过的，不会把我当成筹码让我嫁给我不喜欢的人的!"

她用力地甩开于正业的手就要朝着门外跑去，那柚木双开门却是猛然被人从门外推开，那坚硬的浮雕把手便直直地撞到她的小腹上，那钻心似的疼只让她瞬时倒吸了一口冷气，额头上已是冒出了细汗来。

"阳阳!"于正业将那人一把推开，赶紧上前来扶她。

那人是个干事员的打扮，急道："老爷，出事了！楼下的人又闹起来了!"

李洪山也自沙发上站起来，问："钱不是已经看到了，这些赤佬又闹什么?"那人唯唯诺诺地看了一眼初阳，道："他们说，王老太的儿子死了，说是因为吃了咱米铺派发的米中毒死的，他们要小姐出去，说小姐……说小姐跟您一样是黑心奸商……"

"放屁!"于正业把初阳扶到沙发上，"这真是中了邪了，我堂堂于氏竟这样接二连三地被人陷害，我一定要将那摆弄是非之人碎尸万段!"

他又指着刚刚进来的那人道："你去找巡捕房的人来，这些闹事的一个也别想给我逃!"

初阳却道："爸爸，万万不可。王老太已是古稀之年，儿子死了本就是大不幸，若是巡捕房一来，只会让矛盾更加激化，我们于氏也必会被流言推到风口浪尖，还谈什么民中取益。”

李洪山道：“是啊，阳阳说的不无道理，巡捕房就不要通知了，就让稽查局的人到米铺去，一来以征半年税为由，当着大家的门开仓验货表个公正，二来稽查局向来对商不对民，也让门外的百姓能平复一下情绪。”

于正业叹了一口气，方才道：“好，快去稽查局叫人。”

久久不见人出来说事，门外那些帮着王老太讨公道的人声音越发大了起来。

刚才那一撞，让初阳的脸已是疼得苍白，额前也尽是密密麻麻的汗，她却还要逞强地站起身来，刚走至门口便被于正业厉声喝住：“你要干什么去?!”

“事因我而起，我要出去给他们一个解释。”说着便头也不回地朝着楼下走去。

刚至楼下，便有一群人朝着她蜂拥而上，他们一边大喊着“黑心奸商不得好死”，一边肆意地将手里的东西朝着她扔来。

银行门前的侍从虽是极力地给她挡着，却还是有些碎石子落到了她的头上，不过是一个时辰的光景，刚刚那些还在夸着她聪敏善良的人，此时全都变成一副唯她死了方能解心头之恨的表情。初阳从未受过这样的委屈，小腹上的疼痛也越来越严重，可她却依旧倔强地直往前走，直到走到了人群中那身着麻衣的老妇人面前，方才慢慢蹲下身来。

她看着老人满头的银发，浑浊的双目，为了儿子披麻喊冤的样子，双眸红了起来，她张了张嘴，本想说些安慰的话，嗓子却突然像是被什么东西堵住，什么也说不出来。

那老妇人见她离自己近，也不知从哪里来的力气，竟将她一把推倒在了那台阶上。初阳的额头瞬时被擦破了。跟出来的于正业大叫一声："阳阳!"就要往这边跑，门外堵着的那些人却像是疯了一般又朝着他扔起了手里的杂碎之物。

初阳费了好大的力气才从地上爬起来，只是还未等站稳，那人群中便再一次发生哄乱，竟然又有一个中年妇人朝着她扑打过来，"于初阳你这个蛇蝎心肠的小贱人！你怎么能让我们去领有毒的粮食呢？我的男人也因为吃了你家的米死了！你还我的男人!!"

初阳的小腹疼得厉害，只让她身子开始颤抖起来，看着人们手里的东西齐齐向她扔来，她的双腿却再也没有迈开的力气，刚刚被岩石台阶撞过的头竟也开始晕晕沉沉。

"以命换命！打死这个狠毒的贱人!"

"大家……"她只是想问问这是怎么回事，无奈她的身子越来越沉，越来越沉，沉到已是站立不住，便那样摇摇晃晃地朝着地面摔去，那一刻在她脑海中出现的便只有一个念头：这一切的背后到底是什么，在这场阴谋中竟还让无辜的百姓丧了命……

"阳阳!"于正业当即朝着她跑过去，却听到远处突然传来砰砰两声枪响，回头去看，竟是仇少白带着十几个拿枪的兄弟正齐齐朝着这边走来。

仇少白依旧穿着那身从山东回来还未来得及换下的棕色夹克，一双长靴更显出他身材是那样的颀长。他的双目似是能喷出火来，将枪举在空中，大喊："都给我住手!"

那些人哪里受得了这真枪实弹的吓唬，大都惊慌地尖叫着朝旁边躲去。当他带着人快步地走向银行楼前时，初阳只笑自己原来是这样地依赖他，不然，怎么每当她陷入危机之时，总会看到他来救自己呢。

“少白……”她面色越发苍白得吓人，双眼也似是没了力气再睁开，竟沉沉地闭上了。

仇少白心急地喊：“初阳！”刚想伸手去揽她入怀，却突然被于正业伸手挡住。

人群中有人不怕死地喊了一句：“连青帮的人都牵扯其中，还说不是奸商，奸商不得好死！”

唐汉生马上拿枪指住那人的脑袋，“谁再胡说八道一句，我就毙了他！”

仇少白甚至都没有回头，目光只停留在初阳那张越发苍白的脸上，道：“于会长，初阳她……”

于正业将女儿抱紧，他的声音冰冷，抬头看着他，道：“仇少爷，请把你的人带回去，你也看到了，我们于家当真招惹不起你们大帮大派。”

“初阳！”

远处突然又跑来几个身着黑色制服的人，正是高天磊与他带着的稽征使。高天磊是坐着稽查局的车来的，待下了车便急急地朝着初阳跑去，进了人群才见仇少白已在她的身边，顿时有些不知所措，怔了一怔，方才道：“少白。”

于正业抓住了时机，赶紧对他道：“天磊，快带着你的人处理一下这边的事，阳阳出了事，我先送她去医院。”说着，便将初阳扶到了旁边的黑色小轿车里。

经过仇少白身边时，于正业有过短暂的停顿，那双布满皱纹的眼睛，眼眶极深，紧紧盯着他，威严锐利的目光里夹杂着些警惕，犹如冬日的冰锥，将他彻底拒绝，“仇少爷，小女已与稽查局长之子订婚，还望自重。”

仇少白想起昨天于初阳的电话，下意识地转过头看一边的高天磊。高天磊张了张嘴，“少”字刚出口，他却突然哼笑出声，看了看车中依旧昏迷的初阳，只道：“于会长还是快些将她送到医院的好。”

于正业有些被他的态度惹怒，道：“我的女儿有我这个做父亲的照顾，未来也会有天磊护着，暂还用不着仇少爷操心！”

于正业竟是在这个时候当着所有人的面，宣布了高于两家联姻之事。

初阳不知道自己迷迷糊糊睡了多久，待醒来之时发现她躺在自己那舒适的大床上。这天已变得越发冷了起来，她的床边是一个粉色的百叶窗，窗外呼呼刮着大风，那窗扇便被吹得咯吱作响。

手背似是被什么东西轻轻触着，有些发痒，她偏了偏头去看，正是萌萌在手边玩弄她睡衣袖子上的花边，她手上破皮的伤口已经长出了一层薄薄的痂膜，那被撞到的小腹却还有些隐隐作痛。

她吃痛地低呼一声，将就要睡着的月香猛地一下惊醒了，赶紧跑到她床边来，道：“小姐，你醒了？”

她点点头，让月香扶着她慢慢坐起身来，开口问：“月香，米铺的事可查清了？”

月香点点头，道：“原来是有人为了给老爷栽赃，竟在王老太跟齐婶家的米缸里下了毒，偏偏选了两个本就可怜的人家下手，真是丧尽天良。”

她的胸口有些发闷，又问：“是谁将人查出来的，他可是陷害爸爸银行的那个人？”

月香看了看她，道：“人是那个白爷查出来的，说下毒的是个曾被老爷赶出公司的小赤佬，与银行之事并无关系，只是因为记恨老爷。”

初阳心中竟有些轻松，果真是他，她抿了抿有些苍白的唇，点点头，道：“那我呢，我怎么就病倒了？”

月香埋怨道：“医生说你的小腹因为受到激烈碰撞有些内伤，小姐，你知不知道全府的人都要被你吓死了！对了，刚才你是不是又碰到了那里？医生说现在你身子弱，可是不能再闹事了。”

初阳道：“干什么把我说得跟孙猴子似的。”又转了转眼睛，问：“那我昏迷的时候，他……他可有对爸爸说什么？”

月香愣了一下便反应过来她说的是谁，面色稍有些不忍，半晌才回道：“他什么都没有说，小姐，以后你不要再跟那个白爷来往了。”

初阳抬起头来瞪她一眼，“你这是什么话？左右他这次帮了我们于家，我为什么不能跟他来往？”

月香起身，将放在她床头柜子里的红折拿出来，拆开上面缠着的红线，道：“老爷已经接了高局长送来的庚帖了。”

“什么？”初阳大惊一声，忙从她手里夺过那庚帖来看，脸色一下变了起来，“我去找爸爸问清楚。”说着便从床上起身，要下楼去，小腹上却又是一阵绞痛，直让她痛弯了腰。

月香忙上去扶她，道：“小姐，你就不要去了，现在高局长就在楼下呢！”

初阳却偏咬了牙要下去，甚至都顾不得穿鞋子，就那样赤着脚走到了会客厅。

她气得全身发抖，推开门进去的时候，果真见于正业正与高中义坐在沙发上商议婚嫁之事。

二太太也在一边喝茶陪着，见初阳进来，站起身叫她：“阳阳，你醒了？”

于正业脸上倒是看不出什么情绪，只道："醒了就好，怎么就这样下来了？"

初阳径自上前一步，将手里的庚帖递到高中义面前去，道："高伯伯，请您收回庚帖，初阳不能嫁给高少爷。"

"放肆！"于正业怒瞪着她道，"婚姻大事皆以父母为命，你身子刚刚才好，还不快回房间去！"

初阳道："爸爸，现在已经是民国了，你不能强迫我嫁给自己不喜欢的人。您不是答应过要给阳阳一个礼物的吗，阳阳心中早有所属，我要的礼物就是……"

"阳阳！"于正业突然出声阻住了她就要脱口而出的名字，道，"我看你是上学上得昏了头，干脆这学也不要上了，就乖乖待在家里，等着出嫁！月香，送小姐回房去！"

"是。"月香应了一声便上前去扶她，却被她一把推开，道："爸爸，你不能这样，你答应过妈妈要让我幸福快乐的，我若嫁给一个自己并不爱的男人，这辈子还谈什么幸福快乐？！"

于正业猛然将手扬起来，让人猝不及防的一掌就那样结结实实地落在了她的脸颊上。

二太太惊道："阳阳！"便要上前，却是被于正业挡住了。他看着双眼已是发红的初阳，那双手却是又轻轻地背到身后去，低叹一声，对月香道："月香，扶小姐上去。"

高中义在一边略有些尴尬，只道："于会长何必这样生气，孩子不懂事，气话说说也就算了，大事上再怎么闹，最后总归得听大人的。"

于正业重重地叹了一口气，道："最怕的是她一直把自己当孩子，也最怕她觉得自己不是孩子，已经本事大到顶天转！"言罢，又回首对二太太道："宝莲啊，自她母亲死后，在这个家里，她最亲近的人就是你了，你上去劝劝，若她再这么任性下去，于家都要毁了。"

二太太道："阳阳还那么小，老爷怎么能将这样重的担子压在她身上。"

于正业道："这几天的事你还没有看到吗，不过是区区五十万，我于氏怎么会拿不出来？又怎么会被一个小赤佬耍得团团转？这背后之事远比你想的要复杂！"

二太太道："老爷从商这么多年，自有自己的打算，可那毕竟是男人生意场上的事，就怎么能狠心将阳阳推出去？"

两人正说着呢，那已是挺起肚皮的四姨太却是从楼上下来了，开口依旧是那轻浮的歌女神态，"哟，二太太，我看您真是整日念佛念傻了，现在时局这么乱，谁不想使劲儿抓着根救命稻草不放？老爷这也是为了全家人着想，再说那高少爷对大小姐也真不错，不过是她自己心气儿高，心里装了不该装的人！"

"胡说八道什么！"于正业突然冷喝一声，"别以为你有了我于家的骨肉就这么放肆，若生的不是带把的，我让你们娘俩都住进窑子去里！"

四姨太当即吓得一愣，委屈道："老爷，我这不是为你说话嘛。"

于正业道："这里没你说话的份儿，你给我滚回楼上去！"

不过是几句重话，便让四姨太的眼眶红了，抚着那圆鼓鼓的肚子便上了楼。

二太太捻了捻手中的佛珠，道："断欲去爱，识自心源，凡所有相，皆是虚妄。"

于正业抬头看着她，皱了皱眉，打断道："别念了！"

二太太轻声叹一口气，她想说争了一辈子，算计了一辈子，也毁了一辈子，终是离着最本真的那颗心越来越远了……

初阳回到房间之后，脸色变得愈发苍白，身子抑不住地发抖。窗口挂着的风铃叮当作响，只扰得人心神不宁。

月香见她目光空洞，面色苍白的样子，不禁有些心疼，便走上前去将那敞开的窗子关了，转身时衣角却不知怎么刮到了梳妆台上的角口，一个趔趄，她险些摔倒的同时，原本摆放在镜子边上的那对红衣小人儿也被双双碰到了地上，摔得粉碎。

“呀!”月香大叫一声，弯下身子要去捡，却是被初阳抢了个先，她将摔落在地面上的瓷片快速地抓到了手里，那碎瓷片却是十分锋利地将她的掌心割出了一个口子，血瞬间流了出来。

“小姐，你的手!”

二太太听到动静，推门进来，见她主仆二人正蹲在地上，初阳的手心还往外冒着血，一下子慌了神，对月香喊道：“还愣着干什么，还不快去找医生来!”

“是!”月香应了一声就要往门外跑，却被初阳喊住，“不要去!”她起身将那些碎片放到梳妆台的一个小锦盒里，道：“床边那个矮桌上有上次学校发的医药箱，月香，你拿出来帮我包扎一下就好。”

二太太道：“真是撞了煞星，这几天接二连三地出事。阳阳，我看那高少爷也是把你放在心里的，就听你爸爸的吧，也算是冲喜去煞气。”

月香很快便从医药箱里拿出了药棉跟纱布来，初阳便将手伸了过去。明明是那样深的口子，她面上却是看不出一丝疼痛，只是极轻淡却又坚定地道：“姨母，我发过誓的，这辈子除了仇少白我不会嫁给第二个男人，与高大哥更是不可能。”

二太太道："傻孩子，你父亲这次是铁了心，你又如何坚持，当真要学那王宝钏与你父亲三击掌绝了亲不成?"

初阳看着二太太，一时无话，半晌才道："姨母，父亲要的只是他自己的利益，而我只是想要一点点属于自己的幸福。"

二太太道："一个连白天黑夜都分不开的人又何谈给你幸福? 高少爷不一样，他是稽查局长的儿子，能给你真真正正的安稳。"

"姨母……"她刚出声，却又被二太太止住，"阳阳，你妈妈还在天上看着，她也不想你走她的老路! 阳阳，不要任性了，就听姨母的好不好?"

初阳看着二太太，没再说什么，时间像是陡然静止了一般。月香给她包扎好了伤口也未敢说一句话。

萌萌就在床边，像是极委屈地喵呜了一声，初阳方才道："姨母，因为我是妈妈的女儿，所以我不想就这样妥协……"

二太太无奈地哀叹一口气，道："好，既然你这样倔强，那姨母也给你一次机会，不管你用什么办法，只要在你跟高少爷举行婚礼前能让那姓仇的也像你一样，不管不顾抛开一切带你走，就算是老爷责骂，我也替你顶着!"

初阳道："姨母……"

二太太摆摆手，"不要再喊我，也不用告诉我你想怎么做，在你父亲察觉之前我给你顶着!"说完便起身，推门而去。

月香上前小心地将门关好，又走到床边来，道："小姐，二太太这是要放你跟那位白爷私奔不成?"

初阳却是不回答她，突然从床上站起身来，走到书桌前。月香看着她匆匆地拿笔在纸上写了封信，又从抽屉里拿出了一把剪刀来，就要朝着那秀丽的长发剪下去了，便赶紧拦住她，道："小姐，你这是做什么?”

初阳将她的手拿开，将耳畔最长的那缕青丝剪下，同桌上的信包在一起，交到她的手中，道：“月香，你去学校把这封信交给孟丽丽，让她去沈老师家上小课的时候带到沈老师那里去。”

月香虽不知道这信里的内容是什么，但也能大抵猜出来，便应了一声，匆匆下了楼，从后门跑了出去。

11. 磐石蒲苇，痴心赴焚

立冬之后，白园里那些寒梅便早早地开放了，虽还未到大雪漫天时，却也红得耀眼，让身后一片绿竹都黯然许多。

仇少白握着那一缕青丝，静静地坐在沙发上，双眼微闭，四周的空气都像是被冻住了一般。他那样独坐着，便没有人敢出声，整个书房都是嘀嘀嗒嗒洋钟赛时的声音。

阳光一点一点地消失，夜色便如淡墨一般层层晕染下来，凉风吹动着窗帘飘扬晃动，打在了那釉色书桌上，本是轻微的摩擦声却显得那样惊人。

陈力水见他那样坐着，终是忍不住了，做好赴死的心理准备，上前道：“少爷，自古红颜皆祸水，你若是放弃了，那于初阳嫁到了高家去尚还有一线生机活着，你若真跟这于初阳私奔了，我敢打赌先生也定不会让你们出得了这上海城。少爷，你忍辱负重十余年不就是为了给陈、白两家报仇?现在先生为了大义而对付于正业，于公于私对少爷你都是有利的!”

仇少白倏地将手边地一盆文竹挥到了地上去，咆哮道：“报仇报仇报仇!陈力水，你想让我做一辈子的复仇傀儡是不是?!我是人!

活生生的人，有血有肉有心会疼的人！”

陈力水却是不怕死地上前将那被摔得七零八落的花盆碎片捡起来，拿在掌心里，道：“少爷，当年陈、白两家死在于正业手里的人，哪个不是活生生，哪个不是有血有肉有心会疼的？少爷，你这样做，老爷太太会心寒的……”

仇少白胸口一紧，手紧紧地握成了拳头。

陈力水又道：“少爷，我在于正业身边这几年，不也是个傀儡吗？我也会累，甚至也会有一枪结束自己一了百了的念头，可是我都挺过来了，我跟少爷一样，我也想给陈、白两家所有的人报仇。”

仇少白只觉得脑子里猛然一下炸开了，耳朵里都是呼天抢地的呼救声，仿佛那一夜在上海会场，在浙江老宅，枪声火海在眼前重现了一般。

陈力水又道：“少爷，我知道你还年轻，自古英雄难过美人关，可是这美人谁都可以做，唯独这于初阳万万不行！这一步，若是走错了，前功尽弃不说，少爷定也会陷入万劫不复之地……”

他仰头大喝一声，重重地呼出一口气来，双眸紧闭，又伸手指向门处，道：“滚。”

陈力水也不再说什么，只道：“那我先回采仙斋，有情况再向少爷汇报。”走出门后，陈力水对一直候在楼下的桂巧道：“去，上去收拾收拾，天也凉了，给白爷准备碗驱寒汤。”

于、高两家联姻的报道一出，高天磊便成了所有人眼中于家的准姑爷，高、于两家的走动便越发频繁起来，有时是李洪山，有时是高中义，但不管谁来与于正业谈事情，必是要高天磊同行的。

初阳被禁了足，那样每日挨着盼着，又害了病。她向来怕冷，所以屋子里早早地便烧了热水汀，就连本是阳光普照的阳台上都扯着一根长长的热水管子。她似是上了年纪的老妈子，懒懒地躺在竹椅上，目光都是涣散的，任由萌萌在她怀里撒欢，她却是一点兴趣都没了。

高天磊自会客厅出来的时候，总是会朝着楼上望上一眼，有时候也会上去看看她，她却毅然将他当成了看不见的空气，任由他说什么，做什么都不回应。此时于公馆后院的那颗玉蝶梅已是盛开了，阳光透过晶莹花瓣落在她的眉间，只让高天磊觉得有些恍惚，那个天真爽朗，总是笑着的于初阳，去哪儿了……

月香见他上楼的时候，总是会恭恭敬敬地叫他一声“姑爷”。他点了点头，脸上有些尴尬，走到阳台边上，极力地挤出一个笑来，道：“初阳。”她却依旧仿若未闻，脸色苍白极了。那钢琴上还放着一碗未喝的汤药，他走上前去拿手指探了探，已是冰凉。他低叹一声，道：“我知道你不想嫁给我，可就算是逃，也要先把身体养好的。”

她笑了笑，轻声道：“逃？我连这于公馆都出不去，如何逃，又往哪儿逃？”

高天磊将那药递到月香手里，道：“去，给你家小姐把药再热热。”月香应声下去了，他走到她的身边去，拿手轻轻地在钢琴上按下了几个键，悦耳的音符便流淌出来。他看着面色淡然的她，道：“半年前，你曾帮着我逃过一次，那么这次，我帮你逃，好不好？”

她原本木然的眼睛动了动，像是回了魂，从那竹椅上坐起，看着他，道：“你要帮我？”

高天磊凝望着她眼睛里的那份期待，心里竟有些痛楚，道：“是，我帮你，你从来都只是我的妹妹，我会想办法把送你到他的身边。”

她的眼眶不知为何竟有些发红，却又苦笑着摇了摇头，道：“不瞒你说，之前我已经让月香托人给他带过信了，若他心里有我，早就来带我走了，又何须让我再等这么长时间？或许一开始就是我自作多情罢了。”

高天磊道：“不可能的，他正是因为心里有你才不会贸然地带你走，换句话说，你是上海响当当的于家大小姐，若真的随着他离开，将会背负不孝不忠不信之名，你可会后悔？”

她脸上的表情方才不那么冰冷，道：“若真是如此，哪怕拼上了所有，只要能与他在一起，我都不后悔。”

月香很快将那晚药汤热好了，还未走近，便能闻到那苦涩难咽的味道，高天磊极自然地将药取了过来，放在唇边吹了吹，递到她的嘴边，道：“好，高大哥定会把幸福还给你，只是在此之前，伤要养，病要医，这药也是要喝的。”

他说出的话犹如姨母手中的盘珠，颗颗落在初阳的心里，让她感到莫名踏实。她点了点头，竟真的张了嘴将那碗难以下咽的良药喝尽。

时逢多事之秋，上海滩的乱事自是一波未平一波又起。

当李洪山匆匆赶到于氏集团的时候，于正业正与一帮洋人谈着入股香料行的生意，见他面色紧张突然跑来，心里也倏地打起了鼓来。那些洋人以为他是对价格不满意，还在极力劝说，他却挥了挥手，道：“各位，生意之事本就急不得，这样，就再容于某考虑三日，三日后定亲约菲德列先生。”

那些洋人便作惋惜状离开了。

李洪山道：“都这个时候了，你还有心思做什么香料买卖。”

于正业忙问：“方才我便想问了，李兄你这个时候跑到我公司里来，可是出了什么事？”

李洪山将头上的毡帽摘下，坐到沙发上去，哼了一声，道："南京政府突然派了一个专门严查官商联资的特派员来，山东已有几个老朋友被翻了底儿，不出几日便到上海了。"

于正业道："李兄可是已经打听好了这位特派员的喜好？"

李洪山道："喜好？这姓秦的就是一个铁葫芦，不好色不好财，这一路上来全是公事公办。"正见陈力水端了茶上来，他便喝了一口，又道："得了，这位身上定是用不得那些手段。我来就是想来问你，你到底打算什么时候跟高家把婚事办了，若是那特派员查出什么，也好推到我那妹夫身上。宋帅那边也正是紧急，咱俩总是不能出事儿的。"

站在一边的陈力水身子顿了一顿，下意识地朝着两人的方向看了一眼。仇少白早就让他去查过于正业与李洪山的关系，除却这世人皆知的跑马场一事，他俩可是假借他人之名，做了不少黑心买卖，原来他从一开始做的就是这样的打算，那高中义是上海稽查局局长，凡事都是要与商人打交道的，贪污受贿一事若查出来自是逃不了干系。这李洪山竟是比于正业还要狠上几倍的老狐狸，为了自己的周全竟亲手设计陷害自己的妹夫。

于正业问："那照李兄的意思……"

李洪山道："我的意思？我的意思便是越早越好，在那姓秦的到上海之前，赶紧办妥！"

于正业道："可若到时候高局长真的被弹劾，轻则入狱半生，重则性命不保，初阳岂不是也要受连累，那我于某不真成了为了利益陷害亲生女儿的禽兽？"

李洪山唉了一声，道："现在又不是大清朝，没有株连九族也没有满门抄斩，这不也是缓兵之计嘛，大不了到时候让他们接着离婚，先过了这关再说。”

于正业沉默片刻，终是叹口气，道：“此事就按李兄说的办吧。”

突然得了这样的消息，陈力水自是要去汇报的，不过如今他的心里已不仅仅只有一个主子，除却仇少白，他更想仰仗的便是那真正的枭雄——仇文海。仇少白到底也是要告诉的，但去的人换成了他的新娇，一个心比天高的女人——孟丽丽。

仇少白坐在会客厅里，将手里的清茶晃了晃，抬眼看着不请自来的人，笑道：“听说已是有导演找了孟小姐拍戏，真是恭喜。”

今日孟丽丽穿了一件极好看的墨绿色长裙，脸上化着精致的妆，本是端坐在沙发上的，听到仇少白问话之后，双眼却是生出了埋怨，“白爷当真就与丽丽这样生疏?”

仇少白扬了扬眉，反问道：“不然呢?”

孟丽丽道：“白爷，丽丽冒着性命之危替你挡了那一枪，你却只是将我丢在了医院里，甚至不闻不问，事后只报了我一出戏就抹平了吗?”

仇少白轻笑一声，道：“我给孟小姐找的都是最好的医生，自是不会让孟小姐出事，再说有陈力水帮着你，连我义父都暗暗将你收进了仇氏林，这还不够吗?”

孟丽丽道：“不够！我做这一切都是为了能留在你身边。左右初阳是不可能与你在一起的，就算你坚持，仇先生也不会留下她!”

站在一边的唐汉生听闻她突然说了这么一句，倏地从腰间摸出枪来，仇少白却是摆摆手。

孟丽丽道：“我这次来是要告诉你一些事，你若是不欢迎，我走就是。”

仇少白双眉一扬，道："什么事？"

她顿了顿，才道："白爷让陈力水留着我在身边是为了什么，当个倌人养着？"说着自嘲似的笑了笑，"说起来，陈力水可比你这个主子要厉害得多，上次日本人绑架初阳的事，他与日本女人说的话我全都听得懂，从小养父便找先生教我各国语言，孟家本就不多的家底大都花在了我身上。"

仇少白问："就为了能让你当电影明星？"

孟丽丽却是自嘲一样笑了笑，"准确地说，是为了让我能成一颗真正的摇钱树。不是每个女孩子都像于初阳一样幸运的，我们这种人，生来就没有资格去享受幸运，只有自己去争、去抢了，方才让人看上去不可怜。"

仇少白倒是没想到这些话从一个十几岁的女生嘴里说出来，便道："既然如此，孟小姐要来跟仇某说些什么，尽管讲就是。"

孟丽丽起身坐到他的身边来，道："在我说之前，白爷能否先答应丽丽一个要求？"

仇少白轻笑一声，"说来听听。"

孟丽丽便道："白爷，我为你挡的那一枪，本就是拿着自己这条命做的赌，我想白爷能记住我，我想做白爷的女人。"

仇少白顺势将她揽至身上，看着她的眼睛，笑道："那你在我身边又能替我做什么？若只是个空皮囊的废物，就算你替我挡了一百枪又有什么用，在我眼里一样是愚蠢至极。"

孟丽丽到底也是个未出校门的女学生，仇少白冷冷地说出这番话来，只让她觉得心有些发颤，她道："于初阳能做的，我也一样可以做到。她不过是你身边的一个'士'，只能暂且挡一挡于会长对你的敌意，而我孟丽丽愿意成为你的一个'车'，进退都只会听白爷的吩咐，与那些达官贵人巨贾富商周旋。”

仇少白沉默了几秒钟的光景，竟大笑了起来，将她有些散开的衣领拢了拢，道：“听起来好像还不错，不过女孩子太狠毒了不好，男人不喜欢这样。”说着便将她扶起来，对唐汉生道：“罢了，既然兜了这么大的圈子孟小姐都不说到底是什么事，汉生，就送孟小姐回去吧。”

唐汉生应了一声。孟丽丽却又突然跑到仇少白前面去，“白爷，初阳就要与高少爷成亲了。”

仇少白看着她，道：“我早就知道，上次还要谢谢你帮忙带了信来。”

孟丽丽道：“这次不一样，于正业会在这几天就把婚事办了，中央秦特派员就要来了，李洪山想要拉高局长背黑锅！陈力水就是要我再告诉白爷，先生那边肯定会有所动作了，白爷要想得一个周全，最好不要轻举妄动。”仇少白双眉收紧，孟丽丽却是突然向前将他拥住，“白爷，初阳只能是个牺牲者。”

高天磊却偏是这个时候到了白园里，正立在客厅门口，看到这一幕，脸上净是错愕，道：“你们这是干什么？”

仇少白将孟丽丽环在自己腰间的手拿下，一字一句道：“汉生，送客。”

唐汉生将人带了出去，走到老远还能听到孟丽丽那声近似乞求的“白爷”。

高天磊一直看着孟丽丽离去的背影，眉头紧锁，直到人已看不见了方才转过身来，道：“仇少白，若你还把我当作兄弟，就告诉我，你到底在做些什么？”

仇少白抬起头来看着他，极淡然的模样，道：“你这话是什么意思？我还能做什么，不就是每天忙活义父交代的营生。”

高天磊道：“或者我应该问你，这些年来，你谋划的是什么？你与于家到底有着什么样的关系？”

仇少白看着他义愤填膺的神情，突然笑了，道：“高局长正与人商量着你的婚姻大事，你倒跑来问我这些乱七八糟的事，我看你还是快回去吧，否则免不了又是一顿责骂。”

高天磊怒道：“你都知道？还这样无动于衷？”见仇少白只是极淡然地点了点头，高天磊方才好不容易压下的火又全数涌了上来，他道：“仇少白，你竟是这样冷漠的人，还是你只把初阳当作你在风月场合养的倌人？或者像对这位孟丽丽，从来都只是一时兴起？”

仇少白却始终不说话。

高天磊又道：“她都拼了女儿的矜持写书信让你带她走，日日夜夜在于公馆等着。而你呢？视她的情义如粪土，甚至今日还与孟丽丽拉扯不清！还有，我早就想问你，你与信芳先生的联系从来都是隐蔽的，你们之间究竟有什么秘密？或者初阳在悬崖上出事本就是你的计划之一？仇少白，你告诉我，这一切的一切背后到底是什么？”

仇少白面色突然一沉，“我看你是疯了！”

高天磊道：“是我疯了还是你疯了？于会长在校庆遇刺，初阳被人掳走却独独是你将她救了出来，你又如何知道她是被日本人抓了去？我看这幕后的主使不是别人，也正是你仇少白吧！”

“高天磊！”仇少白伸手用力指着他的头，仿佛是一把无形的枪，道，“好，你若真的那么想知道，我便告诉你，只是，从此，你都只能站在我身后，如若背叛，兄弟情尽。”

时间在挣扎与期盼中就这样过去了两天，于公馆果真是开始张罗起婚事了。初阳抱着萌萌坐在阳台的竹藤椅上，看着院子里忙忙碌碌的用人与车辆，只觉得心里也一同被密密麻麻地封住了，不能喘息。

月香突然噔噔噔地跑了上来，手里捧着高家刚刚送来的纯白婚纱，喜道："小姐，高局长知道你是受过西洋教育的，定是看不上咱大红的喜服，所以特地让人定做了一套婚纱，二太太让我伺候小姐试穿一下。"

初阳却是未吱声，甚至都没回头看一眼，只是拿手轻轻地抚着怀里的萌萌，语气极淡，道："就放在那里吧。"

月香道："小姐，你还是试试吧，哪里不合身现在还来得及改，等到明天出门了才发现不合适，可就闹笑话了。"

她道："要嫁给一个自己不喜欢的人，婚纱就算合身了又有什么用。"月香张了嘴刚要再劝说什么，又被她止住，"好了，月香我心里好乱，你就下去吧。"

月香无奈，只得应着退出去。

初阳从阳台里出来，那中西合璧的绣香婚纱静静地躺在床榻上，伸手摸上去，华丽的布料却只让她觉得干涩，蕾丝外摆上的纯白苏绣微微凸起，竟分不清这到底是陪衬了婚纱的美，还是阻隔了它的柔软。

她走到那高出她一大截的衣橱前，小心翼翼地将藏在最里面的锦盒拿出来，正是被她一点一点粘贴起来的小红人，还有那把赌上了他性命的短刀。

她将那婚纱慢慢地伸展开，不可否认，它美到极致。她将那把短刀轻轻地放到了它的腰间，伸手摩挲着上面刻着的纹路，默默地在心里问：仇少白，你当真是要负我吗？

高天磊一直都知道在仇少白心里藏着一个秘密，却是没想到那秘密的背后竟是这样的黑暗，更没有想到那个让他背着父母两家灭门之仇，忍辱负重十余年的人竟就是于正业。如此血海深仇之下，他与初阳的相遇、相知、相恋便是命运弄人吧。

十几年前，当于正业还是盐城的一个寻常商人时，曾与仇少白的亲生父亲白学卿熟识。白家当时为浙江一带的富商，加之太太陈氏娘家也为政界要领，所以家产雄厚，为江南一代颇有声望的大户人家。白学卿有着南方人对商业的敏锐，亦有北方人的豪爽和热情，因他本是孤儿，所以对岳父很是重视，不仅同住一个府邸，更拿他当亲生父亲一样孝顺。那一年岳父六十岁寿诞，他便邀请了商界政界众多好友于上海的花园别墅相聚，于正业自是也在这邀请宾客名单之中。

当钦差官员带着人闯进上海别墅之时，白学卿正与岳父对着宾客把酒言欢，尚未问清缘由之时，已被那长长枪管射中，行刑之由竟是走私死罪，说已有人向政府提供了证据，陈、白两家借由官职之便通商走私，走私的军火、西药数量之大，已是害国害民，文件明曰：当场击毙，以儆效尤。

而那一夜，仇少白因被困在外滩耽误了回家时间，捡回一条命。当他被死里逃生的陈力水寻见，匆匆赶回浙江之时，却发现白府竟于一夜之间被熊熊大火烧尽，府邸里的人无一生还。

三日之后，于正业手拿白家产业正式加入江南商会，原来那日他千里迢迢来相贺，赠的竟是一颗贪婪凶残的狼子之心。他竟在宴会前设了这样一计，陷害在先，除根于后。

婚车摇摇晃晃，只让想着仇少白身世的高天磊有些发晕，他抬了头看了看窗外的奏乐队，只觉得可笑，他竟真的答应了仇少白，来做这伤害于家，伤害初阳的蠢事。

常胜从后视镜里看到他眉头紧皱的样子，便问道："少爷啊，你都要跟初阳小姐成亲了，怎么还是这样一副不高兴的样子，难道你不喜欢初阳小姐?"

他将手中的花束捧在鼻下嗅了嗅，哼笑一声，道："喜欢，可是喜欢又有什么用呢，她的心终究不在我身上。"

常胜道："少爷混世魔王的本事还怕管不住一个女人吗？再说了，白爷不是已经退出让给你了?"

高天磊笑笑，"让？他这叫釜底抽薪，以退为进。"

常胜扬了扬脖子，"这又是什么意思?"

高天磊却不再说话了，只摆摆手，"开你的车吧，误了时辰当心你的狗腿!"

伴着洋洋喜乐，没一会儿的工夫，车队便到了于公馆的门前。于正业嫁女儿，又早就登过报，自是热闹非凡，大门敞开着，管家说，凡是来的人不管是什么身份都可进去吃喜酒。见高天磊正从车上下来，管家赶紧扯开嗓子大喊了一声："姑爷入门！吉时喜开!"

月香本是陪着初阳候坐在闺房的，听到这么一句，赶紧跑到窗口往下看，道："小姐，高少爷来了。"

初阳穿着特制的白色婚纱，坐在软榻之上，脸上虽是已被化上了精致的新娘妆，眼神却是空洞的，她也不抬头，只轻轻扯着那黑缎钱夹子上的红缨，竟有些害怕，声音极轻，问："月香，这几日真的没有什么人来找我吗?"

月香叹一口气，道："小姐，你已经问了月香无数遍了，没有没有没有，他没来。若是那白爷真的在乎你，早就来带你走了，怎么还会迟迟不露面?"

她道："兴许是有什么事耽搁了，他向来是这样的，忙起来几日都不见人。”

月香急道：“小姐！今日此时，高少爷都已经站在楼下了，你怎么还说这样的傻话？月香虽不知道那白爷是不是真的有事，但是月香看得出高少爷是真心喜欢小姐的，你病着那几日，高少爷一天下来总要到于公馆问上几遍才安心，那眼神里的爱意是藏都藏不住的。”

楼下突然喧闹起来，紧接着便是噔噔的上楼声，月香呀了一声，赶紧上前去给她重新整理了一下衣服头发，又去拿她手中的钱夹子，道：“是高少爷来接小姐出门了，小姐还是快把这些东西收起来吧。”

初阳也不反对，侧了侧身子任由月香把它收进了抽屉里。

高天磊被一群人簇拥着走了进来，倒是十足的新郎官打扮，笔挺的西装，锃亮的皮鞋，就连那领口的领结都似是能带出笑脸来。他将手中的花束递到初阳的身前，轻笑道：“初阳，我来娶你了。”

短短一句话，说得极深情，让他自己都险些相信今日真是他与她的大喜之日。

初阳脸上依旧没有什么表情。高天磊见她站起身来，赶紧去扶她，她却是不动声色地侧了侧身子躲过，轻声地说了一句：“高大哥，我原本以为你至少是光明磊落的，原来你竟是这样帮我的。”

高天磊的身子一愣，像是被人拿冰裹在了心上，再抬眼，却见她已是径自下楼去了。

自于公馆出来，长长一条街上挤满了看热闹的人，一些妇人抱着孩子站在车边，透过车窗瞧了一眼，便笑呵呵地对着旁边的人道：“这新娘子真漂亮啊，新郎官也是生得俊俏，郎才女貌的好登对，真是有福气。”

高天磊就坐在初阳的身边，本想跟她说句什么，却又觉得现在竟有些怕了她，怕了她这突然的冷，之前那个单纯爱笑的丁初阳仿佛已经随着某些事某个人消失了一般。他张了张嘴，却终是什么都没说，将身上的衣服脱下小心地披到她的肩上，轻声道："天凉。"

那一声卑微的关心，只让初阳双眸有些发疼，也不去推辞，依旧是以那样的姿态坐着，手捧花束，指缠红缨，双眼通红却只倔强地望着前方。

婚车摇摇晃晃，绕着上海滩行了一圈，待回到城区，要往高公馆进了，高天磊却是突然出声道："常胜，去华懋饭店。"

常胜回过头来道："少爷，老爷太太都在府里等着呢，干什么这个时候去华懋饭店？"

他摆摆手，道："让你去你就去。"

常胜见他那强硬的样子，也只好悻悻地回过头开车。水门汀的路很是平坦，走的速度也快了些。

初阳抬起头来看着高天磊，那双盈眸似是无声地问他到底要做什么。高天磊却只是对着她笑了笑，将她发上挂住的彩纸拿下，她刚要躲，却被他拉住，轻唤一声她的名字："初阳。"之后便再无其他话。他的手放在她的发上，久久没有拿下，就那样望着她。初阳有些抵触将头往一边歪了歪，避开了那双眼睛里如水的温柔。

车子到达华懋饭店的时候，出奇的热闹，竟比高公馆府装扮得还要喜庆。一直在喜车两边的奏乐队与饭店前的西洋乐手站成一排，让这黄浦江里的水都显得喜庆欢快起来。

高天磊握着初阳的手自车上下来，那些拿着相机的记者便蜂拥围了上来。初阳没想过会有这样大的场面，那相机镁光灯的光极亮，只让她莫名有些害怕。高天磊看出她的慌乱，便将她的手握得更紧了些。

拍照的记者、看热闹的百姓，一直从饭店门口挤到了宴会厅处。宴会厅里的灯向来亮如白昼，走进去的时候，初阳下意识地将头低了低，高天磊却在这个时候将她的手放开了。

他道："初阳，谢谢你又陪我演了这最后一场戏，高大哥祝你幸福。"

他的声音极轻，却让初阳听得一怔，方才又抬起头来，目光在他的脸上扫过一秒，疑问的话尚未问出口，手中的花捧便重重地朝着地面摔去。

偌大的礼厅在那一刻竟像是突然成了一个封闭的容器，喜乐笑语，人声嘈杂，全都静止了。仇少白正一步一步地走到初阳面前来，伸手将落至半空的花捧重新送到她的面前。她竟没了力气去接，只觉得胸口怦怦跳得厉害，连带着声音都有些发颤，"少白，你这是……"

仇少白见她的双眼有些发红了，便轻笑了一声，牵着她的手走到礼厅中央，道："傻丫头，今天是你我大喜的日子，可是哭不得。"

她终是选择了顺从自己的心，最后不管不顾一次。她破涕为笑，看着他那双深邃又让人眷恋的眼睛，问："仇少白，我要的是一个正大光明的婚礼，你这算什么，抢婚吗？"

仇少白笑了笑，变戏法似的自口袋里拿出一张红色的折本，交到她的手里，道："红纸黑字，你是我仇少白再光明不过的妻子，何来抢婚之罪？"初阳将那折本打开，果真见上面写着的是他们两个的名字："仇少白、于初阳，两姓联姻，一堂缔约，良缘永结，匹配同称。谨以白头之约，书向鸿笺，好将红叶之盟，载明鸳谱，此证。"

她一字一句地念着，他便笑着听着，只觉得此生都不会再有更美妙的声音。不管明天他们会变成什么样子，至少现在他是庆幸的，她成了他的妻子。

初阳本是带着感动念完这些誓词的，在看到誓词左边的时候却是扑哧一声笑了出来，她念着："'主婚人仇少白，介绍人仇少白'，仇少白，哪有人把这些都写成自己名字的。"

仇少白却是突然低下头来亲了亲她的额头，身后的记者们便抓住机会拍个不停。他道："我的婚礼，当然要由我自己来主持，而证婚人那里也随了你的愿，我请了所有报社的记者来，明天的报纸，全上海的人就都可以看到了。官印私印，有媒有证，于初阳，这辈子你都逃不了了。"

她将那画着鸳鸯符的婚书握在手里，想起当时在耳目山，在尘园任性的玩笑，抬起头来看着他，道："少白，你知不知道这些天我有多绝望，我那样期盼你能来于家带我走，可是直到我要坐上婚车了，你都没有出现，我以为这辈子都要恨你了。你怎么就能这么沉得住气呢？万一我真的改了主意偏要嫁给别人了呢……"

未说完的千万种可能，被仇少白深深地埋进了缠绵的吻里，仇少白紧紧地拥着她，任由记者手里的相机闪个不停。过了一会儿，他才停下，看着她道："我说过的，这辈子，你只能是我仇少白的女人。"

高天磊一直退到了人群的最后面，常胜看着厅里的热闹喜庆，急得直叹气，道："少爷，你怎么就这么傻呢？"

高天磊却无所谓地耸了耸肩，从口袋里拿出香烟来点上，"我可不就是傻吗，你知道那婚书上的印章是怎么来的？是我亲自帮他骗来的，那上面，那上面本是我的名字。"

"啊？"常胜大叫一声，"少爷，你不要命了?!"

高天磊道："要，当然要，所以本少爷就只能逃了。"说着，变戏法似的拿出两张船票来，晃了晃，"不过我要是自己逃了呢，你回去免不了也得受罚，按照父亲的脾气，估计连骨头都给你拆了。”见常胜眼睛都直了，便搂住他的肩道：“你对我这样忠心耿耿，少爷我又怎么忍心丢下你不管呢，所以，我要领着你一起逃，走不走一句话。”

常胜先是不假思索地大喊一声“走”，然后才问道：“可是少爷，我们要去哪里，去多久啊？常胜没有出过远门，要是去国外，我不会说鸟语会死的，还有还有，听说……”

“啰唆。”高天磊扬起手来作势要打他，又回过头来看了一眼在宴会厅与仇少白相拥而舞的初阳，灯光旖旎，旋律美妙，那一身华丽的婚纱将她雪白的肌肤衬得越发无暇。仇少白将唇附到了她的耳朵上，像是说了什么有趣的事，只让她颊上露出了甜蜜笑意来，眉眼弯弯，轻盈灵秀。

高天磊的心跳随着她的笑有些乱了节奏，他无奈地笑了笑，拉了常胜坐到车里，道：“你想得美，还去国外，走吧，随我去趟江苏。”

白园里已重新装饰了一番，不再是之前冷冷清清的模样，人也多了起来，除了桂巧，还有几个被唤来侍奉初阳的老妈子。自初阳那次在尘园小住之后，桂巧与初阳也算熟识了，见她进了门，便赶紧上前，笑嘻嘻地叫了一声：“夫人好。”

那一声“夫人”都要把初阳叫得红了脸，仇少白笑着道：“好了，折腾到这么晚，夫人也该累了，就陪夫人去沐浴吧。”又转过头来看着初阳，“我跟汉生去处理些事，一会儿就回来，你洗完澡在房里等我。”

初阳羞着脸点点头，刚要随口而出一句“快些回来”，却又觉得这个时候说有些难为情，便道：“好。”

桂巧带着初阳到了楼上的盥洗室，洗澡的温水早就放好了，上面浮着些许粉色的花瓣，旁边的木格衣桁上挂着一件绣着木兰花样的绸缎睡裙，那样静静地垂在那里，伴着花香，尽显旖旎之气。

桂巧侍候着她脱去了那长长的婚纱，当初阳双脚踏入那木桶中时，那温热的水便宛如小孩子柔软的小手，将她这几日的身心疲惫都拭了去，剩下的便只是那蜿蜒至血脉的安心。

她拿手轻轻撩着水面，不自禁地闭上双眼唱起仇少白教她的那首情歌来。桂巧在一边咯咯地笑，道："夫人，你唱得真好听。"

她闭着眼睛，调皮地将那花瓣盖在额头上，道："桂巧，你们都是怎么认识他的呀?"

桂巧道："夫人可是说白爷?"初阳点点头，桂巧便又道："这个说来可就话长了。那一年呢，我们乡下发洪水，死了很多人，汉生哥的父母也是死在了那天灾里。政府命令未下之前，是白爷带着人去抢的险，还带了好多好多干粮去。汉生哥敬他是救命恩人，便誓死追随，所以便一直随着白爷来到了这大上海。"

初阳突然睁开了眼，脸蛋被热气蒸得红红的，她坐起身来，问："那你呢，你就这么跟着汉生一起来了？你的家人呢?"

桂巧害羞地点了点头，道："我从小便跟汉生哥定了娃娃亲，但是大上海毕竟不是我们乡下，地方大诱惑大，危险也多，我大哥大嫂自是不同意，还想与唐家解除婚约，但是……但是我想着这辈子都不可能再有比他还要好的人了，所以，我便悄悄地随着汉生哥私奔了……"

桂巧的声音越来越小，初阳却觉得一切太过不可思议，喃喃重复着："这辈子都不可能再有比他更好的人了。"她又问："那你大哥大嫂又是怎么同意的呢?"

桂巧笑道："因为汉生哥有本事啊，他跟着白爷做事从来不嫌苦累，白爷拿汉生哥当亲兄弟，给了他好多好东西，汉生哥便全数寄回了老家。我大哥大嫂虽还是有顾虑，但知道汉生哥起码能养活我，不让我受苦，便也同意了。”

原来，当女人面对爱情的时候真的都是勇敢的，无关身份地位与家世，爱上了便是爱上了，而放弃一切地追随，也只因为心里那句坚定的话：这辈子都不可能再有比他还要好的人。

初阳洗完澡，便回了房间等着，那身白色的睡裙用的是极好的绸缎面料，穿在身上软软的。她穿了一双棉布的拖鞋，在那米白色的地毯上走来走去，那软绵绵的感觉让她觉得舒畅极了，走累了便一下子躺到床上去。

她傻笑着打量着屋子里的摆设，与寻常夫妻的卧房大抵相同，有丈夫临时办公的简易书桌，有妻子梳理打扮的梳妆台，有以后盛挂他们两个衣衫的衣橱，还有摆放小玩意的床头柜。

她的目光突然在一处停了下来，她翻了个身爬到那床头柜的旁边，上面摆放着的是一个精心特制的相册，而里面再无其他，全部都是她的照片。

这样一张张地看着，一张张地回忆着当时的情景，她甚至都不记得他是什么时候拍下的这些，心中满满都是感动，便又抱着这相册坐起来。看着屋子里的一切，还有窗上那大大的喜字，她的心里暖暖的。原来，他城府是这样深，竟真不动声色地准备了这一切。

门外突然响起了一阵上楼的脚步声，她不由得一个激灵，竟有些紧张起来，赶紧将相册放回到桌子上去，又以十二万分急地速度钻进了被子中。

仇少白已是推了门进来，见她小小的身子缩在床上，便笑着叫了一声：“夫人。”紧接着便是脱长衣的声音。她紧张得赶紧闭上了眼睛，手心里都是汗。仇少白知道她还没睡，也知道她在躲避什么，却偏坏心眼地钻到了被子里，从背后紧紧地将她抱住，“夫人怎么可以不等为夫便先睡了?”

初阳只觉得后背都要冒出汗来，他的气息就那样在周围弥散开来，她连呼吸都要停止了，却依旧装着熟睡的样子。仇少白便干脆将她的身子扳了过来，紧紧地压在了身下。

初阳果真吓得一下子睁圆了眼，大喊：“仇少白，你要干什么?”

仇少白吻了吻她的鼻尖，笑道：“今天是你我大喜之日，你说我要干什么?”

初阳脸红得都要能煮熟一个生鸡蛋了，被他这样看着，竟有些口吃，道：“你……你先下来，我……我又不想知道你要干什么了。”

这一句却正中仇少白的计，又将她抱得更紧了些，在那宽大的软床上滚了一个圈。

“安儿……”

他的耳边却似是突然有人叫了他一声，只让他原本已是收不住也不想收的动作突然停了下来。

初阳被他这个样子吓了一跳，道：“少白，你怎么了?”他却仿若未闻，双眼里竟透出些恐慌来，他转头看了看这屋子的四周，似是在寻找着什么，半晌才俯下身子看着同样看着四周的初阳。他的眼眶里莫名有些发红，只让初阳有些失措，“少白。”他却只是笑着亲了亲她的额头，将她身上的衣衫重新覆好，道：“傻丫头，是我太鲁莽了，我等你好不好，等你不害怕……”

窗架上挂着的窗帘突然被一阵晚风吹得浮动起来，把原本本在案桌上的一支竹编笔筒也拂到了地上，里面的毛笔洒落一地，犹如她现在的心情，越发慌张不安。

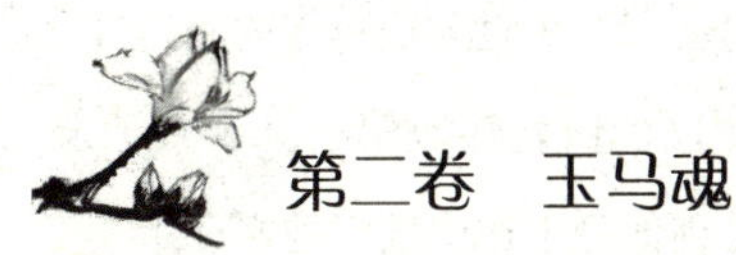

第二卷　玉马魂

1. 霜意峭寒，血染静安

冬日的天，一日比一日冷，白园里也早早烧上了热水汀，外面寒风大作，屋内却很暖和，管子上摆了几盆观音莲与玉露牡丹，那厚厚的叶子一层一层地叠着，虽不开花却比那单薄的花瓣更多了份灵气。

因为这场轰动上海的抢亲，让早已登报声明婚事的高、于两家一下子颜面尽失。高中义本是有意借着于家之财，堵自己身后的黑洞，当他知晓李洪山竟曾想让自己背黑锅时，方才惊醒，后怕之余竟先下手为强，登报做了声明，称于家不忠不信，要讨回公道。

这些官商之间的勾当，向来是敏感之事，那秦先生到达上海之时便有记者报道高、于两家用联姻之财补亏银行，李洪山挪用公款扩张利益。那些原本在生意上与于氏有往来的老客户为明哲保身，纷纷撤资，一夜之间便让于正业陷入背信弃义之境。

这风雨飘摇的上海，明争暗斗已经展开，独独初阳是欢喜的，她终是如愿以偿地嫁给了自己爱的男人。

只是婚后的仇少白却越发忙了起来，有时几日都见不到他的影子，甚至是婚后回门都被无声地推了。如此，自华懋饭店一闹，初阳便再也没有回过家中了。

这日晨曦微露，她还未起床，便听到他轻手轻脚地推开了房门，她半睁开眼睛看着他那被黑色大氅包着的颀长身材，只觉得心头突然涌上了几分陌生。仇少白轻轻地俯下身子亲了亲她的额头，离得近了，她甚至能感受到他身上还未散去的寒意。

仇少白小心地将她身上的被子掖了掖，就要出去了，她却是突然伸手拉住了他的袖扣，轻声唤他，“少白。”

他的身子一停，复又退到了床边来，拨弄了一下她额前凌乱的发，哄道：“我到底是吵到你了。”

她摇摇头，道：“怎么刚回来又要走？”

仇少白笑笑，用那棉被将她包了个严实，揽着她又一起坐回到床上，轻轻蹭着她的耳朵，道：“年底了，青帮的事多，你若是觉得闷得慌，我请沈老师来陪你可好？”

初阳被他弄得痒痒的，歪歪头躲开，见他腕上的扣子还是开着的，便从被子底下伸出手，十分自然地帮他系上，道：“不要，我谁都不需要，只要你。”

仇少白轻笑一声，亲了亲她的发，道：“傻丫头，我答应你，等这段时间一过就天天陪在你身边可好？”

她却抬起了头来，看着他，道：“少白，我想姨母了。”

仇少白微微顿了顿，道：“你想回家吗？”

她抬眼看了看墙上两人补照的结婚照，道：“你我的婚事，让爸爸在上海滩颜面尽失，爸爸是不会原谅我的，我又怎么有脸回去？”

他道：“那……我让阿征去把二太太请到白园来？”

她摇摇头，“姨母为了妈妈、为了我牺牲了太多，我不想再因为我的事让姨母为难。今天是初七，每个月姨母都要去静安寺上香的，所以我只要悄悄地去看看就好了。”

仇少白心口突然微微发疼，将她紧紧拥在怀里，半晌才道：“好，要早些回来。”复又让她重新在床上躺好，道：“好了，这件事，我来安排，现在不过四点多钟，你再睡一会儿。”

初阳点点头。

白园楼下，唐汉生早就在那里等着了，见仇少白出来，便上前道：“白爷。”

仇少白将帽檐压了压，挡住就要吹进眼中的雪瓣，快步走进车里，问：“秦先生那边可是准备好了？”

唐汉生道：“是，已经拟好了罢黜李洪山的通报，天一亮便会发出去。”

他点点头，道：“好，林德贵那里可还顺利？”

唐汉生笑了一声，道：“白爷给他在租界稽查局谋了这么一个美差，他自是对白爷感激，昨日便把于正业与李洪山暗资做的生意查明白了，之前还想让高局长作垫背，不过文件上签的却是于正业的二太太秦宝莲的名字。”

仇少白不由得一惊，道：“什么？”复又问：“这件事义父可是知道了？”

唐汉生顿了顿，方才道：“其实我是在百乐门找到林队长的，当时他正与孟小姐还有陈老板在厢内言欢，所以，我想……”

仇少白低咒一声，骂了一句，“又是陈力水！走，去仇氏林！”

“是！”

冬天里的仇氏林银装素裹，越发雅致，一片白雪中，独留出了一条水门汀板砌成的小路，蜿蜿蜒蜒地通向正堂大门，让这里静美中更添肃意。

天还未完全亮，进了堂门便看见里面灯火通明，仇少白一眼就看到陈力水的身影了，因为上一次在堂上闹得不愉快，所以这次他深吸了一口气才将胸口的火气压住，推门进去，道：“义父。”

仇文海穿了一身藏青色的大棉袄，领上的兔绒紧紧地贴着他的下颌，正随着他抽烟斗的动作而上下浮动。他抬起眼来看了看仇少白，极冷淡地嗯了一声。

仇少白看了看台下的陈力水，开门见山，道：“还请义父放过那秦宝莲。”

仇文海冷哼一声，道：“笑话！你娶于初阳就娶了，怎么，还真想做于家好夫婿，保着他们于家每一个人？”

仇少白道：“义父，你我都心知肚明，所有的一切，那秦宝莲都被蒙在鼓里，她只是被无辜利用。”

坐在一边沏着碧螺春的沈曼芸却是突然笑了，她将斟好的茶放到桌上，道：“白爷可真是仁慈之心。那所有因为于正业私欲而死去的人，又有多少是罪有应得的？他可有放过白爷的母亲？”

沈曼芸的话犹如一把利剑强而有力地刺进仇少白的心里，他竟一时语塞。

陈力水唯唯诺诺站起身来，道：“少爷，您不能再为了于初阳那个女人而犹豫不决了，她只会毁了你。”

仇少白倏地回过头来，双眉竖起，怒道：“你给我闭嘴！”

仇文海站起身来，道：“你也给我闭嘴！我养了你十余年，眼看你就要成鹰展翅了，到底还是让一个女人给迷惑了心思！不仅那于正业的二太太要死，你再这么混，那女人也别想再活着！”

仇少白道："义父，并不是孩儿被初阳迷惑了心思，只是她现在左右都已是我妻子，我不想让她跟我一样，到最后只带着仇恨活着。"

仇文海怒道："混账东西！你家门之仇都报不了，还有什么资格在这说什么妻子家庭？我怎么就选了你这么个窝囊废养着！我告诉你，南京那边已传来消息，今日会有一批军火运来，是宋志年要的，想必那跑马场的地下仓库用处也要出来了。你若是还有一点点的清醒，就给我做该做的事！"

仇少白一怔，问："他竟这样心急？"

仇文海道："宋志年已经与日本人有了交易，眼下这批货怕又是讨好日本人的东西，这是找死。"

仇少白问："义父想要少白怎么做？"

仇文海道："他们军阀的争权夺势我不管，但也绝不会眼睁睁看着这些走狗危害自己的同胞百姓。眼下于正业很多生意都有日本人牵扯了进来，定是不能让他死，否则不管是钱还是物资，都会让日本人白白得了去。那批货必是要经过石埠口，我要你现在就找人去埋伏！"

仇少白道："石埠口现在正打仗很是混乱，义父是想让我们的人趁机混到那队伍里去？"

仇文海吸了口烟，道："看来你还没糊涂。要想阻止这些肮脏的卖国交易，就必须绝了他的后路。我要知道详细的地下军库布防图。"

仇少白一改刚才的犹疑神色，弯了弯腰，道："是，少白这就去安排。"

仇文海叫住他，唉了一声，又道："那些护送军火的队伍里面有不少是宋志年亲训的杀手，凶狠得很，要还想活着见到你的女人，就仔细些，别出事。"

仇少白愣了一下，道："多谢义父。"

仇少白带着唐汉生出了门，就要发动车子离开了，他却突然开口，道：“汉生，今天的行动你就不用去了。”

唐汉生道：“这怎么行？从来我都是要与白爷站在一起才放心。”

仇少白不料他这么直白地表忠心，轻笑一声，道：“不让你去，自是有更重要的事要你去做。”

唐汉生下意识地回头看了眼仇氏林，问：“什么事？”他道：“今日你哪儿都不要去，就去静安寺守着，李洪山一事只要一登报，秦先生必会以于正业的二太太合资做黑生意的事为由找她问话，而义父也定然会在此之前下手，无论如何我要你保她一命。”

唐汉生皱了皱眉，道：“白爷，你这又是何必呢？只要于正业的二太太活着，不管是被秦先生抓了也好，被我们藏起来也好，这辈子她都不能再出现了，而一旦事情发生，以于正业自私的性子必会将所有的事推到她身上，如此她还被冠上了恶名。”唐汉生一边说着，一边又将头低了低，生怕挨仇少白的训似的，道：“若是她死了，秦先生也定会着力去调查，陈力水自有办法引着他将于家查个底儿朝天。白爷你在泥泞里活了十余年，不就是想找个机会致于正业于死地吗？这一举，不单单是先生的一步棋，更是白爷报仇的关键一击……”

仇少白到底没让他把话说完，厉声喝住：“我要你怎么做就怎么做！”复又沉默半晌，道：“若真是万不得已，至少，替我看住夫人。”

唐汉生知道他心中已是作出了妥协，便心疼地应了一声。

盐城的冬日像极了京剧里的旦角儿，清丽蕴藉，端庄秀丽，天气极冷的时候，虽偶尔也会飘来几场雪，那温润的姿态却又似一幅耐看的泼墨丹青，置身在造型精巧的山宇楼阁中，只让人时刻都能感受到那份舒畅到骨子里的诗情画意。

高天磊向来喜欢于这天地间游览的，这次虽是带着目的来到这个小地方，却依旧不舍得放过每一处美景。不过，他倒是玩得畅快了，一起随着的常胜却是老大不愿意。原来这盐城就是常胜的老家，投靠到高府之前的整个童年他都待在这个小地方的，虽这几年盐城已有很大的变化，可他打心眼儿里还是觉得，好容易跟着少爷出来一趟，就算不出国总也得出个省才划算，所以这一路上没少找机会、寻理由地撺掇高天磊回去。

两个人正在水街听着淮剧吃醉蟹呢，常胜便又开始了唐三藏一样的絮叨，道："少爷，左右咱来盐城也有一段时间了，您逃婚换婚的风波都该过去了，咱就回去吧。"

高天磊就当他是放了个屁，也不理他，自顾自随着那琴声微微晃着身子。

常胜闷闷地哎呀一声，装模作样似的拿手指头掐了掐，突然又大喊道："少爷，不好了！常胜掐指一算，就要过年了啊，到时候火车客船都是要停工了，晚了我们可是真要回不去了！要是真回不去过年，老爷太太得多生气啊，不对，是多担心啊，少爷可是老爷太太唯一的命根子……"

"闭嘴!"这一日三餐似的唠叨到底还是让高天磊忍不下去了，倏地将手里掰了一半的蟹壳塞到了他的嘴巴里，笑道："命根子？要不这样吧，你看你是生在盐城长在盐城的孩子，洪水虽是要了你爹娘的命，可你好歹也有个兄弟姐妹吧。"说到一半，又叹了一声，问："对了，你原本姓什么来着？"常胜道："姓顾。"高天磊抿嘴点了点头，道："嗯，姓不错。这样，要是咱真的回不去上海过年，就陪着你这个顾家命根子投靠亲戚怎么样？"

常胜的神情突然变得悲伤，他将蟹壳放在那柚木桌上，低着头，道："少爷，你就不要再拿常胜开玩笑了，常胜的哥哥嫂嫂早就没了。"

高天磊眼睛一瞪，"不是吧，也是死在洪水里了吗？"

常胜摇摇头，道："哥哥不是死在了洪水里，是死在了上海的黄浦江里。那年他本是随着公家去上海送货的，却是再也没回来，嫂嫂去问，那于老爷却只道是哥哥随着货船一起翻进了江里。嫂嫂那时已经怀孕八个月就要临盆了，却终究因为伤心过度难产死在了医院里，孩子也没了……"

常胜这样说着，双眼里已是通红。高天磊虽也觉得刚才的玩笑有些过，却是来不及安慰，只问他道："你说你哥哥是随着谁去的上海，于老爷？"

常胜点点头，道："就是当时盐城的巨贾于凤来啊。"

高天磊低声重复："于凤来……"随即又问："你可还记得到底是哪一年？"

常胜见他这样子，也不觉严肃起来，道："记得，就是在发洪水的前一年，民国十一年，也就是一九二二年。"

高天磊从桌前跳了起来，道："真是踏破铁鞋无觅处，得来全不费工夫！"

常胜不解地问："什么不费工夫？少爷你在说什么呢？"

高天磊却是笑着拍了拍他的肩膀，道："这个以后再说，少爷我定会还你大哥一个公道。你可还记得那于府是在什么地方？"

常胜皱了皱眉，道："我只去过一次，或许还可以找到。"

高天磊便将饭钱拍在桌子上，道："走吧！解开了这个死疙瘩，我们就回上海去！"

外面又飘飘扬扬地下起雪来，主仆二人便随手招了两辆东洋车，但毕竟是十几年前的路，又是晚上，那车夫按常胜说的方向走了好几次都找不到，兜兜转转好长时间，最后才终于找到了。

“少爷少爷！就是这里，我记得的，这个于府门前有两个很大的花坛，一年三季都是开月季花的!”常胜一边叫着一边往于府跑，等到了门前却又突然停了脚步，脸上尽是怀疑。

高天磊也跟着走了过去，待看到门前那擦得锃光瓦亮的门匾时，却是笑了，轻声念道：“黄府……好啊，常胜，这一石二鸟的功劳可是要给你大大地记上一笔。”

常胜还未反应过来呢，便见他已是走上前去，朝着那柚木大门便砰砰地敲了起来。

几分钟的光景，那黄府的大门被打开了，出来一个衣着不整，面黄肌瘦的中年男人，他脸上尽是不耐烦之色，打了个哈欠，问：“你找谁啊?”

高天磊顺着半开的门朝着里面看了看，门外虽是光鲜富丽的大宅子，里面却显得极萧条，昏昏暗暗的灯光，再看那摆放在窗台上的几根烟斗子，他心中很快便明了，轻笑一声，客客气气地对着那男人弯腰揖了揖，道：“烟客高天磊，为讨口瘾，特来拜访黄得利黄老板。”

下了一夜的雪，待天完全亮开了倒变成了大晴天，阳光照在雪面上，仿佛给大地铺了厚厚的一层银屑，明晃晃的，照得整个上海滩都格外明亮。白园院子开满了艳丽红梅，阵阵暗香浮动而来。

桂巧从衣橱里找出大衣来，又四处找暖手抄，一边忙着一边道：“夫人这几日一直没有出门，外面可是冷得很，一定要准备暖和了才行。”

初阳梳理头发的手顿了顿，道：“桂巧，那一会儿你去叫阿征开车来吧，难得的好天气，就先去街上逛逛，再去静安寺。”

桂巧应了一声，便下去了。

初阳本是惦记着霞飞路的一家甜品店里的薄荷糕，早饭都没吃便出门了。大街上的雪倒是扫得干净，大公司广告牌打得锃亮，小摊贩生意也照样开张。

在这商业街上，阿征把车子开得极慢，初阳便与桂巧隔着车玻璃看着路边摊贩摆的小玩意儿。不远处便是采仙斋了，她向来不待见陈力水，所以也没想着下车，只是抬头间却是突然发现一个极其熟悉的人影自里面出来。

正是孟丽丽。

孟丽丽被影视公司相中以后，穿衣打扮越发成熟了，一身淡紫色的旗袍上裹了一件雪白的裘皮大衣，配着一双墨青的细高跟，看上去真是艳丽极了。

初阳让阿征将车子停到了她的跟前，将车窗摇下来，喊了她一声：“丽丽。”孟丽丽被她的突然出现吓了一跳，下意识地朝后退了一步。初阳只当她胆小，忍不住笑出声来，道：“你是不是做了什么亏心事啊，吓成这个样子。来，上车聊。”

孟丽丽脸上恢复了几分平静，也笑了出来，上前开了车门坐进去，道：“是啊，今日来你家的玉石店买首饰，刚讨了几分便宜出门便碰到了你，可不是亏心嘛！”

初阳方才注意到她耳朵上戴着的那一对翡翠珐琅托的方钉，道：“这是采仙斋刚来的款式吧，可真是好看。”

孟丽丽得意地拿手托了托，道：“你们自家的东西，你要是喜欢还不得大把大把地送到你跟前来？今天这是上哪儿去？”

初阳知道她这是在打趣她，便笑道：“昨天下了一夜的雪，今日的天倒是格外亮，所以就想出门走走。你这又是干什么去?”

“我?”孟丽丽双眉动了动，看了看身后采仙斋的门面，“我可是要接拍电影做电影明星了，喏，就是出来买首饰衣服的，不过这会儿也买完了，正要回家。”

初阳道：“我可是刚出来，你就陪我再逛逛吧。”

孟丽丽笑道：“好啊，你想去哪儿?”

初阳道：“一会儿再说，你先陪我去甜品店吃点东西吧，早上饭也没吃，可是要饿死了。”

两人吃过东西后，又坐上了车。

孟丽丽以为初阳只是让她陪着在商业街上逛逛，万没想到阿征开着车子竟是一路到了静安寺，想起前几日跟陈力水见面时，他提起要在静安寺解决二太太的话，心不由得一下子提到了嗓子眼儿里去。

已是下午时分了，夕阳照在寺院上空，让人心里自然而然沉静了许多。因是个上香的吉日，所以进进出出的香客挤满了寺院前的台阶。初阳与桂巧都上去几级了，孟丽丽却一直站在台阶下，双手插在口袋里像是在找什么人一样四处看着。

初阳喊她道：“丽丽，你看什么呢，上来呀。”

孟丽丽这才回过头来，应了一声后快步追上去，道：“没看什么，我还是第一次来寺庙这种地方呢，稀奇呗，就看了看，不过我说啊，这来上香的大都是些老妈子，哪有像你这样的小媳妇、小姑娘来的?”

初阳看着她笑道：“有啊，不是还有你吗?”

孟丽丽扬了扬头，“还不是为了陪你？现在都什么年代了，迷信！本小姐只信自己拯救自己！”

初阳笑了笑，“好了，咱们进去吧。”

孟丽丽却是又下意识地朝着人群里看，初阳拉了她一把才跟了上去。

二太太果真已经在堂内了，初阳进去的时候她正双手合十虔诚地跪在软垫之上。月香也在旁边，看到初阳，月香刚要上去喊人，却是被初阳拦住，她拿食指在唇边嘘了嘘，小声道："不要打扰姨母，我悄悄地到她身边去。"说着便走到案前取了香火，恭恭敬敬地上了三炷香之后又猫着腰，很是小心地跪在了二太太的旁边。

孟丽丽自顾自转悠到一边儿去，百无聊赖地拿手指戳那供桌上大红苹果的同时，眼角却是突然瞥到了一个身影，就在那佛像右下方的石案后面，她的心倏地被提起老高，待转过头去看，却是什么都没有了。短短几秒的光景，她的手心已是冒出了密密麻麻一层的汗，她到底还是不敢再大胆地走到佛像后面看个究竟，便从左边门转回宝殿去了。

初阳闭眼拜了几拜，然后偷偷转头眯着眼睛想偷看二太太，她穿了一件毛呢大衣，动起来总是沙沙作响，二太太自是早就听到了，便道："要拜就好好拜，干什么三心二意的?"

初阳冷不防被她吓了一跳，见她已是睁开了眼睛起身，便也跟着站了起来，撒娇道："姨母。"

二太太看她一眼，道："怎么想起来静安寺?"

她低声道："阳阳想姨母了。"

二太太看着她，却只是哀叹一声，又给菩萨上了香，便朝门外走去，并不再说话。

初阳快步追了上去，道："姨母，爸爸……爸爸现在怎么样了?"

二太太道："你呀，你要我怎么说你。现在整个于家都被搅乱了，生意上更是大受影响，老爷一气之下犯了病，现在还在床上躺着呢。"

初阳大急道："爸爸病了？姨母你们为什么不告诉我呢?"

陪在一边的月香却抢先道："小姐，你知不知道因为你这次闯的祸，老爷都要登报与你脱离父女关系了！是二太太给老爷跪下才劝住的。"

说话间，几人已是走出了庙堂，人群中却突然冒出几个身着粗布衣裳的人来，正直直冲着她们而来。孟丽丽率先叫出声来。

阿征是一直候在台阶下面的，见那些人手中都握着尖锐的刀子，其中一个就要刺向初阳，便赶紧朝那人扔飞刀，同时喊道："夫人小心！"

刀子正中那人脑后，那人就生生地倒在了初阳身前，只让她想起校庆被人绑架那件事来，她下意识大叫一声，犹如一只受了惊的小狮子，张开双手把二太太护在身后，道："他们是什么人，要干什么?!"

孟丽丽自是知道这些人有多狠，道："干什么？这是有人想要你们的命呢!"说着自顾自往车子跑，"我真是疯了，竟答应跟你一起闯这鬼门关。"

也不知是那些人之后谁突然开了枪，正打在那车门上，砰的一声巨响，只让原本宁静的寺院门前突然变得混乱起来，人们恐慌着，尖叫着四处逃散。孟丽丽本是率先逃到车子身后了，这会儿脸吓得铁青。阿征也赶紧将初阳她们掩护到了车子后面去。那几个人却是突然并成了一排，所有的枪口都直直地朝着阿征射了过来。

那些人个个面无表情，双眼通红似是噬了血一般吓人，不难看出他们都是经过训练的杀手。阿征也迅速将腰间的枪上了膛，正准备要与那些人决一死战时，那些人的身后却是突然有人砰砰开了枪，便有人应声到地，脑后随即汩汩地冒出血来。

来者正是唐汉生。

阿征与唐汉生对视一眼，双眉皱起，眼底尽是疑惑之态，不过很快便又恢复了该有的冷峻。一场激战瞬间爆发，只让弹末烟硝陡然弥漫在寺庙上空。

子弹打在车皮上发出一阵刺耳的声响，二太太紧紧地将初阳护在怀里，惊慌失措的人群四处奔逃，慌乱中竟有人将两人生生地撞开。二太太被推倒在了地上，她的身子也已然暴露在车身之外。

为首那人迅速地将枪指向了二太太的胸口，千钧一发之际，初阳一下子从车后跑了出来，挡在了二太太的身前，“姨母，小心！”

砰——

血瞬间从初阳的身上涌出，染红了身下一片白雪，那样的触目惊心……

“夫人！”桂巧尖叫起来。

然而那些人却丝毫未有收手的意思，紧连着竟又是狠毒至极的几枪，但这一次，已年过半百的二太太却是用尽了全身的力气，将初阳狠狠地推回车身后，而那些子弹无一虚发全数射进了她的身体。

“姨母！”

一声哀呼，响彻天地。

血从二太太的身体里缓缓地流出来，初阳想站起身来，到二太太身边去，却是突然被桂巧与孟丽丽固住了手脚，“你不能去，危险！”

她哭喊着，大叫着，恐惧、无助与绝望满满充斥在周围，那一瞬间，她只觉得天与地都要崩塌了。

唐汉生与阿征快速地退回到她们身边来，周围依旧是震耳欲聋的枪声、喊声。初阳只觉得血从身体里流失得越来越快，护她成长的温暖也要一并溜走了……

雪下得越发猖狂起来，伴随着寒风呼呼而下，只让窗上的玻璃都被吹得叮当作响，屋檐上垂下的冰锥子也被这吓人的天气唬没了魂，摇摇晃晃自瓦片上坠落，摔得粉碎，正如撒了一地的玻璃渣子般骇人。

医院里永远都弥漫着浓浓的消毒水气味，好像生怕人不知道这里是要往人身上动刀的地方似的。仇少白在石埠口也受了伤，胳膊上足足有十厘米的大长口子。这会儿，他刚从手术台上下来，便急急地往病房赶去，本来半披在肩上的大衣随着他的步伐落在走廊里，他也顾不得理会。若不是她身体里的子弹已经安然取出，现在正昏迷着，他也定不会离开去处理自己身上的伤口。唐汉生身上也是挂了彩，与阿征在他身后一边捡了衣服又快步跟了上去。

初阳依旧昏迷着，病房里开着温度适宜的暖气，护士正在往点滴瓶里注射消炎药剂。他轻轻地坐到了她的床边去，本想伸手将贴在她脸颊上的发丝拿下，却又不小心拉疼了肩上刚刚包扎好的伤口，他不禁倒吸了一口冷气。

那护士道："先生，你肩上的伤口本来处理得就晚，这会儿可不要乱动了，小心裂开。"

仇少白蹙了蹙眉头，道："我没事，她怎么样了?"说着，还是忍着疼去把那发丝捋了下来。

护士叹了口气，无奈地摇摇头，道："先生对夫人还真是情深，放心吧，子弹并未伤及心肺，眼下血压体温也正常，麻醉剂过了就会醒了。"

他这才舒了一口气，道："有劳了。"

那护士笑了笑，端着药盘离开了。

唐汉生上前将大衣给他披到身上去，自责道："白爷，是汉生没能保护好夫人跟于二太太，汉生愿接受惩罚。"

阿征也道："还有阿征，护主不利，愿听白爷责罚。"

仇少白双眼眯了起来，声音极冷，道："这不关你们的事，这些人比秦先生逮捕队里的人早一步出现在静安寺，这不过是义父在向我警示罢了，他是想让我顺从，而不是反抗。"

唐汉生道："白爷，那现在要怎么办？"

仇少白极烦乱地摆摆手，道："一切都由义父去做，我只要她没事就好。"

他就那样一直守在她的床边，几日拼命劳累终是让他体力不支，竟就那样握着她的手沉沉地睡了过去。

第二日清晨，雪依旧在下，窗外的阳光透过蓝色的窗帘正打在初阳的眉间，她的脸色终是不那么苍白得吓人了，麻醉药效过了，伤口处便传来一阵阵钻心的疼痛，她渐渐地苏醒过来。

仇少白睡眠向来很浅，她的手指只是在他掌心稍动了动，他便一下子惊醒了。见她缓缓地睁开了双眼，心中的石头终是落了地，不禁露出笑意来，轻声唤她："初阳，你醒了。"

初阳眼神迷茫地看了看四周白壁，又看了看他憔悴的脸庞，弱弱地问："少白，姨母呢？"

仇少白看着她这副模样，满是心痛，深吸了一口气，才道："二太太，去世了。"

她的双眼缓缓地闭上，泪水便顺着脸颊一直流了下来，打湿了耳畔的发丝，浸透了枕套上的红十字。她就那样无声地哭了好久，让这病房里的一切都变得沉静了，甚至都能听到药水在针管里流动的声音。

仇少白心疼道："初阳，你不要哭。"

她却突然睁开眼来看着他，眼神冰冷，道："少白，我要杀了那些人，我要给姨母报仇!”

他俯下身子将她的泪吻去，道：“好，等你身子好了，我便带你去靶场好不好？我教你射击，教你用枪，总有一天，总有些人，是要你亲手去杀的，我定会竭尽全力教你。”

2. 山宇双枪，风影雪空

新年的气息越发浓了起来，甚至有小孩子早早地就放起了鞭炮，提前享受新年带来的欢乐。初阳的身子也终于好了起来，正坐在床头拿着姨母留下的那串菩提子发呆。

桂巧抱着一堆金银卡纸跑了进来，呼啦一声全数放到了粉色的床单上，萌萌倒是积极地先扑了上去。

初阳坐直了身子，问：“桂巧，这是要做什么?”

桂巧笑了笑，将萌萌抱到一边去，道：“这是过年时候乡下的习俗，要叠金银元宝烧给天上的神明求保佑的。白爷怕夫人在白园里无聊，便让桂巧弄些小玩意儿来替夫人解解闷儿。”

初阳伸手取了一张纸折在掌心，那金黄色的光将她心里映得一片温暖，他为什么这么做，她又怎么会不明白？他是怕她独处的时间越长，越发胡思乱想。这样想着，初阳心里一暖，脸上终是露出了些笑意，便坐到了桂巧身边去，道：“那你来教我叠。”

桂巧欢喜地应了一声，便一弯一折地做起了示范。初阳也学得认真，来回几次倒也叠得有模有样，脑子被别的事占去了，心情也轻松了起来。

仇少白从外面回来的时候，她正趴在床上与桂巧数着今天的战果，因为屋子里热水汀开得极暖，所以她只穿了一件单薄的锦缎睡衣，这会儿如小孩子似的向上弯着腿，一晃一晃的，那睡衣裙摆便随着滑到了下面，露出了一段雪白光滑的肌肤。

桂巧先看到了仇少白，赶紧起身去侍候他将大衣脱了下来。他的袖口上还带着未化的雪花，轻轻一抖便飘落在了地上，形成了一颗颗小水珠，晶莹透亮。

仇少白看初阳脸上有了笑意，心里也轻松起来，对桂巧道："你先下去吧。"待桂巧出去后，仇少白便上前将初阳揽到怀里去，像是哄小孩子那般，极夸张地呀了一声，道："这些元宝都是夫人叠的吗？看来我们白园来年定会是个丰收大年。"

初阳抬头笑了笑，道："我哪有那么厉害，这里面有三分之二都是桂巧叠的。"

他轻吻了吻她的发丝，道："那也是你对这个家的一份心意，多与少都是一样的。"

她将头深深地埋进他的怀里，声音便像是从一个封闭容器里发出来一样，那样轻，她道："少白，谢谢你为我做的一切，我知道你这段时间总是想让我高兴，可是我现在只要一闭上眼睛便是姨母被杀死时的场景，我恨自己是那样的无能。现在我身体已经完全恢复了，我不想再等了，你教我打枪好不好？"

他的手轻轻地抚在她消瘦的背上，他能理解她自心底溢出的浓浓自责与恨意，对仇人的恨意和对复仇的渴望他压抑了十余年，无时无刻不折磨着他的心。他的声音带了些颤抖，双手紧紧捧着她的脸颊，道："好，等一过完年，我们就去靶场。"

那绣着金棱线的朱红窗帘突然被风刮得飘了起来，成串的流苏穗子便打在了玻璃上，发出窸窸窣窣的声音……

年后的深山尚未回春，远远望去，尽是一块又一块光秃秃的山顶，寒风一掠，带起一片荒凉。

靶场外种了厚厚的一圈冬青，让这靶场萧瑟中留了那么一丁点生气儿，那几条黑色的大狗依旧被拴在冰冰冷冷的铁蒺藜外面。这次因为有仇少白在身边，所以初阳并没有那么害怕，当看到那些狗在撒娇似的对着仇少白吐舌头的时候，她反倒觉得这些狗有几分可爱。

继续往里走，便能看到有一排人整整齐齐地站在枪把前，双手握枪，双眸微眯，那一副冷酷无情的模样只让她想起第一次看到仇少白射杀小白兔的场景来。她口口声声说想学枪，想保护家人，想为姨母报仇，可是又真的能狠下心去对着活生生的性命按下扳机吗?

仇少白见她正对着训练场上那堵高墙发呆，便让唐汉生从车上取了一件披风来。他拿过唐汉生递过来的披风，给她披到了身上，亲昵地将手揽到她的腰上抱住，道：“看什么呢?”

初阳指了指墙边已是枯萎的几棵石竹花道：“原来这里也曾开过石竹妈妈的花。”

仇少白道：“石竹妈妈的花?”

她走上前去，取了一段已是枯萎的梗轻轻地放在手中，道：“小时候，姨母曾经告诉我，这是属于全天下妈妈的花朵，虽不美丽不名贵，可它背后老母救子的故事却足够得到世人最最真诚的爱护，可事到如今它却也只能生长在田野里，如山脚下那些名不见经传的野草一般。”

仇少白道：“那明年我们把它移到白园的花房里去，精心照料它们，好不好?”

她轻轻地将那梗揉成了粉末撒在空中，摇了摇头，道：“算了，如果真的移到了花房里，它或许会因突然的变化而死掉。它们是大自然里真正的精灵，何必像我一样，从小到大，都像是个傻子一样，总是被强制地要求与安排。”她抬起头来看着他，“或许，若不是先遇到了你，现在的我已经顺从了爸爸的意思，成了别人的妻子。”

仇少白轻轻地将她拥住，道：“不会的。”

她道：“姨母死了，爸爸也不会原谅我了，所以，仇少白你这辈子都不能离开我，不能背叛我。”

他半晌才道：“那你一定要好好学习枪法，若是发现我有背叛，就拿枪狠狠地射穿我的胸膛，我仇少白保证不会闪躲半分。”

初阳笑开，“干什么说得这么认真，像是真的会背叛我一样。不过若真有那么一天，你也休想我留情，我是绝对不会眨眼睛的。”

两人这样似真似假地说着，便有两个小弟模样的人抱了一堆的枪支跑了过来，老远便喊道：“白爷，从勃朗宁到德国毛瑟，大大小小的枪，都给夫人拿来了。”

初阳眼睛里满是惊奇，拿手小心地去摸了摸那枪口，仇少白却突然在她耳边大喊一声，道：“小心它走火!”初阳被他冷不丁吓了一跳，瞪他一眼，道：“它的扳机是在下面的，你当我是三岁小孩子吗?”说着便又大着胆子要从中抽出一把，仇少白却又突然哎了一声，她的手又被吓得一缩，那把伯莱塔也掉到了地上。她生气地大喊他的名字：“仇少白!”

仇少白便含了笑从地上将抢捡起来，道：“你不是知道吗，那还被我吓着?”

如此甜蜜的抬杠，只让那两个送枪的小弟也忍不住笑开了花。

初阳便赌气不再理他，将那些枪翻了个遍。仇少白笑着拉住她的手，道：“好了，我跟你道歉，现在就先教你，将功赎罪好不好?”她虽还是不说话，脸上却已是得意的神色。仇少白将其中一把最普通不过的长枪拿起来，问："夫人可知道这是什么枪？"

初阳先是皱了皱眉头，很快却又像是小孩子似的笑开，道："大枪。"

这一次就连一向沉稳的唐汉生也破了功，扑哧笑出声来。

仇少白好容易才憋住笑意，道："好了，不要闹，你可知道我青帮虽被称为上海滩第一大帮，可是众兄弟却并不全是街头蛮横耍狠之人，就像是军阀有军队，我青帮当然也有着自己的神枪队，只是进我这靶场是要经过层层考验的，认枪、识枪、拆枪、装枪，缺一不可，所以这认枪便是第一步……"

仇少白神情变得严肃起来，初阳的态度也跟着认真起来，夫妻二人就那样一教一学，仅仅是将这些看似长相一样的枪分清楚名字与威力射程，便到了日落时分。

训练很耗体力，所以这边的厨子也全都是营养高手，厨房里的香气飘了出来，月亮正悄悄地往山头上爬，它明晃晃的脑袋像极了扒在墙头窥视邻居家腊肉的小孩子。

初阳正在仇少白的指导下，一点一点地分清什么样的枪该配什么样的子弹，这会儿闻着香味，她的肚子便跟着咕噜噜地叫了起来。

仇少白笑着问她："这么快就饿了？"

她小声嘀咕，道："太阳都要落山了。"

仇少白便随手抓了一把子弹，道："好，那你告诉我这种子弹配的是什么枪，答对了，我们就去吃饭。"

初阳噘噘嘴，"你也太小看我了，在学校的时候，我背英文可是最厉害的，再长再难背的单词都难不倒我，这又有什么难。"说完便得意地将头一扬，道："这子弹配的是枪长 288 毫米，口径 7.63 毫米，重 1.24 千克，初速每秒 425 米，射击速度每分钟 900 发，有效射程50～150米，弹匣需供20发的德国自来得手枪!”

仇少白眼神复杂地看着她一口气将这公式准确无误地说完，那信心十足的样子，只让他笑了出来。

初阳以为他是轻视自己，大声道：“仇少白，你什么意思嘛，你刚刚就是这么教的我啊，我说的都是对的，你可不许要赖!”

仇少白无奈地笑笑，拿手刮了刮她的鼻子，道：“面对你这样聪明的妻子，我哪儿还敢要无赖啊，走吧，训练场里做的菜外面还真吃不到。”

见他有意讨好，初阳方才解了气，便牵了他的手，小孩子似的一蹦一跳地朝饭厅走去。

原本仇少白也是常留在训练场的，所以这里设了供他休息的寝室与饭厅，里面的装饰丝毫不比白园差，那饭厅与客厅相连的地方都用水晶帘子隔着，十分讲究。

饭桌上已是摆好了满满一桌子的菜了，不用尝，从视觉上便能看出这些菜果真是与平日里吃的东西不同。初阳也算是见多识广的，可这些菜还是让她惊喜不已。

那满满一桌子的菜竟都是用水果花卉做的，颜色形状都很是新巧，她有些嘴馋地快步走到了桌前坐着，手已经把筷子举起来了，却又皱了皱眉放下。

仇少白问：“怎么不吃?”

她道：“这么漂亮的东西就这样吃了着实可惜。”

仇少白笑道：“刚刚不还喊着饿，怎么这会儿只看就饱了?”

她摇摇头，道：“我才不会轻易地放过美食呢，只是吃之前总得知道它们叫什么名字才行，我很好学的。”

这里的每一份膳食都是仇少白让厨子特意准备的，叫什么名字，怎么做他自是如数家珍。仇少白指了指离她最近的一盘鲜橙模样的菜，笑道："那就从它开始吧，它可是这训练场里的宝贝，是要用鲜橙扣顶去瓤，鲜汁和蟹膏一起入甑，用酒、醋、水浇匀，再拿原来扣去的蒂枝顶盖上，加料酒，放盐，蒸至清香弥散便可以吃了，而菜名呢，就叫作'蟹酿橙'。"说着便取了一把雕花镶玉勺舀了一勺，吹了吹方才举到了她唇边。

初阳心满意足地张嘴接下，那又鲜又嫩的汤汁便立刻溢满唇齿间，她高兴地点点头，道："真好吃。"又指了指另一边的花盘，"这个呢，这个看上去脆脆黄黄的又是什么做的？"

仇少白夹了一片放到她身前，道："这个嘛，更简单，取的便是靶场后那棵梅树上的落花，先用凉水泡脆，再用面粉淀粉合裹，放在油锅里一炸便好了，又脆又酥，所以叫作'金梅酥'。"

初阳迫不及待地咬了一口，虽是用油炸的，可那份独数寒梅的暗香却是藏不住的，她赞不绝口地道："仇少白，你是从哪儿知道这些稀奇古怪的好吃的？以后我要白园也经常做。"

他笑着给她递过了一杯茶水去，道："好，只要你想吃，我就能把全天下最好的美食都送到你眼前来。"

她抬起头来，道："仇少白，我知道你一定又在心里说我是小馋猪呢，不准笑！"

两人正在说笑之时，门外突然传来唐汉生的声音。仇少白帮初阳夹菜的手顿了顿，道："你记得喝水，别光顾着吃，我出去看看汉生找我什么事。"

外面的天已是彻底黑了下来，在靶场里的兄弟吃了饭，很快便又投入到了训练中，被白铁罩挂住的灯开得通明。

唐汉生一见仇少白出来，便赶紧上前，刚要开口却被仇少白抬手示意，两人一直走出了好远，唐汉生才道："白爷，刚刚得了消息，一直潜伏在于氏的兄弟已将跑马场地下军火库详细的布防摸清楚了。"

仇少白倏地抬起头来，问："什么时候的事？"

唐汉生道："就在昨天晚上，老爷子那边已将人请了去。"

仇少白将口袋的香烟拿出来，取了一支，道："义父现在显然已经不信任我了，这些消息我甚至要从你们的口中才得知。义父可已经决定了要怎么对于正业下手？"唐汉生道："那于正业心思缜密，警惕性极高，进出军火库从来都是选不同的人进去，分别负责不同的通道，而这军库的入口极多，谁都不知道他下次开库会从什么地方进去。这布防图也只是外围，要想彻底摧毁军火库，就必须知道他下一次要用哪条道。"

仇少白面色微沉，点燃手中的烟，道："老爷子怕是要出信芳先生这张牌了，于正业总是要死的，却不能这么轻易让他死，至少我得让于家赎些罪。"复将手中的洋火甩灭，抬头看了看西楼，"走，去办公室，还有些事需要你去做。"

两人一商议便商议到了半夜，训练场的兄弟们都休息了，两人方才从办公室里出来。山上的夜异常寒冷，双脚踩在枯枝上尽是咯吱咯吱的声音，待进了寝房时，甚至都能看到身上落雪蒸发的寒气。

初阳早就洗完澡了，正穿着仇少白的一件旧衬衣端坐在床上。他将身上的衣服挂到门后去，笑着走过去，道："实在抱歉，让夫人久等了。"

初阳嗔道："轻浮。"

他伸手将她抱在了怀里，她温热的肌肤便透过衣衫暖到了他的心里，只让他突然想起一些往日趣事来，便拿下巴轻轻地刮了刮她的肩膀，道："这冬天的晚上可是真冷啊。"

他说得极其虚弱，初阳以为他是病了，便赶紧伸了手去摸他的额头，担心道："怎么办公室里热水汀没有开吗？你可不能生病。"他便坏笑着摇了摇头，顺势将她葱白如玉的手指含在了嘴里。

她的脸唰地一下便红了起来，赶紧将手往外抽，"仇少白，你干什么?!"

他却将身子往后一仰，连带着她一起倒在了那印花的床单上，他亲了亲她噘起的小嘴，坏坏地笑道："不干什么，就是想靠着夫人近一些，外面天冷，可夫人身上却暖和，跟小狗似的，让人总想揽着抱着。"

初阳佯装生气地去捶打他的胸膛，道："你怎么这么烦人呢!"

仇少白顺势将她的手抓住，放到自己领口处，道："今天教了夫人一天的课，夫人可是想好了如何回报我?"

初阳脸上当即烫得厉害，赶紧将手抽回来，翻了个身躲到一边去，"听不懂你在说什么，我要睡了。"

他却是又跟了过来，将她的身子摆正面对着自己，道："不然，为夫来回报夫人也好，谁让夫人总是能给这颗冻成冰的心带来温暖呢?"说着他霸道的吻便落了下来。

床头的灯不知何时被他悄悄地关上了，独有那月色是亮的，透过窗户无声地照射进来，桌上那盆临水而生的水仙也悄然开放了，几朵成簇地相互依偎着，那鹅黄色的花蕊宛如镶在白锦玉帕上的颗颗金粒子。在这旖旎之景中，暗香浮动……

日子又在欺骗与被欺骗的纠缠中过去了一些，这原本冷冰冰的训练场生活如今竟过得有滋有味，像是当初的尘园，有了她在方才有了生气一般。

初阳的射击水平在一日一日的练习中熟练起来，当她将搁置在靶顶端的两个苹果连串打下的时候，仇少白方才意识到自己娶的竟是一个不折不扣的射击小天才，短短半个月的时间，她的枪法竟快赶得上在靶场训练半年多的大男人了。他有时会自嘲地笑，命运从来都是喜欢捉弄人的，或许一切都是上天设好的局，他与她终有一天是要拿枪相向的。

初阳本就天性率真爽朗，与这里的兄弟很快便熟稔了，此时正与那些人比枪比得畅快，夕阳的光洒在她唇角露出的那两颗小虎牙上，只让这寒意都要变成了暖暖春风，拂在人心头上。

仇少白正坐在台上的竹椅上看着他们在场子里闹腾，唐汉生忽然匆匆地从办公室里跑了出来，因为跑得极快，险些将他手里的茶杯撞到地上。仇少白倒是没恼，极平淡地道："怎么了?"

唐汉生脸上当即带出笑意来，抬眼看了看远处的初阳，道："刚才高少爷往白园挂了电话来，说在盐城不仅找到了黄得利，还查出了于正业名为于凤来时的证据。"

仇少白拊掌而笑，道："好！这臭小子怎么就这么狠呢，从离开到现在，梅花落尽了才回了一个电话来。"

唐汉生喜道："我就知道白爷定有许多话要问，所以特地让人把电话转到了训练场来。"

仇少白笑了笑，便快步进了办公室，将电话拾起，道："臭小子，怎么才给我消息?"

电话那头传来高天磊爽朗的笑声，他道："我高天磊命大得很，在小地方照样混得开，怎么着白爷，可是想好了要怎么回报我?"

仇少白轻笑一声，道："除了初阳，你就是要我的命都可以。"

高天磊开玩笑道："那你可得把命留好了。"又道，"我说我在上海的时候，怎么天都翻过来了都不见那姓黄的一根头发，原来他竟是被于会长偷偷安排在这盐城。”

仇少白问：“人找到是其一，最重要的是他与于正业那几份订单的货呢?”

高天磊语气得意，“我佯装烟客找他谈买卖，他藏哪儿放哪儿我都看得清清楚楚，还有，这几个月我都在他的烟馆打工，还发现了一些……”

足足四个月的暗访调查，高天磊自是有着说不完的成果跟仇少白一一交代，电话挂断前，高天磊突然问：“少白，于会长为宋志年办事，与日本人合作的事，老爷子是不是早就知道?”

仇少白道：“是。”

高天磊又问：“那么，可是已经做好了准备，于正业必是非死不可?”

仇少白轻笑一声，道：“死也是要等还完了债再死，我总是要让他把罪一点点赎了。”

高天磊在电话另一边沉默了几分钟的光景，问：“那初阳呢?”

仇少白握着电话的手一顿，问：“天磊，我知道你要问什么，我依旧是那句话，若我一开始就知道她是于正业的女儿，知道今天会是这样的场景，我宁愿一开始她就坠到悬崖底粉身碎骨，这辈子都不要与她纠缠。”

电话那边却只是传来高天磊一声冷哼，便再也没了回音。

仇少白叹一口气，缓和口气道：“现在的时局早已不是我陈、白两家的家仇二字能说得清的，于正业处心积虑建跑马场，你可又知道那跑马场隐藏着多大的阴谋? 底下是宋志年存的军火库，后方便是长三角的交支港，而那宋志年早就跟山本女士有了交易，若这交支港真向日本人开放了，那后果将不堪设想。我们都是中国人，现在也已经算脚入沼泽，退身不得。你早些回来吧，还有好多事，回来你自会知道。”

挂上电话之后，仇少白深深吸了一口气，独自坐在办公室里良久，待整理好了情绪才推开了门。本想再带着笑意去看初阳练枪的，打开门的那一刻，却是发现她不知何时竟站在了门边上。

他心中瞬时慌张起来，叫她：“初阳。”她却只是看着他，一双眸子映着晚霞的光，竟如那临水明镜一样看得他有些心虚，刚要伸手去揽她，“你什么时候……”

她却是突然笑了，伸手拿出一枝纯色的白玉兰来，道：“少白，你可真是位爱花君，白园尘园处处都是花也罢了，在这荒山野岭里竟也种了一排的白玉兰，若不是刚才随着阿伟去换枪，我还见不到呢。”说着，她便拿到鼻下嗅了嗅，笑道：“原来‘春后寒尽独自开，一支白玉暗香沉’竟是这样来的。”

仇少白悬着的心放了下来，将她握着白玉兰的手一起握住，放到唇边呵了呵气，道：“小傻子，它若不躲起来偷偷开，怕是已经被师傅炸了进了你的肚子。”

她佯装懊恼地将花枝摔到他的身上，道：“好啊仇少白，人家好心折了花来让你看，你又变着法儿地说我是小馋猪。”说着气哄哄地指了指枪声震耳的靶场道：“那我们比枪好了，若你赢了我，今晚师傅做的所有酥琼饼都是你的。”

仇少白笑道：“这么大方啊，那若是我输了呢？”

初阳仰首道：“那今晚你做什么都得听我的。”

仇少白扬了扬眉，道：“听上去好像不是一个公平的赌局。”虽这样说着，却已走上前去揽着她的肩，替她将子弹上膛，“一人三发，输赢都不许耍赖。”

初阳便笑着将枪接过来，道：“说得好像我一定会输似的，喏，就让你先来。”

仇少白原本是想让她先来，这样的小游戏，他心甘情愿输了听她的，却倒不妨她先说出了口，便耸肩道：“好。”

而那三枪，枪枪中靶，却又颗颗与红心无缘。初阳知道他是故意让着她，而她打的那三枪，虽有一枪正中红心，可其余两枪均离仇少白射的位置有半分距离，如此算，她到底还是输了。

她十分懊恼地将枪推到仇少白的身上，道：“你看，我总是控制不好自己的手，每次都是时好时坏，要气死人了！算了算了，酥琼饼就让给你吃好了，我正好减肥！”

仇少白笑道：“我可不忍心看着夫人再为美食伤神，我的就是你的，夫人尽管吃。”

初阳却道：“女子一言既出驷马难追，哪有出尔反尔的道理，我才不稀罕你的施舍呢。再说，刚刚你都让我了，你以为我看不出来吗？我今晚偏就不要吃了！”说着便要往厨房跑。

仇少白将她拉住，问：“你又要去干什么？”

她理直气壮道：“愿赌服输，今晚我要亲手跟着师傅学做酥琼饼，你就等着吧。”

仇少白看着她风风火火而去的背影，无奈地摇了摇头。他终是算不过老天，逃不过命，有些事，他越想输，却偏偏赢得疲惫，而有些人，是他宁愿输了性命去赢得的，却只怕最终会成一场梦，如手中沙，怎么都握不住……

高天磊自电话亭里出来，天上已是飘飘扬扬地下起雨来，所谓春雨贵如油，可落在金黄色的街灯下，却让这夜色无端端显出几分凄凉。

常胜等在墙边上，不停地搓着双手哈气，见他出来了，便赶紧跑了过去，道："少爷，怎么样，我们是不是很快就可以回上海了啊？"

高天磊嗯一声，自大衣口袋里拿出香烟来，含在嘴里，道："常胜，你就真这么想念上海？那样喧喧闹闹人情淡薄的十里洋场，到底有什么好？"

常胜道："哎，少爷这是说的什么话，少爷您是衣食无忧，喊着金汤匙长大，或许只是为了寻些新鲜才厌倦了上海的喧闹，可在常胜心里，上海却是全天下最好的地方。在盐城的时候，常胜每时每刻都在忍受着丧亲之痛，可在上海就不一样了，正是因为上海人多事多见识多，所以人容易忘了伤心事，心自然也就变得安宁了。"

高天磊轻笑一声，弹了弹手中的烟灰。常胜极少说这样的话，虽言语笨拙，却是真切。其实说白了，就是逃避，常胜去上海是为了逃避伤心事，而高天磊呢，不愿回长海，不过也是自欺欺人，仿佛是有些人只要不见，便不会想，有些事只要不听，便不会发生一样。

两人那样一边说着话，一边走，竟一直走到了码头来，只是想不到这样晚的时间，这样的下雪天，在码头进出的人竟还是那么多。

常胜倒是先乐了，大叫着："少爷，你看我们这都走到码头了，就去看看有没有回上海的票吧，早点走早点到嘛。"

高天磊点点头，道："去吧。"

常胜高兴地钻进了买票的队伍，高天磊便在这大桥之上闲逛了起来。许是全中国的码头都是一样的，天桥的两边总是摆着满满的货摊子。他左右看了看只觉得无趣，便随便找了一处石柱子跳了上去。他的心里乱得厉害，自是无心赏什么雪海夜景，重新从烟盒里取了一支烟来点上，可烟点着了，那打火匣里的火却是一直烧着的，他就那样将手按在扳扣上，那跳动的火光正对着波涛汹涌的海面，黑暗与光明形成鲜明的对比。

“救命！救救我！”

高天磊正那样紧紧地盯着火光出神之时，那漆黑的海面上却突然传来一声呼救，而在那翻腾海浪中挣扎的，竟是一个只有七八岁光景的小女孩。

“哎呀，这是谁家的姑娘啊？快救人啊！”桥上摆摊的商贩们也注意到了那呼救的身影，纷纷着急地自摊前站了起来。

高天磊甚至都未来得及多想，扑通一声便跳进了海里去，他自小便是在黄浦江边长大的，游泳于他本是件轻松的事，只是在这雨夜，那海水便如同一片冰渣子，扎得人四肢发麻。

所幸那小女孩离他并不远，不过几分钟的光景他便够到了她的肩膀。那小女孩儿却如同发疯了一般，在他双手揽上她肩膀的那一刻，竟反过身来紧紧拽住了他的胳膊，连带着他一起在水里上下折腾。

那小女孩一边哭着，一边像是中了邪一样，小小的身子也不知从哪儿来的力气，竟要拉着高天磊一起沉到了水下去。高天磊将她拉着自己胳膊的手用力地掰开，大喊一句：“小不点你别乱动！再动我会跟你一起死的！”

那小女孩许是被他突然的大声吓到了，果真停止了折腾，他便又从后面将她揽住，好不容易才将她抱着游到了桥上去。

那些围观的商贩纷纷伸了手去拉他们。此时常胜正一脸沮丧地从购票厅出来，老远看到这一幕，只觉得胆都要被吓破了，赶紧跑过来，将自己身上的棉衣披到高天磊身上去，道：“哎哟，少爷啊，上海回不去就算了，你还要吓死常胜吗?!”

高天磊却是仿若未闻，只俯下身子将棉衣裹到了那小女孩儿的身上。那小女孩趴在他的怀里哇的一声便大哭了起来，弄得他有些手足无措。那小孩儿依旧哭喊着：“大鲨鱼不要吃苗苗……”泪水浸过他湿透的衣衫，一直流在了他的心口上，那小小的温暖只让他的身子怔了一怔，觉得这样的场景竟是如此的熟悉。片刻过后，他才想起刚才常胜说回不去上海，回应道：“罢了，那就再等几天。”

3. 一朝梦醒，爱恨绵长

在训练场住久了，再回白园初阳竟有些不习惯了，不习惯这样的安静，不习惯如此舒适安逸的环境。

桂巧倒是欢喜的。女孩子大抵都是这样吧，许是因为跟初阳说了很多心事，除却她是夫人以外，桂巧觉得初阳就跟自己的姐妹似的，打从心眼儿里喜欢她，见她一回来，便赶紧张罗着厨房去准备膳食，见她瘦了些都心疼得不行。

仇少白却一如既往地忙碌，只是差人将初阳送了回来，他却去了仇氏林。唐汉生吩咐了一些事便也离开了。

桂巧侍候着初阳刚从盥洗室里出来，她发上还湿漉漉地滴着水，趁着桂巧去取电吹风的空当，她便跑到了窗边去，外面正漫天飞着柳絮，棉花似的小球纷纷扬扬地落在地面上，染在别的树枝上。初阳刚一张开手掌，便有几颗轻柔的小棉球落在指尖，只是还未拿至眼前的，一阵风来便又吹走了。

都说“春尽絮花留不得，随风好去落谁家”，倒是没错，初阳不死心地又伸手抓了抓，到底是没能留住一个。桂巧见她这样，忍不住笑了起来，赶紧把她扶回梳洗台，道："夫人，你刚刚洗完澡，身上尚未干呢，去窗边吹冷风仔细要生病。"

她扬了扬眉，道："只是觉得不知不觉柳絮都飘满城了，桂巧，今天是几号了?"

桂巧一边给她吹着头发，一边道："夫人，今天已经三月初六了。"

初阳拨弄小锦盒的手顿了顿，低声道："今天已是初六了吗?"

桂巧喜道："是啊，这天儿越来越暖和，人也就精神多了。咱后院的梨花都开了，如雪海一般，真是美极了，夫人一会儿可要去看看?"

初阳眼神直直的，似是在想什么入神，过了好半晌才道："桂巧，一会儿陪我出去一趟吧。"

桂巧眉色一怔，道："夫人，您想去哪儿?白爷说在他回来之前，要您在家里等着他的。"

她道："今天是爸爸的寿辰，我想回家了。"

桂巧到底是没能拦住初阳的，本想让阿征以车子出毛病为由再拖延一下的，初阳却是等不及，趁着两人忙活之时，竟偷偷从后门跑出去，直接招了辆东洋车离开。

没了秦宝莲之后的于公馆越发冷清了，暖暖春意都无法驱散于公馆那经历了大挫之后的萧条感。初阳的逃婚之举，李洪山的突然倒台，曾让于氏一度陷入低谷，或许是又找了什么新的合作人吧，在卖掉一些子公司的股份之后，于氏主打做洋货买卖，生意才稍稍好转了一些。

初阳回到于公馆的时候，于正业并没有在家，独剩了在家待产的四姨太，月香也被分到了四姨太的房里伺候着，从月香满是伤口的手上可以看出，四姨太对她很不好，甚至把以前对初阳的不满全数报在了一个丫头身上。

因为初阳是一个人回来的，所以四姨太的态度更是刁钻傲慢，生怕别人不知道她现在是这所大宅院的女主人一般。只见她穿了一身极轻盈的家居长裙，慵懒地半躺在那墨绿法式拉扣沙发上，道："哟，真是稀奇，这大名鼎鼎的仇夫人怎么有空来我于公馆了？"复又装作恍然大悟似的笑了笑，"哦，仇夫人这是来给我们家老爷贺寿来了？"

初阳的手下意识地将手中的提包抓紧了些，极力控制自己的情绪。

月香在一边小声道："小姐，老爷一大早就出去了，说是今年晦气，不在家里过寿了。"

初阳方才意识到父亲是真的还没原谅自己。她很是心疼地将月香的手拿了起来，从提包里拿出一些随身带的药膏来，对四姨太道："四姨娘，以前是初阳太过任性了，初阳向你道歉，只是希望你不要把气撒在月香身上，她只是个丫头罢了。"

那四姨太却突然笑了，拿手绢扫了扫身上的褶皱，道："真是稀奇，从你走上那白爷婚车的那一刻，你就已经是个背惠怒邻的不孝女了，老爷认不认你这个女儿都还是个未知数，你这又是以什么身份来管我们的家事？我自己的丫头我乐意怎么着就怎么着。"说着便使劲儿朝着月香的胳膊拧了一把。

月香吃痛地低呼一声，初阳气愤地走到四姨太的跟前去扬起了手。四姨太抬起来头来，笑道："怎么，仇夫人这是要打我啊。"说着，将那圆鼓鼓的肚子往前挺了挺，"来啊，我倒要看看，你想让于家怎么灭种！"

月香当即上去抱住她，道："小姐，二太太出事之后，老爷本是要把月香卖了的，是四姨太把月香留了下来，月香没事的，总还有条活路。”

初阳突然觉得胸口犹如被堵上一块千金重的大石头，不能呼吸，生生憋出眼泪来。她抬眼看着这个再熟悉不过的家，看着院子里那长长的一排迎春花，娇小的黄蕊随着细枝在微风中轻轻晃着，她觉得好难受，自己会不会真的做错了？怎么好端端的一个家竟成了现在这般样子？

她终是把自己变成了最最可笑的局外人，仇少白在做什么，她不知道，自己的父亲在做什么，她也没了资格去问。

初阳自于公馆里出来，混混沌沌地走了好久，一直走到了达山电影院前，门口尽是卖小玩意儿的商贩，左右两排的书架前挤满了换书看的小孩子，那样吵吵闹闹的险些要将她撞到一边去。她这才回过神来，忙抓了停在一边的车把站稳，脚上的高跟鞋却是咔嚓一声裂开了，脚腕子狠狠地崴了一下，钻心的疼便立刻让她冒出了汗来。

“哟，这不是于小姐吗？”

她正疼得冒汗之时，身后却是突然传来一个有些耳熟的声音，待回了身才发现是一个四十岁左右的妇人，极寻常的粗衣打扮，她只觉得眼熟，却又着实想不起在哪里见过，便道：“您是？”

那妇人摆了摆手，让身后推着菜的伙计停了下来，上前扶着她道：“于小姐，怎么你不记得我了呀？早些时候，你跟高少爷来过我家包子铺的。”

初阳方才记起来眼前这个妇人是那小笼包店的张嫂，脸上当即有些不好意思。

张嫂笑了笑，道：“没事，你们是大户人家，不记得也正常。怎么，脚受伤了？”

初阳点了点头，道："刚才不小心扭到了。"

张嫂本就是豪爽的北方人，便扶着她坐到那菜车上，道："你看也巧，正好让我给遇上了，早些时候我们当家的在沙场干重活，可没少错骨伤筋，走吧，去我铺子里，我给你捏捏。"

初阳看着张嫂热情的模样，竟不知如何推辞，加上那脚腕子确实疼得厉害，只好道："那就谢谢张嫂了。"

仇文海终于要对于正业下手了，就在于正业的五十大寿之时。经过前段时间的事情，于正业在行事上越发的谨慎周密，几个月来，除了与几个洋人谈生意，很少与外人交际，聚餐言事更是少之又少。

所幸仇文海等来了这一天，所幸于正业对伶皇信芳的兴趣还未消散，这最后一张牌终究还是用上了。而这一切还要感谢宋志年，他倒真是选了于正业的寿辰来运送新的军火。因为秦特派员尚还在上海，于正业自是不敢声张，只道是旧友贺寿表表心意。

仇少白一直等在仇氏林的别院里，门外候着的也都是蓄势待发的兄弟。陈力水匆匆从广阙楼里赶回来，刚一进门，便有兄弟道："陈老板。"

陈力水顾不得说话，直直踏进了门内，才道："仇先生，少爷，路途与通道已问出来了。"

仇文海双眸微眯，道："说。"

陈力水赶紧道："米字分叉中间行，坐穿牢底补天石。"

这是于正业与那接头人说的暗语，那底下军库分八个通口，正好成米字型分布。

仇少白当即从木椅上站起身来，道："义父，这于正业是想从正南水路运，正北山口进。"

仇文海沉默半晌，也站起身来，道："少白，你手下的人可是埋伏好了？"

仇少白道："是，原本八个通道口都有兄弟候着，只要确定一方便可迅速调动。"

仇文海笑了一声，道："好，不愧我是仇文海养大的孩子，你能在最后一刻清醒了，着实可贺。"

仇少白弯了弯腰道："孩儿从来就没有忘记过报仇之心，只不过先前太害怕失去初阳罢了。"

仇文海扬眉道："怎么，现在就不害怕了？"

仇少白道："现在她已经有了足够的能力杀我，所以反而不怕了，我与她终是要有那么一天的。"

仇文海摇了摇头，"若你真舍不得，又何必非得死？女人嘛，一辈子老公孩子热被窝，她已经是你的妻子了，给你白家留个后也是情理之中，让她怀上你的孩子，兴许会有第二条路。"见仇少白久久未说话，他低叹一声，对身边的人道："去，再挂电话，把城西训练场的石鼎叫来，他的水上功夫总是比你的强。"说完便将身边一直佩戴的手枪递到仇少白手中，道："这把枪你拿着，首先我得要你活着。"

仇少白方才回过神来，将那把特制四筒轮握在手里，却是扑通一声跪了下去，"少白定不负义父。"

所幸初阳脚上的伤是刚刚崴到的，加上张嫂手法熟练，初阳并未受多大的罪脚便正了位。时间也到了晌午，初阳脚上敷的毛巾还没撤去，张嫂便嚷着要她留在这里吃午饭。

初阳推辞不得，便应了下来，只是在沙发上坐久了，那舒适的三月阳光照在身上，竟让她有些发困，又觉得在别人家打瞌睡太不礼貌，所以倚在沙发背上，硬睁着双眼看着桌上正燃着的一炷熏香，那氤氲香气在她的周围幽幽散开，终是如魔咒一般让她抵不住困意，周围的一切也都像是被橡皮擦去了一般，竟都模糊了起来……

昏昏沉沉中，她只觉得自己像是来到了一大片荒地上，狂风呼啸，尘土漫天飞扬。她不知道这是什么地方，只是放眼望去百里之间竟是连一棵树都没有，强烈的恐惧瞬时袭遍全身，她想要大喊救命，待开口了才发现自己竟是发不出声音来，她害怕极了，似是一只掉入猎人陷阱的小鹿，任凭她怎么挣扎，身体却像是被什么固住了一般原地不动。慌乱之中，只听身后又传来阵阵踏地的马蹄声，竟有上千匹马正朝着她奔驰而来，而那为首的不是别人，竟是她的丈夫——仇少白。她无声地喊着他的名字，要他停下，可他却是仿若未闻，双眼血红十分吓人，那汹涌气势只让她吓得丧魂失魄，终是哭喊出声来："少白，快停下，我是初阳……"

"初阳，初阳。"有人重复地叫着她的名字，那马队如云烟一般忽然散去。她心有余悸地缓缓睁开双眼，待感受到那温暖阳光时，眼中的泪却又再次模糊了视线，原来她只是做了一个噩梦。

"初阳，你醒了。"

初阳将眼中的泪拭去，方才看清眼前的人，竟是高天磊。

他瘦了，也黑了，就连下巴上的胡楂都密了许多，可唯独那双乌黑的眸子还一如既往的明亮。

高天磊见她虽是醒来了，却又直直盯着自己看，便好笑地在她眼前晃了晃手指，"怎么，不过是几个月不见就不认识我了？"

初阳方才回过神来，话语里还带着浓浓的鼻音，她道："高大哥，你回来了。"

高天磊笑笑，"是啊，回来了，本来想在张嫂这儿讨点饭吃，却没想到会碰到你。你刚才的样子可是要吓死我了。”

张嫂在一边笑着，将早就准备好的午饭端了上来，除却招牌小笼包之外，她还特意炒了些小菜，道：“既然都醒了，就吃饭吧，还热乎着呢。”

高天磊便取了一个小碟子来，帮着初阳夹菜，道：“我这人真是有口福，今天就跟着你沾个光，你呀就多吃点。”

初阳笑着道了谢，只是那小笼包里浓浓肉香刚一入鼻，胃里突然就涌出了一阵恶心来，她迅速地站起身子往一边走去，拿手捂在嘴边，止不住的难受。

高天磊立刻跟了过去，担心地问：“初阳你怎么了？刚才就看你脸色不好，可是生病了？”

她摇摇手，道：“没事，许是被刚才的梦惊了，过一会儿就会好……”只是这话还未说完，胃里又翻滚起来，她的面色一下变得很差。

高天磊面露忧色地扶着她坐回去，张嫂却在一边看着她笑了。初阳被她看得有些不好意思，压了压那股子难受，问：“张嫂，你干什么这样看着我？”

张嫂便把她眼前的油腻菜都往后撤了，换上了些清淡的蔬菜，道：“惊梦有喜，我看你啊是怀孕了，这分明是害喜。”

初阳的双颊一下子红了起来，道：“张嫂，你在说什么呢！”

张嫂道：“你这丫头，原本之前我误会你跟高少爷是一对儿的时候就爱脸红，现在都成了仇夫人，这怀孕也是必然，怎么就不好意思了？等吃完饭，去医院检查一下，保准没错，你那位啊就等着高兴吧。”

高天磊本是在给初阳倒水，听到这话，手上的动作停了停，双手竟是莫名一颤，好容易才让脸上的笑看起来不那么生硬，将水递到她身前，道："恭喜啊，看来少白真是苦尽甘来了。"

正在说话间，原本安静的午后突然震天一响，整个上海都要晃动了一般，初阳吓得大喊一声，忙用手去捂耳朵。张嫂赶紧跑到楼下去看，还未走至楼梯，便又是砰砰几声，震耳欲聋。高天磊下意识地将初阳抱进怀里，大喊："常胜！"

常胜本是在楼下歇息的，听到他的喊声，便赶紧在下面应了一声，又慌慌张张地跑了上来，道："少爷，爆炸了，城南那边突然冒了好浓的烟。"

街市上有人吆喝："是跑马场，于家的跑马场爆炸了！"

初阳倏地从高天磊的怀里挣脱出来，跑到窗口前往外望了望，果真正是爸爸付出全部心血建成的跑马场的方向。她低喃一声："爸爸……"转了身便要朝着楼下跑去。

高天磊追上去，问："初阳，现在什么都还没弄清楚，你这是要干什么？"

她道："跑马场是爸爸倾尽了一切才建成的，我要去找他。"

高天磊道："你疯了？！现在爆炸还未停，我不能让你去。"

两人争执间，已是跑到了街上来，正到了广阙楼的门前。初阳本是不顾一切往前面跑的，在朝着那泊车处望了一眼之后，却是突然停了下来，"是爸爸的车。"说着便急急地朝着那辆黑色轿车跑去。那轿车已是发动了，因为她出现得突然，刹车未及时，竟就要直直朝着她撞过去。

"小心！"

千钧一发之际，高天磊又做了一次她的保护神，将她牢牢地抱进怀里，车身掠过，他的身子却是被实实地刮了一下，虽是连带着她一起摔到了地上，可因为高天磊一直弓着腰保护着她，所以初阳并未摔着，但他的腿上却是瞬时流出了血。

“高大哥!”

“少爷!”常胜一直跟在两人后面的，见到这番场景，都要被吓坏了，赶紧跑了上来。

那车子也终于停了。初阳与常胜将高天磊扶到一边后，便赶紧跑了过去，用力地拍打着车窗，道：“爸爸，爸爸你开开门!”

里面坐着的正是于正业，当他看到突然出现的初阳时，脸上尽是不可置信。到底是血浓于水，当看到她胳膊上擦破的那一大块皮时，立刻将车门打开来，怒道：“你这是做什么？谁让你来的?!”

初阳双眼通红，道：“爸爸，他们说跑马场出事了，您是不是要过去?”

于正业瞪她一眼，“你不是已经全心全意嫁给了仇少白，不要爸爸不要于家了吗？我出了什么事，你干什么还要关心?!”

初阳眼中的泪一下子流了出来，道：“爸爸，姨母已经没有了，我不想爸爸再出事。”

于正业冷哼一声，道：“已经晚了！不光是你姨母，现在连整个于家都要被你的丈夫——仇少白毁了!”

初阳身子一怔，问：“爸爸是什么意思?”

于正业道：“什么意思？从李洪山到你姨母，再到如今炸了我的跑马场，件件都是你那毒狼夫婿所为！他从一开始就是在利用你，他想整死我，整死于家!”

于正业顿了顿，方才看到被常胜扶在一边的高天磊，道：“还有你！你们都等着吧，我于正业要死也要拉着你老子垫背!”说完便将车门关上，大喊一声：“走!”

“爸爸!”

初阳方才从于正业那番如晴天霹雳的话中清醒过来，抬腿就要去追，那广阙楼里却突然出现一个她如何都想不到的身影。

正是已经卸了妆的沈曼芸，她走到高天磊的身前，道：“臭小子，白爷就等着你手里的证据呢，你可不能出事。”说完便对着一直站在戏院门前的侍从招了招手，道：“去，把车子开过来，送高少爷去医院。”

她不可置信地看着高天磊，道：“高大哥，这到底是怎么回事……”

沈曼芸却是轻笑一声，走到她的身边来，伸手抚了抚她额尖的汗，道：“傻丫头，就像你爸爸说的，于正业完了，于家完了。是白爷做的，而你，从一开始，便只是被我牵扯进来的一颗棋子。”

“不……”

初阳只觉得脑子里乱哄哄的，她眼睁睁地看着高天磊被人扶上了车子，看着他双唇闭合地说着话，可是耳边却犹如万支油罐轰然炸开。她现在只想问一句：“为什么，到底是为什么，所有的人都变了模样?”

沈曼芸的眼睛里原本是带着怨恨的，在看到她痛苦地慢慢蹲到地上时，却是突然笑了，笑得凄惨，笑得可怕，她说：“于初阳，我才是于家的大小姐。可这又怎么样？于正业对我母亲做出禽兽之事时，他甚至不知道我母亲的名字，只因一次堂会便毁了她的一辈子。母亲忍辱受欺将我做徒儿养着，不敢承认，直到断气那一刻都不让我喊一声‘娘’！我曾发过誓，若我这辈子没办法杀了他，那我沈曼芸定要找个脚一跺，上海滩都要动一动的男人，所幸我遇到了仇先生，所幸我遇到了这么多想置于正业于死地的人。于初阳，你的父亲，那个丧尽天良，禽兽不如的男人，活该遭到这样的报应！他活该！”

那一瞬间的天旋地转，初阳的身子不住地发颤，竟就那样摇摇晃晃地倒了下去……

原本已是暖了的天竟下起了连夜的雨来，淅沥的雨声都要苍凉了整个春天，昨日还是艳阳高照的大晴天，今日却布满让人看不清方向的阴霾，从柳枝中穿过的风，终是吹散了那片温暖，带回了连绵不断的寒。

三月梨花雪漫天，绵雨相来扮霜冷。医院里种着的几颗观赏梨树本已花开满枝了，在这样的风雨洗礼中，也都纷纷落下。吊瓶里的药水滴答作响，风声雨声拍打着玻璃，只让这一片白色更显凄凉。

仇少白只穿了一件薄薄的黑色衬衣，神色冷峻地坐在病床前面，虽是极平静地呼吸着，可额前那凸起的青筋血管却已显示出他内心的翻涌。

阿征与桂巧两个人也从白园赶了过来，正手足无措地站在边上，见有护士进来换药便赶紧上前帮忙，仇少白却是冷冷地将两人喝住：“都别动，我自己来照顾她。”

桂巧急得都要哭了，抬眼看了看一直等在一边的唐汉生，道：“都是桂巧的错，是桂巧没有看住夫人，白爷，你就打我骂我吧，你这个样子，让人心里好疼。”

唐汉生一个大男人，眼中莫名也有些湿润，他把桂巧往身边拉了拉，也上前道：“白……”可是话尚未说出口便被仇少白挥手止住了。他拿着湿毛巾擦拭着她滚烫的额头，手指摩挲着她无血色的脸颊，道：“我说了，不关你们的事，这是我与她的命，该来的总是躲不掉，早些晚些又有什么区别？”

阿征叹了一口气，道："还有我，白爷每次都是那么信任我把我留下照顾夫人，可我总是办不好。幸亏这次夫人跟肚子里的孩子没事，否则阿征就算是死也不能赎罪了。"

仇少白听后，将手轻轻抚到她的小腹上去，仇文海的话便又一句一句地回响在耳边，是啊，至少现在她已经怀了他的孩子……

此时的初阳是昏迷着的，苍白的脸庞，浅浅的呼吸，在感受到他指尖上的温度之时，她的双眉却是突然蹙了起来，似是在梦中看到了什么骇人的东西，双手竟紧紧地握到了一起，身子止不住地颤抖，就连额上也冒出了层层冷汗。

"不——"她突然大喊出声，仇少白下意识地将她的双手握住，将耳朵凑近她的唇边，却听她道："少白，你还我爸爸……"他的身子倏地停在了那里，正在所有的人都面面相觑不敢出声的时候，昏迷多时的初阳却终是醒了。

她的身子还是止不住地颤抖，当那刺鼻的消毒水气味扑面迎来时，她的双眸中才有了一点点的光亮，而第一眼看到的，便是仇少白那眉头紧蹙，满是担忧的面庞，她苍白的双唇动了动，胸口却一阵恶心。

"初阳，你怎么样？"仇少白赶紧上去抚着她的胸膛，随后又怒气冲冲地对一边的护士道，"还愣着干什么？快去给我叫医生！"

那护士便如逃一般跑出了病房。

初阳的双手被他紧紧地握着，看着他眼底的关心，感受到自他手掌传来的温暖，那些往日里他对她的柔情，对她的爱意一遍遍地在脑海中回放，现在竟变得那样可笑，原来所有的过去，所有的爱与呵护都不过是他为了得到自己、利用自己的伎俩。

那些噩梦中没来得及流下的泪，在这一刻终是决堤了，从她的脸颊滑过打湿他的衣袖，她极力地压抑着，开口却是冻彻心骨的寒，“仇少白，真的是你害了爸爸吗？”

雨连绵不断地下了几日，非但没有停的迹象，反而下得越发大了起来，漫天的乌云黑沉沉地压下来，竟让这本应和煦温暖的春天像极了狂风暴雨洗礼的夏天，闷得人喘不过气来。

本就已是处在风口浪尖上的于家再次成了报纸上、流言中的主角，整个上海都知道于家这次是彻底完了，通敌卖国，私藏军火，数罪并罚，已是不可挽回。

初阳将自己的身子紧紧地蜷缩在病床上，有护士来给她喂药，她却始终紧闭着双唇。桂巧在一边急得直打转，道：“夫人，千错万错，你肚子里的孩子总归是没错的，夫人身子弱，为了孩子就把药喝了吧。”

她却是仿若未闻，犹如失了魂魄一般，眼睛直直地看着那白色的床单。

桂巧从桌上端起刚刚新热的牛乳，哄道：“若夫人嫌药太苦，那就把牛乳喝了吧。”说着便坐到病床上，将那装着牛乳的杯子递到她面前。

初阳眼中涣散的光终是一点点地凝聚了起来，她看着桂巧，唇角竟是向上扬了起来。

她那样的眼神只让桂巧有些打怵，小心地叫她：“夫人？”

她却笑出了声，抓着那牛乳杯子放到放药的托盘上，又突然爆发一样地全数推到了地上，道：“孩子？他把我骗到了如此不堪的境地，竟还想让我给他生个孩子？”

桂巧被她这突然的举动吓了一跳，赶紧去擦溅到她身上的牛乳，又弯了腰去收拾地上被摔得粉碎的玻璃碴儿，“夫人……”

初阳伸手将枕头也一并扔了下去，大喊道：“去告诉他，这辈子都不要再妄想了！我会亲手杀了这个孩子！”

原本紧闭着的房门突然被人推开，伴随着那高跟鞋笃笃踏地的声音，一身光鲜的孟丽丽却是不请自来了。

短短半年的时间，她像是已经完全蜕变成了另一个人，黑蕾丝的束腰长裙将她的身材修饰得越发高挑，白色的短披肩上配着一条亮丽的水晶项链，那大围的西洋礼帽盖住栗色卷发，红唇艳丽，正如所有的电影女明星一样，光鲜亮丽。

桂巧知道这孟丽丽与初阳是同学兼好友，见她进来，如同见了救星一样赶紧上前，道：“孟小姐，孟小姐您快些劝劝夫人吧，若再这样下去，会出事的。”

孟丽丽摆了摆手，道：“你下去吧，我正好有些话要对你家夫人说。”

桂巧点点头便下去了。

孟丽丽眼中突然起了笑意，一步一步走近初阳床边，看着她极近憔悴的脸，道：“于初阳，我早就说过的，在这个世上能救自己的并不是那些所谓的神佛，而是自己。在你于大小姐终是从云尖儿落到泥土里的时候，我孟丽丽却是上来了，所以，我赢了。”

这一番话只让初阳记起那时校庆后台的一些情景来，胸口突然像是被什么东西堵住了一般，原来就连孟丽丽对自己的情义也都是假的。她极力地控制着情绪，不让眼中的泪落下，看着她，问：“丽丽，你又是为了什么……”

孟丽丽将那花团手包放到桌上，缓缓坐下身来看着她，笑道：“我也想问问老天到底是为什么，凭什么你于初阳一出生便是高高在上的，而我却要辗转几人之手最后被卖到孟家做养女。从我进圣玛利亚的那天起，我就发了誓，若我孟丽丽以后要嫁人，那就一定要嫁给一个叱咤上海滩的大人物。可到头来，我却只能做个交际场上的女子。而你于初阳什么都没做，却依旧得到了我想要得到的一切，我不甘心。”她一边说着，一边从那手包里拿出了一盒香烟来，细细长长夹在手指之间，“对了，其实替白爷挡那一枪是我故意的，我就是想要赌一把，拿着自己的命赌一把，我要让白爷认识我，记得我，需要我！他就是我孟丽丽想要嫁的男人。”

初阳听着她说的这些话，心里却出奇的平静，像是在听一个原本就与自己无关的故事。她看了看窗外的雨，如往常一样叫了她一声：“丽丽。”

孟丽丽原本要按打火匣的手顿了顿，抬起头来看着她，似是不相信她现在还能这般冷静。

初阳却是轻笑了一声，继续道：“丽丽，你帮我逃出去好不好，如此，仇少白的身边没了我，你不是赢得更彻底？”

孟丽丽道：“别说是你的病房外，现在整个医院外面都是白爷的人，放你走？别痴人说梦了。”

初阳远远地看着窗外那些在门口徘徊着的人，道：“我现在不就是个痴傻之人？若你答应帮我，总是有办法的。”

孟丽丽抬头看着她，道：“什么办法，你还会变戏法不成？”

初阳摇摇头，指了指她身上光鲜亮丽的衣服，道：“偷梁换柱。”

孟丽丽大惊，从椅子上站起身来，道：“你疯了?!”随后又警惕地看了看门外，见没什么动静才又小声道：“你倒是可以仗着白爷不舍得对你怎样，若真是这样把你放出去了，我还有命活？”

初阳缓缓地呼出一口气来，“你只要在这好生躺着，一切都推给我便是。”

孟丽丽不可置信地看着她，“于初阳，你这是说真的?”

初阳没有答话，似是认定了孟丽丽一定会答应一般，竟先自己将外衣的扣子解开了。

孟丽丽低叹一声，道：“罢了，本来我是不想告诉你的，你爹本来是要被抓起来枪毙的，却因有一个宋志年做靠山，昨天夜里已经逃了，白爷带着的人终是没能追上。你若真的出去，于公馆能别回就别回，我可不想你刚刚跑出去又被抓回来。”

孟丽丽一边说着就要去拉自己衣裙上的拉链，初阳却突然将她的手抓住，“爸爸逃了？那于家其余的人呢?”

孟丽丽轻蔑地哼了一声，道：“你们于家走的走，死的死，哪还有什么人？就只剩了一个挺着大肚子待产的四姨娘了。”她啧了啧嘴，又道：“你老子可真是够绝的，好歹那肚子里可是你们于家的血脉，竟就这样抛下不管了。”

初阳怔道：“于家的血脉……”

孟丽丽见她又是这样一副神情，便道：“于初阳，你到底还逃不逃了？仔细门外那丫头就要进来了!”

初阳方才回过神来，极快速地将孟丽丽的衣服换上，又将她放在桌上的大礼帽取了过来戴上。

待孟丽丽躺好了，初阳才开口对着门外喊道：“桂巧，替我送送孟小姐，我要休息了，不要再让任何人进来。”

桂巧听她终是说话了，便高兴道：“是，夫人。”

孟丽丽便挥了挥手，小声道：“不愧是老狐狸的女儿，快走吧，走得远远的，永远都别回来。”

尽管孟丽丽千叮咛万嘱咐让初阳别回于公馆，可到底是血脉相连的一家人，初阳自医院里逃出来之后，还是第一时间去了于公馆。

一连多日连绵细雨，偌大的上海城到处都是湿漉漉的，于公馆本有着最美的空中雨阁，现时却已成了一座死城，到处都充斥着摧枯拉朽之气，独有那不知人间冷暖变数的夜明珠还依旧在顶尖上转着，亮着。

于公馆门前冷冷清清，真的有些青帮的人在那守着。这毕竟是初阳再熟悉不过的家，自是能找到法子进去。除却前后门，于公馆后那半圆的月亮湾与墙壁之间还是有些距离的，正好是一条供得下一人通行的小路，而中间有一棵长了几十年的老糖槭树，小时候初阳曾与月香爬上去玩过。记得有一次被姨母撞见了，因为离水极近，姨母怕她顽皮会出事，便让人在旁边种了密密的一层红枣树。这么多年过去，那些枣树早已所剩无几，除却还在拼命生根的野草，其余早就同这于公馆里的人和事一样，已萧条殆尽了。

初阳站在糖槭树下，用手抚摸着那枣树上新生的嫩刺，想起往昔姨母那些带着爱意的责骂，眼泪便唰地一下流了出来。原本她以为姨母跟母亲一样，都是被爸爸那些私欲所害，而现在想来，这一切都是因为她自己，是她错把孽缘当良缘，是她亲手害死了姨母……

“四姨太，你坚持住，我这就去请大夫来。”悲伤之时，墙内突然传来月香焦急的声音，随后便是四姨太极痛苦的大喊。

初阳手中的嫩刺倏地被她无意识地掰断，她的身子一怔，四姨娘要生了？

她再也站不住，拼了全部的力气去爬那枣树，只要爬上去，就能翻过围墙进到于公馆了。枣树的新刺再嫩，终究是尖锐的，她腿上露出的肌肤已被划破了口子，却已是来不及管。孟丽丽的话始终在她的耳边回响，她已经失去过一个弟弟，而这一次，她就算是死也要保住于家最后一点血脉。

所幸于公馆的墙不高，当她的脚终是够到地面的时候，四姨太那痛苦的喊声也更大了。初阳顾不得理身上被刺刮得七零八落的裙子，就要往楼上跑。可还未跑至楼梯处，便听到门口传来的一阵阵争吵。她复又退回身去看，正是月香在向那些青帮的小弟哀求，她跪在地上，双手合十苦苦哀求道："各位大爷就行行好吧，我家四姨太就要生了，就让月香出去叫产婆来吧。"

初阳在白园在训练场住久了，自是一眼就看出这些守着的人不是什么上等帮员，只是一些刚刚入帮的低层小弟，素质并不高，是百姓口中极其卑劣的瘪三流氓。她心中一紧，仇少白竟如此狠心，派这样的人来看守分明就是想断了于家的后路。

月香的话尚未说完，那些人就面露不悦地将其打断，恶言道："臭娘儿们，出什么出，白爷说了，这于老爷跑了，这于公馆里的就一个都别想出去！你就乖乖待在里面吧，你不要命我们还想活呢！"

月香哭道："大爷，你看我们四姨太就在里面，我就是去把产婆请来，跑不掉的。"

那人往地上啐了一口痰，猛地一脚将月香又踹到了一边去，地上的雨水瞬时溅到了她的脸上，"老子说不能就是不能，你再在这里啰唆，小心老子一枪崩了你。"

正在几人争吵之时，楼上四姨太的哭喊声再次大了起来，那些人便朝着这边看，初阳下意识地朝着身后的围栏躲了躲。原本已是摔倒在地上的月香趁着那些人分神的时候突然又从地上爬了起来，迈开了步子就要往门外跑。可她终究不过是个弱女子，为首的那男人倏地回过神来，骂道："臭娘们儿，找死！"门外守着的那些人也纷纷从腰间掏出枪来。

“给我毙了！”

“月香！”

一切都已是来不及了。

那原本就乌蒙蒙的天空竟突然打起了一道刺眼的闪电，那响彻天空的枪声与雷鸣同时响起，血从月香的身体里喷涌而出，那纤弱的身子朝地面倒去，如夏末的月季花在风雨中飘散凋零……

初阳不顾一切地跑了过去，她想伸手将月香的身体紧紧地抱住，那些人却倏地将枪对上了她的额头，“真是见了鬼，你又是从哪里冒出来的？也想找死是不是?!”

初阳却仿若未闻，颤抖着跪在泥水里，血从月香的身体里流出来，混在成洼的雨水中，触目惊心。

月香见到她，脸上露出了一丝笑容，用极微弱的声音对她道：“小姐，你回来了……救救……救救四……”

月香终是没能把最后一句话说完便去了。那几个人听到那一句“小姐”都愣住了，道：“你是夫人？”

初阳将月香睁着的双眼缓缓合上，身上已经被血染透。她站起身来，面色清冷，道：“我是于初阳。”说完这一句便决绝地转了身，“去给我把产婆请来，若这孩子活不了，我便死在你们面前，到时候你们一个也别想活！”

那些人果真不敢再说什么，只悄悄地派了几个人出去。初阳知道，除去请产婆的，剩余的怕是去给仇少白报信的，可她已顾不得这些了，现在的她只要四姨太与孩子好好活着。

于正业被缉捕之后，于公馆里的下人也跑得差不多了，除却刚刚死在枪下的月香，偌大的家里便只剩下了几个还未来得及找到下家的男丁，而四姨太的房间里，更是只剩了一个不过十六七岁的小丫头。

初阳进去的时候，小丫头正在手忙脚乱地给四姨太擦汗，嘴里一直低喃着："菩萨保佑，菩萨保佑。"见初阳一身鲜血地进了门，她吓了一跳，忙问："你是什么人?"那丫头是初阳走后进的于公馆，所以并不认得初阳。初阳并不回答她，只是从她手中接过了毛巾轻轻地坐到了床边去。四姨太是歌女出身，原本是极爱美的，而这一刻，为了一个小生命的出生却已是头发凌乱，全身都已被汗水浸透。她的面色苍白，痛苦地喊叫着，待睁眼看到是初阳时，却是倏地将她的手抓住，哀求道："初阳，救救我的孩子，救救我的孩子……"

高天磊手中的证据与黄得利的亲口供认，终是让陈白两家十余年的沉冤得以大报，而于正业的罪行也终是得到了报应。可因为此事涉及面极广，驻守上海的军阀陆向天终是也掺和了进来。

跑马场一事曝光后，日本人在上海的气焰越发嚣张起来，上海时局一夜之间动荡至极，内忧外患之下，秦永昌不得不与陆向天商议，任命仇文海为驻沪大军军委参议，而仇少白便也被委任为临时军事参谋。这无疑是正面承认了青帮在军政中的地位，青帮上下弟兄本就是有血性的汉子，这样一来更是个个激情昂扬，誓与大上海共存亡，而战争已如在弦之箭，一触即发。

仇少白从陆向天行辕处回来的时候太阳已是要落山了，他虽已疲惫不堪却依旧让唐汉生将车子先开到了医院。

桂巧将"孟丽丽"送走之后，果真谨遵初阳的吩咐，就守在病房门外，一步未曾离开，当然，也一步也未敢踏进去。所以看到仇少白回来的时候，她远远就欢喜地从那木椅上站起身来迎上去，"白爷。"

仇少白点点头，嗯了一声，便把身上的大衣解开，问："夫人今日如何？”

桂巧接过衣服，叹气道：“还是没有吃东西，药都给摔了。”见仇少白面色凝重，又接着道：“不过今日孟小姐来过了，跟夫人谈了谈，夫人果真是平静了许多，现在正在休息呢。”

仇少白松了松袖口的扣子，道：“孟小姐？那她睡了有多长时间了？”

桂巧道：“已经有两个时辰了，夫人说不想人打扰，所以我就一直在外面守着了，不知不觉这天都要黑了。”

仇少白透过窗子看了看躺在病床上的人，双眉却是倏地皱了起来，低咒一声：“该死！”

桂巧被吓了一跳，还未来得及问他是什么意思，便见那房门已被他一脚踹开。

唐汉生赶紧跟了进去，道：“白爷，你这是做什么？”

仇少白却是不理，眼神里都要冒出火来，他快步走到床前，不由分说地抓住床上那人的衣领。

孟丽丽本是背对着房门的，被他一抓，那张脸方才转过来，完完整整地暴露在了所有人面前。

桂巧大叫了一声，恐慌道：“孟小姐，怎么会是你？”

仇少白更是怒火中烧，将她从床上摔到地上来，说：“这到底是怎么回事？于初阳呢？！”

那样狠绝的眼神是孟丽丽从未见到过的，她的头重重地磕在了椅背上，可再痛也抵不过心里的恐惧，她的身子止不住地颤抖起来，却依旧将那早就在脑海中想了八百遍的话说了出来：“白爷，我也不知道这是怎么回事，我记得我是来看初阳的，我怎么会在这里？”

仇少白怒不可遏地又将她按到了窗边去，窗台上原本放着的一盆姬胧月被无情地推了下去，那样高的位置，花盆一下便摔得粉碎。他的声音十分骇人，问："我再给你最后一次机会，说！她去了哪里?!"

孟丽丽吓得大气不敢出，紧紧地抓着仇少白的衣袖，道："白爷，丽丽真的什么都不知道啊。"

这一句话显然更激怒了已是控制不住的怒狮，只见孟丽丽面色一青，脖子已被仇少白狠狠掐住。

唐汉生赶紧上前道："白爷，许是孟小姐真的不知道，您不要动怒，汉生这就去挨个讯问医院里的人!"

孟丽丽眼睛里已是溢出了泪水来，"白爷，你放过我吧，我是无辜的。"

"白爷!"争执之时，老远便听到了一个小弟朝着这边跑来。

唐汉生赶紧将他堵在门口，道："没看到现在里面是什么情形嘛，慌慌张张你不要命了?!"

那小弟赶紧唯唯诺诺地后退了几步，道："汉生哥，不是我不要命，是夫人，夫人她……"

仇少白听到声音，倏地将孟丽丽用力地摔到了床上去，他大步地走到门前，用枪指了那小弟的头，"说，夫人怎么了，她在哪里?"

那小弟吓得倒吸一口凉气，忙道："王麻子的人刚刚来说，于家四姨太要生了，夫人不知怎么跑到了于公馆去，现在正在给四姨太接产呢，还有个叫月香的丫头要强行出馆，被王麻子的人拿枪崩了，就在夫人的眼皮子底下，夫人还说若四姨太的孩子活不成，她……她便死在他们面前……"

仇少白的胸口剧烈地起伏着，将那小弟猛地推出去好远，怒道："都是废物，备车！晚一分，我要你们全部陪葬!"

孩子终是在这个冰冷的雨夜里降生了，是一个健健康康的男孩儿，取名“天明”，是于正业之前就起好的名字，寓意初阳天明，长世晴空。然而那原本娇艳美丽的四姨太却为了于家的最后一根血脉香消玉殒了。

初阳拿着四姨太临终前交给她的船票，本是要远远地逃了，东洋车在码头停下的那一刻她却后悔了，她已经失去过一个弟弟了，或许真的是父亲的报应，妈妈曾经为了给于家生下儿子难产而死，十几年后的今天，四姨太也步了妈妈的后尘。那个孩子才刚刚出世，她不能丢下他不管。

她踏上船板的脚又收了回来，码头上人来人往，险些将她挤入江中，她费了好大的力气才将身体稳住。脚上的鞋跟已折断了，她便干脆将鞋子脱下，就那样赤着脚在码头上奔跑。

“初阳!”

人海茫茫中突然响起一个熟悉的声音。初阳下意识地转过身去，只见高天磊正将头探出车窗在车水马龙之中远远望着她。

常胜快速地将车子开到了她的身前，道：“于小姐，终于找到你了！我家少爷在医院听闻你不见了，便疯了一样地满上海城找你，没想到你竟是真的来了码头。”

高天磊从车上下来，他的小腿上还包着未撤去的纱布，走起路来还有些跛。他走到初阳的身前，“初……”然而话刚出口却是被她冷冷地打断，她苦笑着哼了一声，道：“不用说了，我知道是仇少白让你来抓我的，好，我不跑了，我跟你回去。”

高天磊怔了一怔，道：“初阳，事情不是你想的那样。”

她却带着笑意深吸了一口气，道：“好啊，那你告诉我是什么样的？你与仇少白卑鄙勾结，于家已经毁了!”

高天磊看着她眼底的泪，内心的痛楚翻涌而至，他道："是，我是想让你跟我回去，可这一切与仇少白无关，与于家无关，你现在已是怀了身孕，孩子总是无辜的。"

她突然笑了，似癫狂的疯子，来往的行人纷纷侧目。她看着高天磊，道："原来一向光明磊落的高少爷竟是这样的，好一个与仇少白无关，与于家无关，那是与什么有关？"这样说着，她却是慢慢地走近他，倏地从他的腰间摸出枪来，他总是有带枪的习惯的。待高天磊想要阻止之时，她已将那枪口指在了他的太阳穴上。

常胜吓得惊呼一声："于小姐！"

"别过来！"此时的于初阳哪里还有半分往日的天真，拿着枪的手，盯着他的双眸，满满的都是恨意，她冷冷地道："高少爷，我还未亲手杀了仇少白，又能逃到哪里去呢？"话音刚落，她便把高天磊用力地朝着常胜推去，在两人都未反应过来之时，她已迅速地坐到车里去。

高天磊大喊："初阳，你快下来！"

她却仿若未闻，已是发动了车子，将手里的枪朝着他举了举，道："高少爷，谢谢你的倾情，更谢谢你的车与枪。"

仇少白到底是将她等回来了，哪怕是就那样生生挨了她的三枪。因为她的枪法是他教的，打得有多好也只有他知道，而这三枪看着枪枪决绝，却没有一枪是能要他性命的。她就如同他心底唯一还能抓得住的阳光，这一次的失而复得，若想叫他放手，除非他亡。

她在夺回孩子之后，终是又开着车子离开了，然而他知道她开车的技术只不过是皮毛罢了，远远没有开枪来得精准，所以相对于怕她再次消失，这一次他更担心她的安危。

在唐汉生赶紧跑上来查看他伤势之际，他却挥手阻住，只道："去告诉运昌街的人，截下她的车，我要她毫发无伤地回来。"

唐汉生道："是!"

早在几天前，林德贵的人就已经在运昌街上守着了，自然不是为了等候于初阳，他们要等的，是一个最近总是出现在于公馆门前的男人。仇文海道，若猜得没错，那男人便是李洪山之后，第二个与于正业接线响应宋志年的黑手，而在于正业逃跑之后他之所以还来于公馆，原因只有一个，于公馆里有他想要的东西。

这时已经很晚了，大多人家都要准备睡觉了，几个当差巡捕转到运昌街这边的时候，见林德贵几人正窝在墙根上打盹儿，便上前道："林老兄，怎么在这里睡了?"

林德贵搓了搓酸涩的双眼，朝着地上啐了一口，道："自从那秦永昌来上海之后，巡捕房不是抓人就是关人，就没过过一天的安生日子！这不，要兄弟们在这里埋伏，说是与于正业接头的人会出现，可这都几天了，哪有个屁影儿啊?!"

旁边一并坐在地上的人也纷纷应和。

那小巡捕笑了笑，从口袋里拿出了一个绣着芙蓉花的钱袋来，道："那还在这里守什么啊，哥几个刚从一个娘们儿那里收了些钱，走吧，状元楼喝酒去。"

林德贵瞪他一眼，道："这可不行，这事儿不光是我们几个，仇先生那边也是派了些人暗中守着呢，在这个时候摸鱼，仔细白爷回头要了哥儿几个的命。"

正在闲聊着，远处突然射过一阵刺眼的光，林德贵拿手在眼前挡了挡，却见那竟是稽查局的车，而那车子来的方向分明就是于公馆。这个时间，这个敏感地点，见那车子开得极快，林德贵下意识地将手放到了腰间的枪袋上，道："去截住那辆车!"

林德贵一喊，不仅是原本候在那里的兄弟，就连刚刚还在插科打诨的那个小巡捕也赶紧招呼着跑了上去。

初阳原本只想快点带着孩子离开这个地方，车子开得自是极快，这些突然拥上的人只让她一时慌了神，怀里的婴儿虽是紧闭着双眼，却也被这突然的哄乱吓得大哭了起来。

初阳极力让自己保持冷静，所幸这条街她是熟悉的，在距离那些人不远处便是一条能通往大路的小胡同，这个时间本就没什么行人了，她将孩子紧紧地抱在怀里，一只手握着反向盘，趁着那些人还未跑到车前之时，用尽了全身的力气将车子猛地拐进了那本就不宽敞的小胡同。

因为自始至终车子都是离他们有一段距离的，所以林德贵并没看清她的面目，加上那边正好是没有路灯的，见车子开到无人胡同里，他便认定开车的人就是他们要等的可疑男子。林德贵对身后的人道："去，你们几个开着车从前面堵，抓活的!"

那几个人应了一声便赶紧钻上车子追去，林德贵则带着其余的人朝前追去。只是他还未赶至胡同口便被另外一辆车拦住了去路，正是奉仇少白之命前来的唐汉生。

唐汉生匆匆自车上下来，喊住他，道："林队长，刚才可有一辆黑色轿车从这边过去?"

林德贵知道他说的就是刚才那一辆，便道："正往胡同里过去，我已经派了其余的兄弟从前面去拦。小唐兄弟，这人是不是就是那位于正业的爪牙?"

唐汉生道："什么爪牙，那是夫人!"

林德贵一惊，道："什么，是夫人?"

唐汉生道："夫人的车里还有一个刚刚出生的婴儿，告诉你的人万不能伤着半分，否则就别想活命了。"

林德贵还未来得及再说什么，便听那胡同口前方突然响起一阵极为刺耳的碰撞声，那骇人的声响只让所有的人都倒吸了一口凉气。唐汉生瞪着林德贵的眼似是能冒出火来，他大喊："上车!"

4. 世仇不共，刻骨纠缠

连续下了几天几夜的雨在那样一个惊心动魄的夜晚之后也终是渐渐地停了。漫山遍野的栀子花已是全部开放了，站在尘园的楼宇之上，放眼望去便犹如是徜徉在了一片雪海之中，虽香气馥郁，却令人莫名生寒。

自那起车祸发生已有三日，初阳因为头部受到撞击而久久未醒。仇少白推掉了所有青帮与驻沪大军的军务，只想亲自守着她醒来。在唐汉生将医生请来之前，他正拿着一幅手绘蝴蝶图坐在她的床前，手中的香烟辗转从烟盒里拿出几遍，却终究是没有点上。

唐汉生走至门前，轻轻敲了敲门，道："白爷，密尔医生到了。"

仇少白像是个在睡梦中被惊醒的孩子，迅速地将画稿放到桌上，起身迎了上去。密尔医生对他躬身施礼，叫了他一声："白爷。"他却是极不耐地摆摆手，道："行了，快去看看她吧，到底是哪里出了差错，她怎么还没醒来?"

密尔医生便赶紧走到床边去，先是拿手指掀了掀她的双眼，复又从医药箱里取了听诊器、血压盒、注射药针等器材。仇少白曾因密尔医生的医治捡回一条命，所以对于他的医术向来放心。见密尔眉头紧蹙地进行着一个又一个的检查测试，仇少白也只是在后面看着，并不敢出声。

大约十几分钟的光景，密尔医生给初阳注射了些药剂之后，才将手上的医用手套脱了下来，只是神色依旧是严肃的。

仇少白心中发紧，终是忍不住开口，问："她到底怎么样了？"

密尔医生摇了摇头，道："情况很奇怪，夫人虽是撞到了头部，可因为有软垫缓和，撞击并不严重，脑部虽有瘀血，但并不多，按理说应早已散去，至于为什么还不醒，怕这是夫人的心理暗示，也许是夫人的心里正在逃避一些事。"

仇少白抬眼看着床上的人，问："你是说，是她自己不想醒过来？"

密尔点点头，叹道："这本也不是什么可怕的事，可现在夫人肚子里还有孩子，若继续这么昏睡着，不能正常饮食摄取胎儿所需营养，怕时间久了，终是会出事的。"

仇少白的额上猛然暴起青筋来，呼吸亦变得急促。

又听密尔医生道："夫人的子宫很是脆弱，若这个孩子保不住，只怕后面怀孕的概率就很低了，甚至是没有机会再孕了。"

"流产""不能再孕"这些可怕而令人绝望的词一起朝着他涌来，他双眼似是能射出箭来，直直地看着密尔医生，道："那就让她醒过来，不管你用什么办法，都要给我保住这个孩子！"

密尔医生叹了一口气，道："白爷，你们中国人不是有句话叫'心病当还心药医'。夫人要如何醒来，何时会醒，还是要对症下药的。"说完，他从医药箱里拿出了几瓶药来，放到桌上，道："这些药记得每日都要给夫人服用，我也会尽快再送些保胎的药来。"

见仇少白久久没有说话，密尔医生只当他是已经在想能解开夫人心病的办法了，便又弯了弯腰，道："白爷，医院还有手术要做，密尔就先行告辞了。”

仇少白挥了挥手，唐汉生便赶紧送他走到楼下，又找了人专门开车将他送回医院去。车子走远了，才又上了楼去，见仇少白还是站在那里，便小心翼翼地叫了他一声，道：“白爷，要不然再把桂巧接来……”

仇少白却突然暴怒，大吼一声：“出去!”

唐汉生只好退了出去。

仇少白愤遏地将那房门关上，力道之大让门上的玻璃都被震得直响。刚才密尔医生的话，唐汉生也是听到了的，见他突然这样子，只当他是为了泄愤而做的傻事，然而房内又传来几声东西被摔烂的声音。唐汉生难受得很，却什么也做不了，只得低叹一口气，悄悄地守在了门口。

唐汉生偷偷地透过门窗往里看了看，只见仇少白突然拿着初阳的手狠狠地掴在了自己的脸上，眼中流出了泪来。唐汉生跟了仇少白十余年，从未见他掉过一次泪，见此情景，他不禁觉得心疼。

仇少白将头深深地埋在初阳的身上，任由眼泪一滴一滴透过衣衫打湿在她心脏的位置，他的手轻轻摩挲着她苍白清癯的面庞，痛苦道：“于初阳，我到底该如何对你?你问我究竟有没有爱过你，问我为什么把于家害成了这个样子还要抓着你不放，如果你真的想要知道，那我就告诉你，只要你醒过来，只要你和孩子都好好的。”

他如同一个失魂的孩子，一边哭着笑着，对着昏迷的她说着那些不堪的往事……不知过了多久，他突然暴怒起来，疯了似的摇晃着她的身体。她眼中流下一滴眼泪，不偏不倚正落在了他的手背上。

他的身子突然怔了一怔，如梦惊醒一般松开手，低声唤她的名字：“初阳。”

初阳睡了那么久，终是被他这一番看似绝情却饱含深情的话吵醒了。她缓缓地睁开双眼，看着他，看着屋子里的一切，开口便是寒彻心骨的冷意，“仇少白，你别妄想了，我是不会生下这个孽果的!”

因为刚才的激动，他胸前的枪伤伤口已是崩开，白色的衬衫染上了一大片血迹。他并不顾忌身上那份伤痛，狠狠地抓住她的肩，咬着牙，一字一句道：“于初阳，若你真敢伤害这个孩子，我会让你于家现在剩下的所有人都陪葬!”那样的语气，那样的表情，像极了一头被惹怒的雄狮。

初阳看着他，冷冷地笑了，她的声音很轻，道：“陪葬？连刚刚出生的婴儿你都能下得去手！仇少白，你忘了吗？我们于家已经没有人了，只剩下了我这个不孝之女。若你能杀了我，或许我还会对你有一丝感激……”

屋里面死一般的寂静，伴着栀子花香的清风从窗外吹了进来，将她的发丝拂在苍白的唇上，越发显得她羸弱不堪。他胸前伤口的血顺着衣襟滴在了她的手边。

她感到一阵绞心的痛，眼里的泪终是破了那层层伪装，模糊了眼前他的样子，曾经，她最爱他身着白衫的样子……

为了更好地照顾初阳，保住她肚子里的孩子，除却桂巧之外，仇少白又亲自挑选了几个伶俐的丫头来了尘园侍候着。

到了春末夏初，天气变得越发不安分起来，或连着几日狂风暴雨，或闷热难耐。而尘园因为地势极佳，坐落在耳目山中，居于在清河河畔，依山傍水，似是隔离了上海市的酷热和喧闹，环境十分清幽宜人。

初阳静静地半躺在那绵软床榻之上，看着窗外一片大好景色。因为山上的空气极好，所以只要是不下雨，房间里的窗子总是打开着的，风将那一层薄纱帘子轻轻吹起，掠过她的眼睛，只让她的双眼一阵酸涩，却已流不出一滴眼泪来，仿佛所有的泪都在撞车那夜，在小天明在自己怀里断气的那一刻流干了一般，剩下的只有心里那无穷无尽的疼。

她从床上下来，慢慢地走到窗边去。难得的好天气，用人正把花房里的宝贝盆栽一盆盆地搬出来晒太阳，那一朵朵娇艳怒放的鲜花，随着微风轻轻摆动，像是在偷偷嘲笑她的痴傻。他一次一次地将她从危险边缘救下，她视他为此生不渝的良缘，他也还是爱着她的样子。他第一次将她带到尘园，尘园本是集诗情画意于一身，她却偏道："尘园听起来跟'沉冤'似的。"

原来冥冥之中这竟是暗示，不过此生，她已回不去那崭新的初日，而他也始终不是那个纯白如雪的公子……

小丫头进来的时候，正见她对着窗外的空山发呆，便取了一件薄衫走上前去，披到她的肩上，道："夫人，你身子还很弱，怎么下床来了？"

初阳并未回头，依旧看着窗外，见那花房墙边长出了厚厚一层野苋，顿了顿目光，手轻轻覆到小腹上去，道："我饿了。"

那丫头见她竟主动说饿了，瞬时喜上眉梢，赶紧道："盛儿这就去吩咐厨房做些饭菜来。"

那丫头便要离开，却又被她唤住。她指了指远处，道："那些是马齿苋吧，记得小时候姨母带我在寺庙吃斋的时候，师父曾做过一道马齿苋蒸菜，让人好生怀念。"

叫作盛儿的小丫头道："夫人要吃马齿苋蒸菜吗？"

初阳点了点头，沉默了一会儿，又道："还有苋菜薏米粥，清淡些好。"

盛儿立刻便道："是，盛儿这就去告诉厨房。"说完，便匆匆忙忙下楼去了。

仇少白自市区回来已是深夜时分了，此时耳目山上的万物都要进入梦乡了。自从那日大吵之后，他便不再与初阳同房而睡了，并不是为了别的，而是因为他害怕，害怕再与她因为解不开的心结而争吵，害怕自己的坏脾气伤了她，更害怕她那冰冷的眼神。

可他到底是放不下她的，所以每日不管多晚，在等到她睡着之后，他总是要进去看看她才行的。因为今天与仇文海一起去了陆向天的行辕谈抗日之事，所以回来得尤为晚，她房间里的灯都已经关了。

他将衣帽脱下，递到一直候着的桂巧手里，朝着楼上看了一眼，问："夫人今天可有发脾气？"

桂巧笑道："没有。白爷干什么总把夫人说得跟小孩子似的，夫人非但没有发脾气，今日心情好像好了许多，还点名让厨房做了些小菜送上去。"

他的心中莫名一阵轻松，听了桂巧的话，嘴角也不自觉地扬了扬，道："哦，她向来喜欢吃，终是改不掉的。说说，她都让厨房做了些什么菜？"

桂巧给他取了双拖鞋来，道："夫人说想念之前跟于二太太在寺庙吃的素食了，便让厨房做了一席野菜宴，马齿苋蒸菜、苋菜薏米粥，还有……"

桂巧还在絮絮叨叨地说着，他的呼吸却突然急促了起来，一把抓住了桂巧的衣领，问："你说什么？"

桂巧并不知晓他为何突然动怒，吓得赶紧道："我说夫人要厨房做了马齿苋……"

仇少白的脸色变得难看极了，将她猛地推到了一边去，便怒气冲冲地朝着楼上跑去。

她睡觉的时候向来喜欢开着小灯的，然而这次当仇少白将房门推开之时，房间里却是漆黑的一片，伴着嘤咛风声，只让这夜更显悲凉。他将灯打开，房间里的所有便立刻呈献在了眼前——初阳在床上蜷缩成一团，身子瑟瑟发抖。

他一步一步绝望地走到床边来，床单上，衣裙间那鲜红的血液让他的血往头上涌。

跟着跑上来的桂巧看到这一幕，也被吓得脸色苍白，赶紧叫道："夫人……"

仇少白却勃然大怒，大吼一声："都给我滚!"

桂巧便不敢再发一言，赶紧退了出去。

初阳抬起头来，汗水已是浸湿了她额前的发，正软软地贴在她苍白的脸上。

他双手抓在她的腿上，字字绝望："你竟真的如此狠心!"

她发白的双唇微启，却是带出了一个报复的笑来，"你杀了我吧……"

他发了疯一般地突然大吼一声，只让这山间天地都要响彻震动。原本他以为在陈白两家被灭门之时，他已经不会再流泪了，可这一刻的心疼与绝望却让他眼中的泪再无藏身之所，他问着："为什么，为什么，为什么?! 他只是个无辜的孩子!"

她却笑得越发大声，只重复着那一句："仇少白，杀了我吧。"

"于初阳!"他终是被她这样一副狠毒的表情激怒，甚至有些丧失了理智，将她按在了那已被血染红的床单之上。他看着她，双眼已是冒出火焰，低叹一声道："于初阳，你听着，于正业杀了我陈白两家上百口人命，我从活下来的那一刻起便发誓要让于正业也尝尝家破人亡的滋味！你我有不共戴天的血仇，我却偏要与你刻骨纠缠，我就是要让你此世来生都逃不掉！我会让你好好为这个孩子赎罪！”

她的手悄悄地探到了枕头下面去，而下一秒，令人猝不及防的一刀便狠狠地刺进了他的胸口，血瞬时沾满了她的双手。

仇少白的脸色瞬时因为这剧烈的疼痛而变得惨白，往事浮了上来，她曾经开玩笑地将这把刀抵住他的脖子，道：“我狠起心来很可怕的，你要是负我，我会真的拿这把刀要你的命……”

仇少白声音极低地叫了一声她的名字：“初阳。”

她的表情让人捉摸不透，分不清是心疼还是憎恨。她用尽力气推开他，从床上爬起，跑到窗边去，留给他一个极凄美的笑容，道：“仇少白，谢谢你教会了我残忍。”说完便决绝地爬上了那高高的窗台。

他惊呼一声：“不要！”

她却是仿若未闻，朝窗外纵身一跃，张开双手的那一刻，她回头望向仇少白，眼泪终是划过了脸颊，打湿了散落耳旁的发，红色的丝带随着风飘飘扬扬地在夜空中飞舞，就如这辈子他与她的孽缘纠缠，终是随着她沉入水中的那一刻，结束在了那静水流深的护山河中。

仇少白狂怒大喊一声：“来人！”原本候在门外的桂巧与唐汉生推门而入，他已是没了多少力气，指着窗外道：“快去……我要她活着回来……”

唐汉生看着眼前的狼藉，又不见了初阳的身影，当即明白发生了什么事，便立刻下楼去找人搜河。

仇少白终是支撑不住，双眸缓缓合上，重重地摔在了那坚硬的地板之上。

天终是亮了，沉睡了一夜的太阳缓缓地从山头升起，照亮了耳目山的山水如画，却照不进那颗冰冷绝望的心。

高天磊静静地在尘园的会客厅中等候，他曾在家中徘徊了许多次，极力抑制自己想要来看望初阳的冲动，然而人的心终是不能被轻易控制的，当他忍受不住心中的煎熬，踏进这尘园大门时，得到的竟是这样一个沉重的打击。

初阳生死不明，唐汉生带着人还在拼命搜寻初阳的下落，而仇少白竟也因为失血过多而昏迷不醒。

屋内的大洋钟嗒嗒地响着，只让人越发坐立不安。密尔医生终于从仇少白的房间里出来了，高天磊从沙发上起身快步迎上前去，问："怎么样了?"

密尔先生摘下眼镜揉了揉眉间，道："那一刀虽是没有伤及白爷的肝脏，可到底伤口太深，流血太多，虽已经从医院调了血包来输上了，可要醒来，怕还需要些时间。"

高天磊正欲再问，突然见门外匆匆跑进一个小兄弟来，那小兄弟神色慌张，跑到他的面前，道："高少爷，不好了，汉生哥本是带着人搜寻夫人下落的，却看有两架日系作战机从空中掠过，昨日报纸说北平那边已经跟日本人开了战，如此上海怕是也要被卷进来，汉生哥特让我来请高少爷往仇氏林走一趟。"

在于家出事这段时间，日本人明争暗夺，对于上海公共租界的进攻掠夺就没有停止过，租界巡捕甚至已经被日军大规模替换，日军显然已经把租界当作了进攻的基地，战争一旦爆发，中国必会国将不国。

高天磊面色渐渐沉了下去。那小兄弟见他久未说话，便又叫了他一声："高少爷。"他方才对候在一边的常胜道："常胜快去开车。"

常胜立刻应了一声往门外跑去。

高天磊对密尔先生道："密尔先生与白爷也算生死之交，那他就拜托您了。"

密尔医生点点头，道："高先生快去吧。"

上海城门口果真已经设起了层层关卡，陆向天的军队已警惕地布岗围哨，想必早就接到了消息。

常胜刚刚开着车子要进城了，却见远处的河道旁围满了人群，透过窗子看过去，人群中间似是还躺着一个溺水的女子。

"停车!"

高天磊突然一声大喊，让坐在驾驶位上的常胜吓了一跳，险些将油门当了刹车。他一边问着："少爷，怎么了?"一边手忙脚乱地把车子停到了一旁。

高天磊对他的话仿若未闻，用力地将车门打开，快速地朝着人群跑去。

"少爷，少爷，你去哪儿啊?"常胜也从车里下来，赶紧跟了过去。

那些围观的人大多都是城外的庄户百姓，与消息灵通的城内不同，这个时节他们大都还操心着地里一亩三分田的事儿，并不晓得城里的事。高天磊走近了，听到他们略带乡音的惋惜声。

"这姑娘长得细皮嫩肉的，怕是哪家老爷的小妾吃了罪才被扔到这城外的河里吧。"

"就是，生得也俊俏，真是作孽啊!"

高天磊抑制住自己就要蹦出胸口的心跳，一步一步地挤到人群前面去，当看清楚地上那女人的容貌之时，脑袋里轰的一声炸开。唐汉生的人全都笃定了是护山河的下游，这么长时间都没有一丁点她的音讯，他早就该想到的，他早就该想到的。

他拨开拥挤围观的人群，将她从地上抱起，她衣衫上的血迹已被冲得淡了，而她手腕处的一道深深的伤口也被泡得泛白。他将她凌乱的发丝轻轻地拨开，那一张苍白无血色的脸庞露了出来。

常胜大吃一惊，道："少爷，于小姐怎么到了这里来？这可是河的上游啊。"

他并未回答常胜的话，只抱着她站起身来，一步一步地走到车子前，将她小心地放到了车子后座之上。

常胜道："少爷，那我们还去仇氏林吗？"

他道："去，不过就由你代我去吧，我要救她。"

高中义身为稽查局局长，在这时局这么紧张的时候，自是懂得明哲保身的重要，见高天磊竟然把奄奄一息的初阳抱回高公馆，他气得鼻子都要歪了。

高天磊对于他的训斥却是全然不顾，甚至直接将医生请到了家里来。高中义气得在客厅大骂："臭小子，我告诉你！她的男人是仇少白！是当今驻沪大军陆家军的仇参谋，早就不是你那什么狗屁哥们儿朋友了！当心全家人都要被你害死！"

高太太虽也是担心，却更心疼自己的儿子，便上前劝道："你就别吆喝了，生怕别人不知道是不是？"

高中义气得将手里的烟斗甩出去老远，坐到原木椅上，道："真是个不成器的窝囊废！都已经是别人穿过的鞋了偏还要犯贱地贴上去！当年她老子差点就要联合李洪山毁了我们高家，这会儿这臭小子竟还是不知道收敛！"

高太太道："行了行了，左右人现在已经在我们家了，就先依着他，后面再想办法将这丧门星送走不就得了。”

高中义哼了一声，道：“你生的儿子是什么德行你还不知道？他既然敢把人接回高公馆而不是他在稽查局的风流窝，就是打了将人藏到底的算盘，就算是送走也得先把他给我关了！”

高天磊其实能听到两人的对话，但也顾不得那么多。当他看到初阳手腕处那条很深的伤口时，心中已有所怀疑，直到医生告诉他，病人还怀着身孕需要特殊抢救之时，他方才彻彻底底地明白，她还是那个善良的小女子，亲手伤害自己骨肉这样的事她又怎么可能真下得去手？原来她早就计划好了一切，流产是假的，自杀是假的，她不过是为了逃，为了逃开那地狱牢笼一般的尘园。如此，她又怎么会傻傻地让人寻见？

医生带着的两个护士就要伸手给她解开衣带了，示意依旧站在床边的高天磊回避。高天磊这才回过神，道：“我先出去，就在门外等着，有什么事立刻叫我。”那护士应了一声：“知道了。”他才终是推了门出去，只是脑子里都是对她的担心，一不留神，险些一脚踩空摔到楼下去。

高太太赶紧上前将他扶住，心疼道：“你这个傻孩子，这又是何苦呢？你这样将人带了回来，那位白爷怎么能善罢甘休？”

他苦笑一声，并不回答母亲的话，只就着那楼梯坐了下去。

高太太又道：“天磊，就听妈一句话好不好，人我们可以救，但是救了必须送回去行吗？现在上海是个什么天儿，你比妈妈懂的，你就真的忍心让爸爸妈妈，让高家上上下下因为这个女人再遭受第二次危险吗？”

高天磊抬起头来，眼神里已是泛出了疲惫的红血丝，声音却异常坚定：“妈，我不能送她回去，她与少白之间的恩怨太重，若再回去，她这辈子便只能在痛苦中度过了。”

高中义也走了上来，却是冷喝了一声：“废话！别忘了当时让于正业彻底垮台，也有你的一份力。秦永昌不过刚来上海，若不是你把十年前的事重新翻出来，若不是你拿到的那些订单，仇少白能这么轻易地就将于正业连根拔起？若说痛苦，这女人留在你身边也一样生不如死！”

那一番话如同晴天霹雳，狠狠地打在了高天磊的胸口上，生生地将他原本以为可以作为自私一回的理由击得粉碎。他缓缓抬起头来看着高中义，

高中义的双眉倏地皱起，道：“看什么，你老子我说错了吗？我告诉你，这个女人绝不能留！”

此时，本是代替高天磊去仇氏林的常胜回来了，他急急地跑进门来，见高中义与高天磊都在，便喘了口粗气，道：“老爷，少爷，大事，大事啊！”

高中义瞪他一眼，道：“有话就说，干什么大惊小怪的。”

常胜咧咧嘴看了看高天磊，便道：“老爷，少爷，刚刚我去仇氏林，正见仇老先生在处理内鬼呢，那场面，真是吓死人了！”

高天磊问：“什么内鬼？”

常胜道：“少爷还记不记得之前巡捕房在于家候着要抓的那个行踪诡异的人？就是那个总是隔三岔五在于公馆门前张望的那个，听说就是白爷之前的那个心腹陈力水。”

高天磊倏地从楼梯上站起身来，看着他，道：“什么？你说陈力水竟是宋志年与于正业的幕僚？这不可能！从头至尾若不是他的步步紧逼，仇先生也不会这么快就让少白对付于家。”

常胜道：“不是不是，那陈力水根本就不是什么幕僚，他要对付

于正业也是真的，不过却不像之前说的做的那样，都是为了替白爷报仇。我一个下人本不该听这些话的，可好奇心害死猫不是，我还是作死地躲起来将事情听了个明白。”

高天磊急问：“说，你到底听到了什么?”

常胜哎一声，便将听来的往事一五一十地说了出来。

十年前，竟是那个陈力水的兄长一起出卖了白老爷。原本陈力水的兄长是白家的管家，陈力水也是从小便跟着他在白家做工的。可那陈力水的兄长有个致命缺点——好赌，他甚至还偷了白家的一匹镏金玉鬃马来抵债。如此正被早已心存鬼胎的于正业抓了把柄，竟威胁要他将已准备好的禁品西药、西洋军火藏到了白家的仓房中，如此才有了十年前那场官商走私的大案。于正业答应陈力水的兄长，事成之后带他一起到上海吃香喝辣做人上人，陈家兄弟便当了真，甚至在出事那天晚上已经带了家中妻儿在码头等着。可心狠手辣的于正业又怎么会冒险留下这个火引，竟派人将陈力水兄长一家三口生生打死。所以，陈力水表面是为了给白家报仇，其实是在为自己的兄长报仇。

那匹镏金玉鬃马还在于公馆里藏着，那是前清皇室传出来的珍宝，现已价值连城，陈力水终是脱不了血液里贪婪的本性，他想要将这宝贝偷出来，却不知道宋志年也想得到这个东西，阴差阳错，陈力水竟与宋志年派去取宝的日本特工撞与一起，所谓鹬蚌相争渔翁得利，如此，本就守株待兔多日的林德贵便得了机会，与青帮的人将两队人统统擒住了。

高天磊的双眉蹙在一起，早些时候仇少白就跟他说过，曾怀疑陈力水一而再再而三地瞒着他去找仇文海是别有用心，没想到背后竟是如此荒唐。高天磊问：“那现在呢，仇先生将陈力水怎么样了?”常胜打了个冷战，道：“陈力水被关起来了，仇先生说这毕竟牵扯到白爷的家事，所以要等白爷醒了亲自处理。而跟着陈力水的那几个青帮兄弟，还有那几个日本特工，全被当场毙了。”

恰在此时，关了许久的房门终是打开了，戴着口罩的医生从里面出来，高天磊便什么都不顾了，赶紧跑上前去，问：“医生，她怎么样了？”

医生道：“高少爷，伤者肺部有太多积水，现在已是出现了呼吸困难的症状，这里毕竟不是医院，若是可以，还是快送病人去医院吧，这毕竟是两条人命。”

高天磊的脑袋里瞬时乱成一团。

高太太赶紧趁机道：“天磊，就听医生的吧，左右你也不想这个女人出事。”

高中义也道：“对，要死也不能死在老子的家里，丧门星，晦气！”

门内又突然传来护士的声音：“张医生，病人的血压又下降了！”

医生皱了皱眉，见他尚还未回应，便道：“高少爷，晚一时便多一分的危险。”

高天磊双手下意识地握成了拳头，他从门外看向床上那羸弱不堪的人儿，终是开口，道：“送医院！”

那医生便赶紧又进了房门，让两个护士快些收拾把病人送去医院，高天磊则冲进去，直接将初阳背到了身上，道：“都让开！”

常胜也赶紧跟了上去，而待一行人匆匆忙忙地离去之后，高中义夫妇俩无声地对望了一眼，好似已经达成了某些共识。

上海的战争终是无可避免地爆发了，苏州河以北的地区甚至已经全部成了日本人控制的势力范围，租界大街上出现了大量的示威游行队伍。仇少白刚刚痊愈，便立刻被陆向天任命为第三军司令。在处理了叛徒陈力水之后，秦永昌便要求仇少白即日起立刻进军营，随时待命出兵。而国仇当前，他的心中却还被另一件重要的事所牵扯，他还未把他的妻子找回来……

当高中义亲自登门找到仇少白的时候，他正在与陆向天商议从后方出兵围剿日军之事。当唐汉生向他通报高中义是来告诉他初阳身处何地的时候，他立即撇下了一会议厅的将领，匆匆跑了出来。

时隔一个月之久，于初阳的身体状况也终是稳定了，肚子里的小生命也健健康康地成长起来。只是在昏迷了那么长时间之后，再次醒来的她却变得不一样了，原本明亮而灵气十足的眼睛如今已失去了那动人的光彩，原本爱笑的她脸上再也没有露出过笑容。醒来之后的她，像是没了喜怒哀愁的一个木偶，就那样呆呆地看着前方，有时甚至几分钟也不眨一下眼睛。在医院的病床上，她总是喜欢那样安安静静地坐着，像极了乖巧地小孩子。

可当她开口对着高天磊喊“爸爸”的时候，却能无声无息地在人的心头划出一道血口子。高天磊忍住眼中的泪，将她轻轻地抱在怀中，自责与哀痛只让他喘不过气来，“初阳，你醒醒，我是高大哥……”

医院是清静养病之地，向来是不许大声吵闹喧哗的，可常胜从上了楼梯那一刻便开始大声叫着高天磊的名字：“少爷，少爷出事了！”

他那样的大声，只吓得初阳又变得焦虑起来，下意识地往将头深深埋在高天磊的怀里，嘴里喃喃着：“阳阳怕……”

高天磊轻轻拍着她的后背安抚着，见常胜推门进来，便怒道：“干什么大惊小怪的？”常胜看了一眼躲在他怀中的初阳，心急道：“少爷，不好了，白爷正带着人往医院这边来呢！”

高天磊心中大惊，忙道："他怎么会知道初阳在这里?"

常胜支支吾吾道："是……是老爷……"

他的身子重重地靠在床背上，不敢置信，道："父亲竟然出卖了我。"

常胜往窗外看了看，急道："少爷，你若是不想让于小姐被找到，现在还是抓紧时间离开吧。若是白爷的人堵到了医院门口，就什么都晚了。"

高天磊将初阳紧紧抱在怀里，道："跑，若真是他亲自带着人来，又如何逃得掉?"

常胜急道："就用小时候少爷逃罚的办法吧，常胜留在这里拖延时间，若白爷真问起来，大不了我就告诉他相反的方向。"

高天磊道："不行，虽然少白之前与我是兄弟，但他现在知道是我把初阳藏了起来，一定会暴怒，你留下太危险了。"

常胜哎呀一声，道："什么危险不危险的，我就是个下人，白爷总是会念一下旧情分的。"说着，他抬头往窗外看，便看见仇少白着一身还未褪去的青灰色戎装，带着一批人驾马匆匆而来，马蹄踏过之处，甚至能看到在空中飞扬的尘埃，他着急地催促着，道："少爷快走吧，再不走就真的来不及了。"

高天磊咬了咬牙，拍了拍常胜的肩膀，道："谢谢你，常胜。"言罢，他将初阳从床上抱起，她那双无辜迷茫的双眼看着他，好似在无声地问要去哪里。高天磊对着她轻轻笑了笑，道："初阳别害怕，高大哥就算是拼了命，也会保护你。"

因为身上穿着军服，所以当仇少白带着人闯进医院的时候，只引得人们阵阵恐慌，他却是顾不得了，直奔高中义所说的病房而去。唐汉生跟在他的身后，有医生出来问到底怎么回事，唐汉生便解释道："无须紧张，仇参谋只是在找一位出逃已久的嫌犯。"

然而当仇少白把病房的房门推开之时，那病房里却已是独剩了常胜一人，他怒气冲冲地将常胜的衣领一把抓起，问："他们人呢?!"

常胜依旧是那副憨憨的样子，道："白爷是说少爷跟初阳小姐吗?他们早就走了。"

他更是怒不可遏，"去了哪里? 快说!"

常胜动了动被他捏得有些窒息的脖子，咳嗽一声，道："白爷，你先放开常胜吧，常胜都要喘不过气来了，还怎么说话?"

他道："我警告你，不要耍什么花样。"虽是这么说着，却还是将手放开了。

常胜一得了空儿，便赶紧大口地呼吸了几下，又从桌上拿起水杯咕咚咕咚喝了起来。

仇少白猛地将他手中的杯子打到地上去，玻璃碴子蹦起老高，他怒道："快说！他们去了哪里?"

常胜朝着窗外看了一眼，方才道："初阳小姐说病房里闷得慌，要少爷陪着她去了后花园散步。"

他大喊一声："汉生!"

唐汉生知道他是想要人去搜，便应了一声，对身后的人道："走，去后花园!"

常胜却又哎了一声将人喊住，道："等等，等等。"

仇少白怒瞪着他，道："你又要说什么?"

常胜看了看墙上挂着的钟表，装出一副难为的样子，道："白爷，其实初阳小姐情况……不是很好，若看到您带着这么多人搜查医院，情绪怕是又会激动。左右少爷陪着她出去也有半个时辰了，就快回来了，要不，白爷您就先在病房等等吧。”

之前高中义跟仇少白提过初阳醒了之后的状况，听常胜如此说，仇少白皱眉深思了一会儿，便道：“好，我就在这等着，若五分钟内还不见他们回来，我就算是掀翻整个医院都要将他们找出来。”说着，拿枪指了指常胜的太阳穴，道：“而若是你存心耍花样，我就让你跟陈力水一样死得尸骨无存！”

常胜已是被带到了窗边上，他下意识地看了一眼身后，当即打了一个冷战，道：“常胜不敢。”

然而时间一分一秒地过去，却仍未见到两人影子，当仇少白看到常胜多次有意无意朝着医院门口看的时候，方才恍然大悟，自己中计了，常胜是为了给高天磊拖延时间。

仇少白勃然大怒，将枪狠狠抵在常胜的额前：“敢骗我，你找死！”

常胜脸色发青，却依旧佯装着，道：“白……”

砰！

常胜的小聪明终是给高天磊赢得了时间，可他拿生命做的赌注到底却没能给他自己挣回一句解释的机会，话尚未说出口，子弹已是实实地射进了他的头颅，那清脆而骇人的枪响响彻整个医院的上空。

常胜的身子摇摇晃晃，随着枪声的消失而重重朝着窗外倒了下去。他望着身下的越来越近的水门汀地面，嘴角微微上扬起来，他曾说过，这辈子最幸福最快乐的事，便是做了高天磊的跟班，他憨憨傻傻被欺负了十余年，也是被保护了十余年，而今天，他依然觉得幸运，他用自己的命保护了高天磊一次……

常胜的猛然坠落惊得楼下的医患惊叫一片。

仇少白目光狠绝，大喊一声：“去给我追！”

那一声枪响太过刺耳，高天磊拥着初阳逃到了喧闹的大街上都能清清楚楚地听到。他的身子猛然一怔，初阳也随着他停了脚步，傻傻地看着远处的医院，喃喃着："血……"

身后很快便传来一阵急促的马蹄踏地声，正是仇少白带着人追了上来。高天磊低头看了她一眼，见她也正抬着头看着他，对视的那一秒，她莞尔而笑，像极了初见她时那纯净的笑脸，他甚至以为她是醒了，然而她却是歪了歪头，依然叫他"爸爸"。

马蹄声越来越近，想要在这个时候跑开已是不可能，他将她被风吹乱的发轻轻捋顺，忽瞥见身后是一个卖布匹的商摊，他便连忙抱着她躲到了那布匹中间，那摊主刚要喊，他便隔着老远扔出几个银圆去。那摊主立即喜上眉梢，果真不再说什么，看了看从远处而来的人马，立刻猜到了什么，立马往他们的身前放了一个大大的广告板子。

那广告板子许是从电影院里捡来的废弃画报拼成的，对着两人的正巧是画着图案的那一面，是前段时间孟丽丽主演的第一部电影，名字叫作《春暖人间》，画报上正是孟丽丽的画像。初阳伸出葱玉似的两根手指，在上面轻轻地划着，指甲在画面上发出的细微摩擦声，竟让她像小孩子一样咯咯地笑出了声。

仇少白正骑马而过，正听得那声极为熟悉的笑声，下意识地将马勒停在了布匹摊前，正急切地往四周看，那天空中却突然发出了隆隆的飞机轰鸣声。

有人大喊一声："日本人打过来了！"街市上的人群便一下子惶然起来，初阳也被吓了一跳，刚要喊出声，却是被高天磊一把捂住了嘴，将她紧紧抱在怀里。那唔唔的声音被急于逃命的人群的哄乱声盖了下去。仇少白将马身转了个圈儿，双目微眯，就要朝着布匹摊而来，空中却突然传来又一声巨响，一阵腾腾热气扑面袭来，唐汉生大喊一声："白爷，仇氏林那边出事了！"

仇少白朝着远处看了看，双眼立刻被那火光映得通红，他大喊一声："走！"便立刻拽动缰绳，朝着仇氏林的方向而去，而他急切想要找到的人就此错过，终是差了那一步……

高天磊拥着初阳自布匹摊里钻出来的时候，街上已是一片混乱，人们喊着叫着只让初阳吓得捂了耳朵，额前都是密密麻麻的汗。他便干脆弯腰将她背在身上，朝着码头走去。既然高家已是容不下她，那他情愿就此与她浪迹一生，不管她是痴，是傻，都要拼尽所有护她下半生的周全。

码头上也是混乱一片，挤满了往外地逃生的人，高天磊背着初阳吃力地往卖票处挤，以往这种事都是常胜来做，现在他做起来才知道有多么不容易。想起刚刚那枪声，高天磊的眼眶一下子红了，他将初阳往上掂了掂，却因为身后人群的拥挤而被推了一个踉跄，石台边一个老妇人的摊子都要被推翻了。

他赶紧伸了手去扶，那老妇人看着伏在他肩头的初阳，突然怔了怔，眉头紧蹙，盯着她看了半晌。高天磊帮着老妇人把摊板上的小玩意儿摆好，早已被远远地推出了抢票队伍。他回头看了看初阳，见她正对着那老妇人笑，便问："您是？"

那妇人从自己的衣兜取了一个红梅荷包来，递到初阳的手里，初阳便当即开心地弯了嘴角，把荷包放在高天磊的背脊上玩耍起来，似小孩子似的咿呀说着什么。那老妇人道："一年前，这位小姐曾在老婆子的摊上买过荷包的，她这是……"

那老妇人并没有把下面令人难堪的字眼说出口。高天磊对她点了点头，笑了笑，只道："原来那荷包是从您这儿买的，她……生病了。"

那老妇人低叹一声，道："真是命苦的孩子。"又问："怎么，你们这也是要到外面避难吗？是去哪里？"

高天磊望了望那长长的买票队伍，道："去哪里都好，现在一票难求，能上得了船就已经是奢望。"

那老妇人点了点头，突然弯下腰在摊下那一堆锦盒里翻了起来，不过一两分钟的光景，竟变戏法一般从里面变出了两张船票来。她道："来，这个给你。我原本是要等着我儿子回来一起逃到山东老家的，儿子没回来，今天怕是走不成了，就送给你们吧。"说着就要往高天磊手中塞。

高天磊拿手一挡，道："老人家，这可使不得，票您收好了，说不定您儿子一会儿就到了，我会想办法买到票的。"

老妇人眼中突然涌出了泪来，嘴角却是又向上扬了扬，非把票塞到了他的手里才罢。她道："到不了了，我儿子原是报社的记者，早就死在了日本人的手里。我拿着票，等在这里也不过是自欺欺人罢了，如此还不如送给你们，让你们逃得一条生路。"

初阳抬起头来看着她，低声道："不哭……"

那老妇人便苦笑着将眼泪擦去，抚了抚她的发，道："好，我不哭，你们也快去逃命吧。"

身后的爆炸轰鸣越发大声起来，高天磊感受到初阳在自己身后颤抖，终是决定接受这两张船票，拿着票对那老妇人鞠了鞠躬，道了一声感谢，便匆匆朝着检票口跑去。

船外是拥挤的买票求生的人群，而船内也是一样的混乱。因为是一艘再普通不过的客船，条件本就恶劣，在这样的情况下，那为数不多的厢房座位早就被抢得干净。

人多拥挤，高天磊担心初阳不小心被伤到，便将她从背上放下又揽抱在怀里，好容易才在最前面的露天船舱里找到了落脚之处，便赶紧把初阳小心地放下，自己也在她身旁坐下。刚坐下，船突然随着浪晃了一下，吓得她扑进他的怀里，大喊大叫道："不要吃阳阳，大鲨鱼……不要吃阳阳……"

高天磊似是被千万支电流击过一般，想起他曾经查到的一些往事，身子猛然一怔，将耳朵离着她的唇更近了些，问："初阳，为什么……"

她似懂非懂地摇摇头，依旧闭着眼睛，道："阳阳乖，不要吃阳阳……"

高天磊看着她那样依赖地抱着自己的身子，怔了一怔，而后突然笑了，第一次大胆地低头亲在她的发上，轻声道："小不点，原来是你……"

5. 你若天涯，苦至海角

第二年，冬。

繁华一时的十里洋场终是在一次一次的中日交战中，变了模样，除却公共租界被英国、美国和意大利军队防守的中西区，其余地方均受到了重创。战争已愈演愈烈，一批又一批的日军涌进，这让陆向天的军队终是吃受不住，军力重创，已是寡不敌众，岌岌可危。

虽已是深夜，陆家行辕内却是灯火通明，议事厅内更是气氛紧张，在座的幕僚全都眉头紧锁，忧心忡忡。而随着人力军力的渐渐消耗，军队的开支供应也成了另一大难题。原本抗敌之后上海各界也组织了抗敌后援会，所有筹募、供应、宣传、救助等事都是仇文海一人包揽，青帮黑白两道所有财力基本都用于此。然而一年前，仇文海葬身于一场爆炸袭击之后，陆家军像是突然断了油的枯灯，虽借着民众的募捐维持了一阵子，可如今也已是穷途末路。

仇少白看了看在座的各位将领，突然起身，道："陆司令，国仇当前岂敢再谈家恨，仇某愿意将家中传世的那匹镏金玉鬃马送到中西区去拍卖。眼下我手中以及义父留下的生意场上的产业是万不能动的，日本人想要独吞商业大头，留着总能四两拨千斤有个牵制。而这玉鬃马是前清皇宫里的东西，那些洋佬儿虽一直是中立姿态，可到底也是眼馋我们中华的绝世宝贝，若能得个高价，还能再给军队供给一段时间。"

陆向天看着他，面露难色，"仇……"

仇少白却是摆了摆手，止住他的话，又道："义父临终前再三叮嘱少白，要助陆司令助委员长助全中国的百姓把日本人赶出家园，不过是一匹玉鬃马，不说赢得最后的胜利，就是赢得一点点反击的机会，也是我的荣幸。至于援军方面，陆司令可知道一个叫饶戚的人?"

陆向天想了想，道："仇参谋说的可是山东那个自组武装军的土司令饶戚?"

仇少白道："正是。这个饶戚原本是上海的小混混，常年混迹于赌场，有着一手好赌技，更是有着好胆识，好智慧。义父生前最是敬重人才，在与他打过几次交道之后，觉得他是个可造之才，便亲自写了一封推荐信，将他送到了黄埔军校。只是想不到多年没有音讯，他竟是自立门户成了土霸王。听说其作战方案颇有技巧，眼下若是能说服他一起来上海抗敌，联合我青帮上万兄弟，如何也能拼上一拼。"

陆向天当即从椅子上站起身来，手用力地朝着桌案拍了一下，道："好！若真能把饶司令请来，我陆向天甘愿退下让他做我陆军的总指挥。"

仇少白点点头，道："只是这饶戚性格向来怪异，我与他也算旧识，就由我亲自去请他。"

陆向天便道："那就有劳仇老弟了！"

日子过得极快，不知不觉这上海城又到了大雪纷飞的季节。仇少白与陆向天商议前往山东的具体事宜之后，再回到尘园已是大半夜了。唐汉生取了车中的伞来给他挡在头上，撑着伞送他进屋。

他一直记得初阳是极怕冷的，所以刚入冬时便让人放了暖，想着若她回来，总还能感受到一点温暖。今日的热水汀烧得极旺，只让刚刚从天寒地冻里回来的他一进门便又忍不住打了个颤。桂巧赶紧上前去帮着他把衣帽脱了下来，道："白爷，盥洗室里已经放好热水了，赶紧进去洗洗吧。"

他却只是摆了摆手，很是疲惫地坐到了沙发上，头轻轻地靠在软背上，闭着双眼，道："行了，你先跟汉生去休息吧，我先在这坐会儿。"桂巧应了一声："是。"就要跟唐汉生一起出去了，楼上书房里的电话却突然响了起来。

唐汉生赶紧回了身来看向仇少白，仇少白揉了揉眉头，道："去接。"唐汉生便赶紧跑上了楼去。

仇少白直起身子来，从桌上倒了一杯热茶来喝，却见唐汉生从书房里跑了出来，对着他道："白爷，有夫人的消息了！"他本是满面倦色，听到这一句，手中的茶水都要洒了，将茶杯重重地放回到桌上，匆忙而又慌乱地朝着楼上跑去，一边跑一边问着："她在哪儿？"

仇少白这一年多来，一直往全上海甚至全国的报纸上刊登同一则寻人启事，他不知道高天磊将她带到了什么地方去，可就是想赌上一把，而今日打电话来的便正是他心中的那个万一。

他急不可待地将听筒放到耳边，大喊一声："说，她在哪里?"

那记者似是被这没由来的怒意吓着了，竟有几秒的失神，缓了缓才道："您可是仇先生？我是华北时报的记者许文旭，早前曾看过仇先生在报纸上登过一则寻找夫人的新闻，我……"

那小记者絮絮叨叨地说着，仇少白却已是没了耐性，突然大喝一声："够了！我不要听你说这些啰里八嗦的东西，你只要告诉我是不是找到了她，她在哪里!"

那小记者惴惴不安道："若是没看错，仇夫人应该就在山东青岛一带，不过她好像……好像……"

仇少白不耐烦道："她怎么了?"

小记者又道："仇夫人身边还有一个男子，他们在码头卖些小海鱼为生，我曾跟踪过那男子，住处电话里说不清，仇先生有时间亲自来一趟青岛吧，文旭带你去寻，若真是仇夫人，那到底是什么情况，还当由你自己亲眼见见才能确认。"

仇少白倏地将电话边上的那只青瓷圆盘拂到地上，那盘子咣当一声摔了个粉碎，他的呼吸有些粗重，道："真是天意！高天磊，我定要将你碎尸万段!"那小记者被他这一番话吓得半晌没有回音。仇少白道："告诉我你的地址，若我到了山东就去找你!"那小记者方才道："文旭就在青海栈桥等着仇先生。"

青岛虽地处北方，冬日里却是少雪的，但若是难得遇上了一场雪，那它的美便是能让人窒息的。轻盈纯洁的雪花像极了老人口中的雪仙子，飘飘扬扬从天而降，整个大地银装素裹。因为青岛三面环海，在下雪的日子里，打开窗子随便眺望哪个方向，便能看到那结了冰的海面像是变成了云雾缭绕的镜子，雪仙子在翩翩而舞，冰面便也不甘示弱地同写着诗情画意。

因为今日是难得的下雪天，高天磊便破天荒的给自己放了假，专门留在家里陪着初阳，陪着孩子赏雪景留冬情。初阳终是勇敢地把那个孩子生了下来，就在那个辞旧迎新的除夕夜，高天磊便给孩子取名叫作小年，是一个健健康康的小子。

小年像是上天赐给他们的礼物，她虽还未清醒，却是变得更开朗了。小年虽只有十个月大，却比寻常家的孩子伶俐许多，笑起来眼角弯弯的，若看到大人看他，还会动动眉角去逗别人乐，所以那个不大的院子里总是能听到她跟孩子的笑声。

高天磊一大早便给小年穿上了厚厚的棉衣，用卖鱼的钱给他买了一个带着老虎头的小帽子，不大不小正好将那圆圆的小脑袋包了个严实。小年穿着一双带着黄胶底的棉鞋，双手被高天磊紧紧地握着，蹒跚踏着那白白的积雪，每走一步都能踏出一个小小的脚印子，旁边则是高天磊的大脚印，两人脚底的雪发出咯吱咯吱的声音，像极了一首清晨交响曲。

初阳坐在后面的草编凳子上，高天磊一边在雪地里逗着小年玩儿，一边回头去看她，却见她轻轻摇晃着身子，突然对着自己笑眯了眼睛，阳光落在她的眉角上，只让他觉得自己的心一下子变得很温暖。

高天磊也对着她笑了笑，抱着小年坐到她的身边去，道："初阳，你在笑什么?"她依旧是笑着，指着他的头发，道："雪，雪……"

他愣了愣，才明白原来她是笑他头上落了几片雪花成了白头翁。

高天磊将她的手紧紧地握住，放在嘴边哈了哈气，轻声道："初阳，等到以后我们老了，给小年娶了亲，我们就这样赏雪晒太阳可好？我给你暖手，你给我拨弄白发，就这样一辈子。"

她懵懵懂懂地笑着重复："一辈子，一辈子……"

不知为何，他眼中突然就流出了泪来，他亲了亲她的额，道："初阳，虽然你现在不懂，可是这辈子我也只有这一次机会来对你说这一句'我爱你'……"这样说着他竟呜呜咽咽地哭出了声来，只让初阳吓了一跳，道："爸爸，爸爸……"小年也像是明白事情一样伸着小手去抓从他颊上落下的泪。他却是又笑了，将她和小年紧紧抱在怀中，长长的大衣都要将小年完全盖住了，他道："我真想就这么照顾你一辈子，可我更想要你快点好起来……"

仇少白便是在那一刻破门而入的，他穿着一身黑色长衣，带着大队的人马，咣当一声狠狠地把门踹开了。

时隔一年之久，再次见到她竟是这番情景，当仇少白看到初阳与高天磊依偎在一起的时候，禁不住怒火中烧。而当看到她眼中那陌生至极的目光时，胸口堵得像是要窒息一般。

仇少白的脚深深地踩在雪地上，身子抑不住的发抖，剧烈地喘着粗气。那带路来的小记者见他只是那样站着半天没有说话，便壮着胆子叫了他一声："仇先生，这……"话未说完，仇少白却是突然迈开了步子冲了进去，怒不可遏地将高天磊从凳子上拽起，咬牙切齿地道："高天磊，你竟真的敢背叛我！"

初阳被这突如其来的变故吓得躲到了门边上，紧紧抱住自己的头大叫。

仇少白松开高天磊，转身抱住初阳，道："初阳，初阳我是少白，我是你的丈夫。"而她却似是受了惊吓的小白兔一样，将身子缩成一团紧紧地靠在门上，闭着双眼并不看他，道："坏人，坏人……"

他回头看着高天磊，问："你对她做了什么？她怎么成了这个样子？"正说着，却见高天磊的大衣里缓缓地露出一个小脑袋来，看样子，那小孩子不到一岁，正瞪着眼睛看他，见他看过来，便哇的一声哭叫开，瞬时这小小的院子里便像是乱成了一团。

高天磊将孩子抱在肩上，轻轻拍着他的后背安抚了一会儿，对仇少白道："仇少白，难道你忘了，让她变成这样的人就是你自己……"

仇少白向后倒退了几步，看了看还在发抖的初阳，又看了看被高天磊抱着的孩子，问："那这个孩子呢，这个孩子又是怎么回事？他是……"

高天磊将孩子抱紧，盯着他一字一句道："仇少白，这是我跟初阳的孩子，与你无关！"

他如此激动的一句话却是让仇少白一下子眯了双眼，一年前密尔先生曾说过初阳若是流产，怕以后很难再孕，而她却是当着自己的面把孩子杀死的。仇少白以为这孩子是哪家邻居寄放在此的，本是怕伤害了无辜，却不想高天磊竟说出这样一番话，心头当即涌上千万个不真实的念头，双眼通红地道："高天磊，你真的是活得不耐烦了！"说完，又朝着身后扬手道："来人！把孩子给我夺过来！"

一直在旁边候着的唐汉生便立刻吩咐人进来。

仇少白走到初阳身前，强硬地将她打横抱起，她哭闹着挣扎着，本是梳理妥帖的发也如瀑一样散开，脸色苍白，只叫人好生怜惜。

唐汉生心疼地看了于初阳的背影一眼，恭敬地对高天磊伸出手，道："高少爷，孩子就先给汉生吧，他还这么小，一路颠簸，高少爷要是被看管着，那孩子总是随着白爷安全些。"

6. 尘土归依，爱恨两生

仇少白与一行人回到上海的那日，上海城正下着多年以来罕见的一场大雪。雨雪交加，将人的耳朵冻得生疼。刚回到上海，高天磊便被关进了巡捕房大牢里，而仇少白一路马不停蹄，带着初阳与孩子回到了白园。

密尔医生本是在医院里就诊的，也被唐汉生请了来，刚一进白园还未上楼，便听到了小孩子响亮的哭声。他望了唐汉生一眼，道："怎么有小孩子的声音？"

唐汉生叹一口气，道："这次白爷请密尔医生来就是为了这个孩子，走吧，白爷还在里面等着。"

见唐汉生一副严肃的表情，密尔医生只觉得有些紧张，也不再问什么，便跟着他进了门，只不过眼前的景象却让他吓了一跳，失踪一年之久的仇夫人终是回来了，却已然变得不一样了，她正在会客厅中尖叫着翻砸东西，犹如发了狂的小狮子。

仇少白将她从后面抱住，轻声哄着她，道："初阳，初阳别怕，这里是你的家，我是你的丈夫……"

初阳犹如没有听见一样，继而又挥舞着双手，那景泰蓝的双瓶都被她从柜子上推下，蹦起的碎片散落一地。她一边闹着，一边喊着："坏人，坏人……"

密尔医生大着胆子走了上去，问："白爷，这是？"

仇少白将初阳打横抱起，任由她的双手狠狠地抓着，只咬着牙往楼上去，道："上来说。"

他们的卧房依旧是之前的模样，她所爱的颜色花饰一个都未曾动过。桂巧之前就知道他们是去山东接夫人回来，所以早早地便把床单换洗了一遍，房里还燃好了初阳最爱的白檀香。

上楼后初阳还在闹着，密尔医生便让仇少白控制着先给她注射了一剂镇静剂，待她终是安静地睡了，才问："白爷，夫人这是？"

仇少白沉重地呼出一口气，道："她只是在报复我。"

密尔医生方才抬起头来认认真真地看了一眼在桂巧怀中安静下来的孩子，见他一双圆圆的眼睛正紧紧地盯着床上的初阳，只觉有些不可思议，道："白爷，您不是说亲眼看到夫人流产了？这……"

仇少白把孩子抱到自己身边来，极自然地拿手刮了刮他的小鼻子，道："原本我也以为她是狠下心流掉了我们的孩子，可是见到这个孩子之后我却不能肯定了，你看他长得多像我，或许初阳只是骗我，她并没有真的流掉我们的孩子。"

密尔医生见他如此深情地望着那个孩子，只点点头，道："是，那浓浓的眉毛、黑黑的眼睛真是与白爷像极了。"

这样简单的一句话却是让仇少白一下子喜上眉梢来，他低头将脸靠近那孩子蹭了蹭，道："对吧，密尔医生也觉得他就是我的儿子。"

密尔医生叹了口气，道："白爷，恕密尔直言，从古至今这亲子之事都不能只从表面上断定的。"

仇少白的眼睛却是舍不得离开那孩子半分，道："所以才请密尔医生来，你们西洋有没有什么可以鉴定亲子的办法?"

密尔医生沉思片刻，道："有倒是有，可以用孟德尔遗传定律来鉴定，不过……"

仇少白抬起头来，问："不过什么？有话直说。"

密尔医生看了看在他怀中张着小嘴的孩子，道："不过是要通过血型来测试的，除却白爷，这小少爷也需要抽取一点点血样的。"

仇少白下意识地将小年软绵绵的小手握在掌心，看了看正在床上安静睡着的初阳，点点头，道："好，一切由密尔医生来办。"

虽嘴上这么说了，可到底还是不忍的，当尖锐的针头扎进小年的手指中时，仇少白心疼不已，小年那一声声的啼哭都像是刀插进了他的心上，仇少白将小年的身子紧紧抱住，亲吻他的脸庞，低声哄着：

“小年不哭，爸爸在……”

丰埠监狱原本是专门关押共产党员与革命人士的监狱，如今已改成了关押军事重犯之地，凡被关押于此的大都会被执以死刑，甚至连尸首都会被处理干净。高中义夫妇得知儿子终是被仇少白抓进丰埠监狱之后，只觉得天都要塌了，老两口拿出仅剩的家底打点了巡捕房，趁着深夜来监狱里探望他。

被关了两天，高天磊也是整整两天没有吃下一口东西，所以当高中义夫妇看到他的时候，他面色发黄，满脸胡楂地倒在墙角，已不成人样。高太太爱子心切，见他这般样子，身子摇摇晃晃就要晕过去。高中义虽也心疼，开口却还是骂了他一句：“你这个不孝子！”

高天磊原本有些昏迷了，听到父亲这一句责骂又迷迷糊糊地醒过来。牢房里向来阴暗，光线极差，在这样的夜里只开了一盏小小的黄芯灯，他费了好长的时间才看清了眼前的一切，低声叫着：“父亲，母亲……”

高太太已是泣不成声，爬到那牢房前面，道：“天磊啊天磊，你怎么就这么不懂事？你知不知道你走的这一年，爸爸妈妈是怎么过来的？每日每夜都提心吊胆，可你到底还是被找到了。”

高天磊努力爬起来，踉跄着走到门边上，看着母亲已是花白的发，眼泪便一下子流了出来，他扑通一声重重地跪在地上，道：“是孩儿不孝……”

高中义转过身去深吸了一口气，再回身却依旧是严厉的语气，骂道：“要是知道自己错了，自己不孝，那就老老实实地坦白一切，那个孩子到底是不是白爷的?!”

高天磊倏地抬起头来，道：“父亲，那个孩子姓高。”

“你!”高中义显然没想到他竟还是这样固执，气得倒退几步，若不是一边的看守扶了一把，怕是要摔倒那冰冷的铁架上去。高中义看了看那上面的刑具，瞬时打了个冷战，道：“你真是不要命了！天底下那么多好女人，你怎么就偏偏惹了最惹不起的那一个！仇少白现在可是日本人都忌惮的仇司令！你就松松口吧，承认你跟那个女人是清清白白的，那个孩子不是你的，兴许还有条活路!”

高太太也道：“天磊，妈妈知道你从小性子就倔，可你真的忍心看着爸爸妈妈伤心吗？左右你跟白爷也是十几年的兄弟，就听你爸爸的好吗?”

那一字一句都像是刀子狠狠地刺在高天磊的心窝上，他们是生他养他的至亲啊，他的眼泪一滴一滴地落了下来，沉默片刻后，他极痛苦绝望地大喊了一声：“啊——”

密尔医生将血型测试结果送回白园的时候，仇少白正在院子里拿一枝梅花逗着小年，老远都能听到小孩子那清脆的笑声。初阳虽已不像刚回来时那么闹了，却变得极端的安静，之前还会几个字几个字地说些什么，现在却变成了每日在阳台坐着，不管谁跟她说什么都不搭理，就那么静静地往窗外看。

正在玩闹的小年突然咿咿呀呀地对着仇少白发了一个“bo”的音，像极了是在叫他爸爸，他当即高兴地将他抛了起来，哄着他，道：“小年真乖，我才是你的爸爸对不对?”

此时密尔医生已经走到了他的跟前来，在听到这番话的时候，下意识地将手中的档案袋握紧了些。唐汉生见仇少白与小年玩得开心，根本没有注意到，便提醒道：“白爷，是密尔医生来了。”

仇少白便回头过来哟了一声，脸上的笑都还未散去，他道：“结果出来了吗？怎样，这孩子必是我的吧？”

密尔医生含糊地应了一声，又叫他：“白爷……”

仇少白当即感觉到了他的迟疑，便下意识地将小年抱紧，看着他，道：“有什么话，快说。”

密尔医生看了看还在他怀中咿咿呀呀把玩梅花的孩子，叹了一口气，方才将手中的鉴定结果递上去，道：“白爷，这个孩子跟您并无血缘关系。”

“什么?!”仇少白突然瞪大了双眼，盯着密尔一字一句道：“你再说一遍!”

密尔医生硬着头皮，道：“白爷，我已仔仔细细地鉴定了每一步，这孩子确实与白爷没有遗传关系，也就是说……”

他已不想再听下去，大吼一声：“够了!”小年在他怀中本是玩得极好，却也因为他突然的暴怒而哇的一声哭了出来。多奇怪，刚刚还觉得对这孩子是那样的亲密，可当密尔医生告诉自己他并不是自己的孩子时，竟突然厌恶到一秒都不想再看到他。孩子的哭声越大，仇少白便只觉得越烦，他闭上双眼狠狠地将孩子递到唐汉生手里，道：“去！把他给我送到牢里去!”

唐汉生大惊，道：“白爷，牢房里阴湿得很，这大冬天的孩子会受不住的。”

唐汉生这样简简单单的一句话又让他于心不忍。那孩子竟又朝着他伸出小手来。仇少白逼着自己转过身去，道：“什么受不住，他既然不是我的孩子，就根本没有留下的资格，我就是要让他跟高天磊一起死！送走!”

唐汉生又要说什么，仇少白却是已经闭上了双眼，大喊一声：“我让你快点送走!”

唐汉生便只能叹着气离开，小年就那样趴在他的肩上，伸着小手朝着仇少白摇晃，咿咿呀呀地哭叫着。然而仇少白耳朵里就只剩下了那句："他不是你的孩子。"

初阳本是静静地坐在阳台上的，在小年撕心裂肺哭喊的那一刻，她却忽然站起身来，急急地往窗台上爬去。初阳这一让人猝不及防的举动只叫陪在一边的桂巧吓得大惊失色，她拦住初阳，叫道："夫人！危险，不能上去！"初阳却不管不顾，一边伸着手在窗外抓着，一边大声道："小年，宝宝，宝宝……"

窗台上那盆雨花石因为初阳的挣扎而被碰翻了，从楼上重重地摔在地上，瞬时连带着瓷盆碎片散落一地。仇少白自楼下看到她的身子往外探了几分，瞬时心惊肉跳，大喊一声："初阳！"便立刻迈了步子朝着楼上跑去。

初阳本就神志不清，反抗的时候自是不知轻重，挣扎之中竟是突然抓了阳台上的一把小铁铲朝着桂巧砸去。桂巧大叫一声，下意识地拿了手去挡，却不想这一挡，就松开了抓着初阳的手，让在阳台上的初阳失了平衡，摇摇晃晃就要朝着楼下摔去。

"初阳！"

千钧一发之际，仇少白到底是及时赶得了，他一把抱住她的身子，下意识地将她往后拽，而她的头部却重重地撞在了那砌着白色瓷砖的墙上。

血瞬时流了出来，染红了她雪白的衣衫……

"夫人！"

就在高天磊准备跟仇少白坦白一切之时，唐汉生却匆匆抱着孩子进到监狱来，他大惊失色地问："汉生，这是什么意思？"

唐汉生无奈地摇摇头，却反问他："高少爷，这个孩子到底是不是白爷的?"

高天磊方才真正害怕起来，原来父亲跟母亲说的都是真的，将小年送回来是因为仇少白已经相信这不是他与初阳的孩子了吗？他面色惨白地将小年接到了怀里，轻轻抚着小年的背，道："他现在竟是连一个孩子都容不下了吗?"

唐汉生哀叹一声，道："不只是孩子，高少爷，白爷已经下令将你拉去刑场了，罪名便是通敌叛军，连着孩子一起……一起要被……"他终是没忍心将那两个字说出口，高天磊却是突然道："带我去见他。"

唐汉生道："晚了。高少爷，汉生也是看着你与白爷一步步走过来的，你怎么就这么糊涂偏偏动了白爷最宝贝的东西！刑车已是在外面候着了。你知道的，进了这丰埠监狱结果只有一个，那便是死。高老爷跟高太太也来见过你了吧，如此也算见了最后一面。"说完，唐汉生便叫人来拉他。

高天磊却是突然大喊一声："放开!"他一把抓住唐汉生的衣领，道："带我见去他，小年是他的孩子。"

所幸密尔医生还未离开白园，他及时给初阳做了伤口包扎。之后，初阳便又昏昏沉沉地睡去了。仇少白这次是一步也不敢再离开，只静静地候在她的床边。他本就因为抗战之事疲惫不堪，这几日又因为初阳跟小年的事而久久不能入睡，所以他趴在床边没多久，就伴着那浓浓药水味迷迷糊糊地睡了过去。

只是他睡得并不踏实，耳边总是会响起小年那咿咿呀呀的声音。他做了一个梦，梦见小年与高天磊一起被送到了刑场上，他那双大大的眼睛一直在看着自己，对着自己哭闹，那伸出的小手却是突然被拦了回来，行刑枪手将枪抵在小年小小的额头上，他躺在地上蹬着小脚，突然对着自己叫了一声："爸爸……"

砰!

"不要!"

他突然惊醒，待睁开双眼时，才知道那只是一个梦，却吓出了满头的汗。他看了看依旧躺在床上的初阳，方才站起身来深呼了一口气，走到桌边给自己倒了一杯茶水压惊。茶水还没有咽下，门外便响起了唐汉生的报告声："白爷。"

他皱着眉恍惚了几秒钟，突然想起刚才的那个梦，便问："孩子呢，高少爷呢，可已经押走了?"然而等了半晌没有听到唐汉生的回答，他的心中一紧，更是害怕听到回答。然而下一秒，却是又响起一个再熟悉不过的声音："你就真的忍心杀了我，杀了你这失而复得的孩子?"

他手中的茶杯一下子落到了地上，方才快步走过去将门打开，果真见是高天磊伫立在门前，本该勃然大怒的他，在看到在高天磊怀中酣睡的小年时，竟是莫名其妙地笑了。他将孩子轻轻地抱到自己怀里，嘴里轻声道："他是我的孩子……"

高天磊苦笑一声，看着他，道："是，这孩子是你的，初阳也从来不属于第二个人。少白，我们说过要做一辈子的兄弟。"

仇少白抬起头来，看着他，微微眯起的眼角竟带出了些湿润来，以手握拳重重地捶在他的胸口上："你这个浑小子……"

于初阳终于是醒了，她依旧是认不出仇少白的，可因为那次亲眼见了他要把小年送走之后，更是抵触他了，不管他怎么哄怎么骗都不再跟他说一句话，就那样整日整日地抱着小年不松手，生怕再被人抢走似的，甚至连高天磊都被她一起划到了坏人行列。

山东的土司令饶戚因为受过仇文海的恩惠，又受仇少白亲请，答应了仇少白的请求来到上海，与陆向天合兵以后，自是痛快地打了几个胜仗。不过上海城内的气氛却是更紧张起来了，日本人肆无忌惮地在租界华界等地游行，而那山本女士的身边则出现了一个熟悉的面孔，正是失踪许久的于正业，他回来了。

此时密尔医生也已想起了几天前在医院的事，他在鉴定血液途中曾中途出过研究室为一名病人做手术，而要做手术的那位病人不是别人，正是孟丽丽。她现在已经是日本人一手捧红的电影明星，陈力水与仇文海都已经死了，这如水中浮萍一样的女子从头至尾都想找一个依靠，一个能真真正正给她安稳的依靠。如此，为什么鉴定结果会出问题也就解释清楚了：孟丽丽偷换了用于鉴定的血液样本，一切都是受于正业指使。于正业想要仇少白亲手杀了自己的孩子与兄弟，因为对付一副生不如死的躯壳，总比对付一只雄狮有把握。他竟已丧心病狂到这种地步，为了达到目的，甚至不惜牺牲自己的亲外孙。

冬日的白园总是雾蒙蒙的，让人好似置身于仙境之中。仇少白自军营回来的时候，初阳正抱着小年坐在花台上往外张望，像极了寻常百姓家等待丈夫回来的小妻子。午后的阳光暖暖地照在身上，只让她舒服地耸了耸脖子。仇少白轻手轻脚地从她身后走过去，将她连同孩子一起抱在怀里。

他低下头亲了亲小年伸出来的小手，又亲了亲她的额头，轻笑一声，道："初阳，你在看什么?"她今日出奇的安静，任由他这样抱着竟没有反抗，也像是能听懂他说话了一般，指了指屋外的玉蝶梅，宛然笑开，道："甜，甜，阳阳吃甜，宝宝吃甜……"

这是这么长时间以来，她第一次对他说这么长的话。仇少白很快便明白了她的意思，他将她的手指含在嘴里吮了吮，笑道："你想吃金梅酥对吗？"

初阳歪了歪头，疑惑地眨了眨眼睛，忽然笑开，重复着他的话："金梅酥……"

他便把小年从她手中抱出，交到桂巧的手里。初阳当即又急了，嚷着："小年，宝宝。"

仇少白将她打横抱到那软软的床榻上去，哄道："你抱了小年一整天了，休息一下好不好？"她依旧不依，仇少白亲了亲她的鼻子，道："你要听话才可以吃甜甜的金梅酥。"

她似懂非懂地安静了下来。仇少白开心地笑了，她至少有一点是没有变的，还是当初那个贪吃的小馋猪。这样想着，仇少白低咳一声，对桂巧道："下去吧，今晚让厨房做些金梅酥来。"

桂巧欣喜地应了一声便抱着小年下去了，暖气徐徐的卧房里便只剩下了他们两个人。初阳瞪着一双盈盈秋水般的眸子看着他。

仇少白轻轻抚了抚初阳的头发，轻声道："初阳，谢谢你能回来……"

这些时日，仇少白为了与陆向天合议抗战之事而忙得寝食难安，山本女士的说客却主动找上了门，因为仇少白现在的身份，也因为他从于正业手中夺回的属于白家的商业市场与条件。

来的这位说客叫真野常二，本是日本总领事馆的领事，此人说话马屁绕梁，他那些吹捧仇少白的话只让跟着的翻译都几度语塞。而这翻译不是别人，正是那个费尽心机往上爬的孟丽丽。仇少白有些好笑，并不打断真野常二的话，就那么看着孟丽丽，他在想：她如今已经成了全上海甚至全中国炙手可热的明星，做孟家摇钱树已是绰绰有余，怎么还如此不满足，做起了这媚日卖国的汉奸。

孟丽丽翻译道："仇先生，我此次前来是想跟你谈一桩买卖。"仇少白却仿若未闻，并不回答，依旧盯着她看。孟丽丽被看得老大不自在，便急道："白爷，常二先生在等着您的回答呢。"

仇少白这才哦了一声，扬了扬嘴角，道："好啊，什么买卖，先说来听听。"

那真野常二见他有了回应立刻喜上眉梢，忙用日文叽里呱啦又是一顿马屁。孟丽丽翻译道："现在白爷不仅仅是独撑青帮的掌门，更是上海陆家军的司令，声望与能力、财力兼备……"

仇少白哎了一声，摆手打断，他看了一眼孟丽丽，道："得了，告诉他这些话刚才已经夸过了，直接说重点。"

候在一边的唐汉生扑哧一声笑了出来。

孟丽丽用日语跟那常二转达了仇少白的意思，常二于是又说了几句，孟丽丽赶紧翻译道："白爷，真野常二先生想与你共同重建那跑马场。"

仇少白当即笑开，心中道：又是跑马场，看来山本女士倒是不死心，还妄想着打开长三角支港，控制长海海运建立傀儡地。他挥挥手，道："孟小姐告诉常二先生，那跑马场土壤甚好，我已打算承包给附近村民种庄稼了，我仇某向来手低得很，做小生意营小利尚能应付，而要做跑马场可是需要大本钱、大能耐，我不是于会长，还没那个实力。"

这话本也是揶揄，想让真野常二明白他不会与他合作，却不想那真野常二又道："本钱不是问题，山本女士愿意出 3000 万日元，白爷只要出地便好。"

如此顺竿上爬倒是让仇少白一下子没了耐心，恰好楼上桂巧在帮着初阳给小年洗澡，也不知是磕了哪里，那盥洗室里瞬时响起一声啼哭，他便起身，对着真野常二道："常二先生，真是不好意思，承蒙山本女士看得起，不过今日家中事多忙乱，这样一桩大买卖，不宜过快做决定，可否容我考虑一下，日后再论？"

那真野常二先生大表惋惜，却也只说了句等他消息便离开了。只是一直跟在他身后的孟丽丽，在出门时忽然回过身来，直直朝着楼上看去，那双本是魅人的明眸露出一丝狠毒之色。

高天磊回来之后也随着仇少白加入了陆家军，这可几乎是要了高太太的命。高太太当年是皇族后裔，嫁给高中义之后家中便未再娶过侧房，所以子女并不多，除却已经留在美国的两个姐姐，高家便只剩了高天磊一个独子。高天磊刚刚才从外面回来，夫妻两个又怎么忍心让他去打仗送死？所以老夫妻二人拼尽了老脸向陆向天跟仇少白求了情，希望能让高天磊留在军中做事就好，万不能让他去战场。

现在的中国已是岌岌可危，高天磊作为一个有血性的青年，又怎么可能袖手旁观？高天磊自是知道两老的心，表面也答应得好好的，可心里却有着另一个算盘，就如他过去二十几年一向都自作主张，若真是到了开战那一天，他要走是谁都拦不住的。

自上次不了了之之后，山本女士又派了几个人来与仇少白谈合作之事，这次甚至就在他重新开起的于氏银行办公楼里。这次来的不同于前面的文员，是一位名叫东板久旬的中国通中将，与之前几位的阿谀奉承不同，他甚至一开口便做了威胁，道："白爷出钱出力帮助国军与皇军对战，甚至与饶戚联手给过皇军一次重创，这些皇军都是记着的。白爷与皇军合作的话，好处大大的有，但若执意与皇军作对，那么我们定会根据您所做的种种反抗而对白爷严厉膺惩。”

仇少白脸上倒是带出了笑，对那中将道：“东板中将所言极是，只是这与日本皇军合作，必是要承担百年汉奸骂名的，如此关乎身家名誉的大事，东板中将可否再给我们几天的时间？届时定会给您一个满意的答复。”

那东板久旬便对着他眯了眯眼睛，道：“好，三天之后，我会再来拜访。”

仇少白便客客气气地让人将他送了出去。

唐汉生看着东板久旬远去的身影，道：“白爷，这都已经第三次了，干什么又要再拖，您不是真怕了吧？”

若是往常唐汉生说出这样一句话，定是会被仇少白骂个狗血淋头的，可此时他却是不语，只皱着眉坐回到了沙发上去。

高天磊看了看他，道：“这东板久旬曾是日本最早的特务部的部长，向来是个说到做到的狠角色，他既然今天来说了狠话，那必是已经真做了准备，你是怕一旦惹怒了他，他不敢对你下手，初阳与小年便会被推到危险的境地？”

仇少白将手中的茶盏一下子拂到了地上去，切齿拊心，道：“至少，我不能让自己的女人跟孩子因为我而受到伤害。”

唐汉生明白过来，便赶紧道：“那白爷可是想要趁着拖延的这几日把夫人送走？”

正在此时，桌上的电话突然响了起来，冷不防地让离得最近的唐汉生吓了一跳，忙伸手去接，只是一个“喂”字尚未说完，便听那边传来桂巧焦急万分的喊声，道：“白爷，夫人不见了！”

因为声音极大，那听筒之外都清楚地听到她的话，仇少白立刻从沙发上站起，大跨一步将电话夺到了自己手里，问：“什么叫夫人不见了？把话说清楚！”

桂巧便哽咽道：“原本桂巧是看今天天气好，想带着夫人少爷去后花园散步的，谁知道这墙外竟是飞了一个风筝进来，夫人一开始只是坐在那里看，可是在那放风筝的人将风筝收了之后，夫人竟是追了出去，小少爷也在这个时候突然大哭大闹起来，桂巧刚转身抱起小少爷，再回头，夫人已经不见了。等到桂巧追出去的时候，却是已经找不到夫人了……”

仇少白将电话猛地砸到墙上去，大怒道：“都给我去找！唐汉生，若她出了什么事，你就带着桂巧一起给我滚蛋！”

唐汉生便立刻逃也似的跑出去叫人。高天磊更是捺不住，立即发动了车子往白园的方向去。

在初阳新的记忆里，她并没有到过大街上，也从未见过这样多的人在自己眼前走来跑去，突如其来的冲击，只让她一下子恐惧到了极点。她捂着耳朵在人群中横冲直撞，差点撞到一辆行驶的黄色军车上去。

那司机怒气冲冲地下车，见竟是这样一个疯疯癫癫的女人时，更是怒不可遏地拽着她的头发大骂：“这是哪家跑来的傻婆娘！敢撞东板中将的车，活得不耐烦了是不是?!”

初阳疼得眼泪噼里啪啦地往下落，一边大喊着：“不打，不打……”一边伸了手来抓那人的脖子。她的指甲虽不长，力气却是用得极大，那人当即疼得大叫一声，更是怒不可遏，用力朝着她的小腹踹去，“臭娘们儿竟敢抓伤老子，老子踹死你！”

初阳被狠狠地踹到了地上，还未爬起来之时，那人又是一脚，她便伸了手去抱住那人的脚，那人被猝不及防地绊了一个踉跄，竟直直地朝着她扑倒下去，她当即吓得大叫一声去抱住自己的头，却不曾发现因为刚刚的挣扎，她手中刚刚抓到的五彩蝴蝶筝也被扯破了，而那坚硬锐利的竹签就暴露在空中……

不偏不倚，竹签正刺穿了那人的喉咙，血瞬时喷满她素白的衣衫……

初阳害怕极了，大叫着将那人推到一边去，便又开始发了疯地跑，只是尚未跑得几步，便被人牢牢地抓了肩膀，正是刚刚跟仇少白不欢而散的东板久旬。他拿手拨了拨她凌乱的发，道："我认得你，仇夫人。"

那原本停在路边的军车上又突然下来了四五个日本兵，他们已将手中的枪举了起来。

初阳被吓得不敢再动弹，就要被人一路带到车上去，身后却是突然传来一声冷喝："放开她!"

正是寻她而至的高天磊，此时那些日本兵已纷纷将枪口对准了他，他却是毫无顾忌地朝着东板久旬走过去，轻笑一声，道："东板中将，您刚刚还在与白爷谈着合作，怎么转眼就要抓走他的夫人?"

那东板久旬本已是五十出头的年纪，面部肌肉已是松弛，一脸的不满。他用流利的中文道："别以为我不知道你们打什么算盘。仇少白诡计多端，他答应我考虑三天不过就是想趁机将妻儿送走，以断后顾之忧。既然老天都帮我，让我在这个时候遇到了仇夫人，那我为什么要放过?"

高天磊趁着他说话的空当又往前走了几步，道："我们中国有句话，叫'大丈夫当光明磊落'，不知道中将有没有听过?"

东板久旬听他竟敢说自己做事不光明磊落，下颌的肌肉动了动，却是没有发怒，只道："既然高先生都说应当光明磊落，那仇夫人杀了我日本领事的友人，我们抓回去审问岂不也是情理之中?”说着便有些强硬地将初阳推到一边去，对后面的小兵道：“带走!”

高天磊忙走上前一把抓住初阳的肩膀护到身后，又极快地拿枪顶到东板久旬的太阳穴上。他身后的日本兵见状，齐刷刷地将枪举向了他。

他道：“都别动，谁若敢再向前一步，我就杀了他!”那些小兵当即面面相觑，果真不敢轻举妄动。

初阳早已被吓得没了魂，颤颤巍巍地躲在高天磊的背后。

那东板中将却是突然大笑了一声，道：“高先生果真是重情重义之人，甘愿拿性命来救兄弟的女人。”

高天磊知道他这是在故意激他，所以并不接话，只道：“东板中将，这里所有人都可以作证，那狗汉奸是自己撞到竹签上的，您这样为难一个女人——”

砰!

寒风呼啸吹起了地上还未消散的雪花，飘飘扬扬扑打在人的脸面上，竟硌得皮肤生疼。周围的人因为这一声突然的枪响纷纷惊叫着抱着头蹲了下去，也有人开始逃命似的跑着，那带起的风像是又簌簌灌进了高天磊的脖领里，只叫他浑身冰得没了力气。

高天磊的脸色瞬间煞白，他缓缓地低下头来看着东板久旬顶在自己腹上的手枪，道：“如此，就同归于尽吧……”

然而他还未来得及按动自己顶在他太阳穴上的扳机，东板久旬已拿枪顶着他的胸膛又砰砰连开几枪，那枪的冲击力极大，只叫他的身子朝后退了几步。

本是被保护在他身后的初阳看到这一幕，突然大叫了起来，她哭喊着跑去咬东板久旬依旧顶在高天磊身上的手。东板久旬吃痛地叫了一声，那些小兵便纷纷拿枪朝着她走来。

高天磊已是摇摇晃晃地要倒下了，却依旧拼着仅剩的力气将初阳推开，对着那排小兵狠狠地扣下了扳机，而与此同时，那些士兵也纷纷朝着他一起开了枪。他的身上一瞬间便被打得千疮百孔，鲜血溅到了地上，融化了地上的积雪……

初阳痛哭大叫着："不，不打……不打……"然而他终是再也支撑不住了，身子重重地倒在了她的身上，她的眼泪一滴一滴地落在他苍白的脸上。

他微微地喘息着，慢慢伸出手抚向她的脸颊，他多想将她脸上的泪水全都拭去，多想现在不过是一场梦，她依旧是那个健健康康活泼开朗的于初阳。他就那样凝视着她，眼睛里尽是如初的温暖。他轻声道："初阳，这辈子是我先遇到你的……"

初阳只觉得心中一沉，似是有什么东西悄悄地溜走。他的手终是没能带走一点她的温度，便重重地落下了，她抱着他慢慢变冷的身子，似无助的孩子一样大哭："阳阳乖，不死……"

那东板久旬见高天磊死了，又一地的尸体，心知不能再在这个地方久待，便强硬地将初阳从地上拉起，高天磊的尸体被他推到了地上，道："上车！"

初阳用蛮力推开他的手，然后伸手要去抱高天磊的身子，"不死……"东板久旬却在此时再次拔了枪朝着尸体开了一枪，初阳当即被吓得愣了一下，然而此时她好像已经明白了那个冷冰冰的黑管是可以伤人的。在东板久旬又要上来拉她的时候，她便一把拿过高天磊手中的枪，双眼紧闭，朝着东板久旬开了数枪，并大喊着："打！打！"

东板久旬圆瞪着双眼，血瞬时从他的嘴中流出，他的双腿扑通一声跪了下去，身子又直直地朝着地面倒下，他至死都想不到，她竟会朝着他开了枪……

“初阳!”

在初阳已是筋疲力尽，就要晕过去的时候，仇少白与唐汉生的车也终于找到这里来了。高天磊的尸体、她满身的鲜血以及那还冒着硝烟的枪口，只让仇少白的头皮一下子炸开，心惊胆战。

初阳见到他便哇的一声哭开，将手中的枪扔到一边去，似是终于找到家人的孩子，那样直直扑到他的怀中，嘴里喊着：“坏人，坏人，打……”

唐汉生上前把高天磊的尸体背了起来，仇少白眼中的泪便一下子落了下来，他用力亲吻着她的发，道：“我在，我在。”

远处又有一辆日本军车驶了过来，仇少白看了看已是躺在血泊中的东板久旬，心中一惊，迅速将她打横抱起，对唐汉生道：“走!”

初阳被他牢牢抱在怀里，却在上车的那一刻突然回过了头来，她看着越驶越近的日本车，低不可闻地叫了一声：“爸爸……”

7. 终与君知，许来生誓

高天磊的死，让高太太一时承受不住，病倒在了床榻上，身体日益衰弱。仇少白请了最好的医生到高公馆医治，却终究没能挽回这位已肝肠寸断的老人的生命。高中义也在一夜之间白了头发，竟变得有些痴傻了。

初阳在街上连杀一位细作与皇军中将的事，惊动了整个上海城，这让仇少白每时每刻都将心提在嗓子眼儿里，加之之前合作的事，日本人又怎能轻易算了？她留在这里多一秒，就会有多一秒的危险。可是经由这件事，初阳的病又更重了起来，几乎总是处在极度恐惧的状态，仇少白便又将她送到了尘园去，那里远离城中心，总是清静些。可即便如此，她也只有在被仇少白抱着时，才会稍稍平静下来。

这一日，在尘园的书房中，仇少白本是在与唐汉生商议将高中义与初阳一起送走的事，那尘园的上空却是突然传来一阵轰隆隆的飞机引擎声。

桂巧正给两人端了茶水来，随口道："真是奇了怪了，咱尘园上不着村下不着店的，干什么突然把飞机飞到了这边来转悠?"

仇少白倏地从椅子上站起，跑到窗边来看，果真见到耳目山的上空有一架日本人的飞机在那盘旋。

唐汉生道："白爷，看来他们知道您会在这个时候将夫人送走，这分明就是在给您威胁。"

仇少白脸色大变，坐到沙发上去，想了一会儿，方道："汉生，去给山本女士挂电话，就说我要见她。"

唐汉生惊道："白爷，您不会是要答应跟那山本女士合作吧?"

他挥挥手，道："少废话，让你挂你就挂，若她问起时间，就说让她来定，我仇少白这次将带着十二万分的坦诚赴约。"

唐汉生知道他做事从来都是有着自己的分寸，虽心中还有疑惑，却也不敢再问，只好应了下来。

仇少白回到卧室的时候，初阳正蜷缩着身子坐在床上，因为丫头刚刚伺候着喝了药，所以这会儿还算安静，她正抱着双膝看着窗外。仇少白轻轻地走过去将她牢牢地抱在了怀里，拿下巴去蹭她的脸颊，叫她："初阳，你在看什么?"

她伸手指了指窗外，喃喃道："少白，放风筝……"

这是她生病以后第一次叫出他的名字，仇少白的心中瞬时激动起来，将她的身子扳过来面对着自己。她身子本来就弱，经过这么多事更是瘦得厉害，那样握着她的肩膀好像稍一用力就要碎了。仇少白用手捧着她的脸颊，追问道："你叫我什么？我是谁？"

她使劲儿地摆着头，并不理会他的话，依旧那样歪着身子看外面轰轰隆隆的飞机，并固执地伸出手指去指给他看，再回头却是对他露出一个傻傻的笑来，她道："风筝，少白带阳阳放风筝。"这样说着，她突然掰开了他的胳膊跑到了床边去，那样赤着脚在地毯上转着圈圈，嘴唇微微嘟起发着呜呜的声音，道："少白放手，风筝飞……"

他恍然怔住。

原来她竟是在模仿两年前的那个场景，那时他刚刚从山东逃了一天清闲回到上海，就在训练场前面那广阔的田野上，在和风徐徐的秋日午后，一大片一大片的稻子金灿灿的，她手拿着线圈在田野里奔跑，他便跟在后面将那风筝高高举着，她笑颜如花，一边跑着一边回头看他，喊着："少白快放手，让风筝飞起来吧……"阳光就落在她那轻轻飞扬起的发丝上，似梦如烟。

有温热的东西自他的眼中流了出来，他怔怔地站在那里，看着她欢喜的样子。她却是突然停了，走到他的身边来，伸出手擦他脸上的泪，道："不哭，不哭……"他终是再也无法控制胸前就要涌出的哀痛，将她紧紧抱在怀中，声音哽在喉咙。他吻了吻她的耳朵，轻声道："初阳，这一辈子我欠了你的，要如何去还……"

她趴在他的肩上，眼里竟也有光闪了闪，双手学着他的样子轻轻搂在了他的背上。

与山本女士约定的时间很快便定下来了，仇少白最初的动机本是想要为初阳的离开争得时间的，但心中大义却又不允许他放过这个刺杀山本的绝好机会，所谓擒贼先擒王。所以在时间地点确认之后，他便又紧急与陆向天、饶戚等进了议事厅，商议起埋伏刺杀之计。

会议结束后，仇少白亲自去买了往香港的票，回到尘园之时已是半夜一两点钟，卧房里的灯却还是亮着的。他走进门去，扫了扫肩头的落雪，便有丫头上来侍候他把衣帽脱了。他搓了搓双手哈了口气，问："夫人还没睡吗，怎么还开着灯？"

丫头一边给他挂着衣服，一边道："夫人今天突然晕倒了，密尔医生来看过，这会儿刚走。"

他大怒，道："什么？你们是怎么照顾她的?!"说着便往楼上跑去。

桂巧刚刚把睡着的小年放到童车里，他便推门进来了，怒气冲冲的样子只叫人吓了一跳，桂巧下意识地又轻拍了拍小年的身子，叫他："白爷。"

他挥了挥手，看了一眼躺在床上的初阳，道："她怎么样了？为什么会突然晕倒？"

桂巧道："白爷不用担心，密尔医生说夫人只是最近休息太差了，有些贫血，已经给夫人打过点滴了，又留了些助睡眠的药，说每日吃两粒便无大碍了。"

他悬着的心才一点点放了下来，见小年也是睡得安稳了，便挥了挥手，道："行了，你下去吧。"

桂巧便道："是。"

初阳正乖乖地躺在床上侧着脸看他，突然弯起了眉角笑了。她的笑像是带着魔力一样，总是能让仇少白的心情瞬时变好。仇少白坐到她身边去，刮了刮她的鼻子，道："你这个小坏蛋，诚心让我担心是不是？还笑。"

她依旧笑嘻嘻的，往旁边靠了靠，道："躺，躺……"这竟是在邀请他躺到她身边去。

仇少白当即笑开，双脚将那双长靴蹬了下来，刚刚把身子探进她捂好的被窝里却是又退了出来，他笑了笑，道：“我这衣服上还带着寒气，凉了你我会心疼。”

初阳歪着头看他，便见他又一颗一颗地将那军服扣子解开脱了下来，直到只剩了那件月白色衬衫时，他才又转身爬上床来。

他的胳膊很长，稍稍一圈便把她小小的身子围了个结实。他将她软软的手包在掌心里，亲了亲，突然正了神色，道：“明天我就要去见山本了，于正业现在是她的心腹，处处与我青帮为敌，自然也是要来会约的。这辈子我仇少白注定是要对不起你了，可是国仇家恨我并没有别的选择，我会去赴约，我要亲手杀了山本与于正业。所幸……”

他说到此，微顿了一下，低头看了看她，道：“所幸你现在还病着，不知道不明了便是最大的幸福，就可以单纯安稳地活下去。汉生已经买好了去香港的票，去那边的一切我也打理好了，桂巧会陪着你。这一次不管我还能不能回来，你都要好好地活着，还有高伯伯……”

仇少白也不知道自己是怎么了，她明明是听不懂他说的是什么的，可这些话偏偏堵得他心口发疼，所以依旧那样絮絮叨叨地说着，好像说完了，她就会醒了一样。

初阳乖巧地窝在他的怀里听。仇少白低下头来，正见她也在看着他，便笑了笑，扶着她坐起身来，道：“明天你也一定要乖乖的，听桂巧的话好不好？”

她懵懵懂懂地点了点头，突然移了视线，伸手指着桂巧放在桌上的那杯热牛乳，道：“喝。”

仇少白以为她是想喝牛乳，便给她取了过来，可是刚刚递到她的唇边却又被她推了回来，她道："阳阳不……"说着便又推到他的身边，又道："喝……"

仇少白方才明白原来她是想让自己喝，便道："我不饿。你刚刚输了液，你喝吧，喝完就早点休息。"

她却不依不饶，晃动着双手，非要往他身边推。

仇少白无奈，只能道："好好好，我喝我喝。"

初阳立刻弯了眉眼笑开，看着他把整杯牛乳都喝完了，更是欢喜地拍起手掌来。

仇少白下意识地转头看了看睡着的小年，紧紧将她的手握住，对着她小声地嘘了嘘，道："小心吵到宝宝。"

她这次倒是听懂了，果真安静了下来，见他嘴角上还带着一圈牛乳，又轻声咯咯地笑开。

初阳起来的时候，仇少白正沉沉地睡着。

她早就已经醒了，在高天磊死在她的怀里，在她透过日本人的车窗看到自己父亲的那一刻便醒了。

她并不确信自己现在所做的是不是对的，可当她看到这个男人为了她而不惜得罪日本人，想与日本人决一死战的时候，便已经下定了决心。他说所幸现在她是病着的，不知道不明了便是最大的幸福，就可以单纯安稳地活下去。可她觉得，最幸运不过的是她现在醒了，一切都还没到不可挽回的那一步。

牛乳里的安眠药是她早就放进去的，在经历这么多生离死别之后，她心中的恨早已一点一点随风散去，独剩下了爱，她爱他，她愿意用自己的生命去换他一点点的自由。这一辈子，他活得太辛苦，为了报仇，为了上海，为了保护她……

而现在，换她来保护他。

她轻轻地低下头来吻了吻他的额，如同往日他对她做的那般，道："仇少白，若你觉得欠我，那就替我好好地活着。"

她摸索到床头的衣衫，一件件地穿上，又借着月光走到童车前，弯下腰去最后一次亲了亲小年软软的小脸，眼泪终是止不住落在孩子的眉角上，她哽咽道："小年，妈妈对不起你，你一定要平平安安、快快乐乐地长大，知道吗？"

他们房间里的灯一直是开着的，桂巧本是想进来替他们关上的，待推开门看到这一切的时候，怔了怔，试探着叫了她一声："夫人，你……"

初阳方才缓缓地直起身子来，对桂巧做了个噤声的手势，又从仇少白的腰带上拔下了枪来，问她道："汉生呢？"

桂巧还未能完全回神，木然地指了指楼下，道："汉生还在门外守着。"

唐汉生显然也没有想到原来她早就已经清醒了，在听到她对他说出自己的决定时，更是吓得乱了心跳，道："夫人，使不得！先不说现在小少爷还小，正是需要母亲的时候，白爷，白爷若是醒来发现您已经……"

他话未说完，便见初阳已是熟练地将子弹颗颗不落地重装在了弹匣里，拉了拉保险，道："我不能死，他更不能死不是吗？至少他活着所有的事就都还有希望，而若是他死了，那我一样也不可能独活。"

唐汉生叫了一声"夫人"，还想说什么，却是突然被她拿枪指了太阳穴，她眼睛里的寒意像是要刺穿人的身骨，只让唐汉生不自觉地有些打怵。

她道："带我去见陆向天，我需要知道他们的详细计划，时间就要来不及了。"

陆向天与饶戚是铁骨铮铮的汉子，两人都想不到于初阳竟来了这样一招，本是要果断拒绝的，却又终是抵不住她一字一句戳人心窝的话，她说："仇少白要活着，他活着你们才可以有下一步，而你们活着，上海才能活。"

如此大情大义只叫他们两个真男人都佩服。

他们选定的碰面地点是一个清静的湖边茶亭，原本与山本女士约定的时间是上午七点，陆家军与饶戚的人早就连夜做了埋伏，而初阳却是故意拖延了些许才从车上走下来。她今日穿了一件与仇少白几乎一模一样地黑色长衣来，乌黑的长发被盘进那圆顶毡帽里。寒冬腊月，雪花飘飘落落，下得不大却又停不住，只不过站了几分钟的光景，身上就已经簌簌地飘满了一层薄雪，她的身子打了个颤，又转头远远地看了一眼冰寒雾重的湖面，方才记起，原来今天是冬至了。

山本女士早就已经等在茶亭里了，而她的身边不是别人，正是那个带着狼子野心重新回来的于正业，他竟真的成了卖国汉奸，此时正殷勤地在山本身边说着什么，引得原本面无表情的她突然有了笑意。然而他如何都想不到的是，他费尽了心机，做好了一个又一个圈套等来的竟是自己的女儿。

那短短的几步路，却像是将这两年来的点点滴滴都回放了一遍，初阳方才惊醒，原来这一路她记着的最美好的瞬间，便是在校庆的舞台上，一低头，便能看到仇少白与爸爸同在台下。那日的仇少白穿得前所未有的正式，她曾几乎要认定了，他是要对爸爸提亲的。可是事情怎么就变成了这个样子，他害得爸爸身败名裂，而爸爸却拼了一切只想置他于死地……

初阳将帽檐压得低低的，由两个日本人引着到了茶亭里去，端端正正地坐下了。

山本女士客客气气地给她斟了一杯茶，开口却道："仇夫人好胆识。"

她便也不再伪装，方才抬起头来正眼看着两人，恰有一片冰凉的雪花落在她的眼前，只叫她目光中于正业的脸都要模糊了。于正业有些惊恐地动了动，几乎就要站起身来，她却是极力佯装冷静，道："外子突害疾病，不能前来会约，初阳斗胆来见，还望山本女士莫要责怪。"她一边说着，一边取了茶放到嘴边，大体看了看早就等候在不远处的日本列卫队，那些人手里都拿着冰冰冷冷的长枪。

于正业用颤抖的声音叫了她一声"阳阳"。她却只是报以一个极淡的笑，转过脸对山本女士开门见山道："今日初阳受外子所托，特意来与山本女士传达关于重开跑马场的决定。"

山本女士笑了笑，"哦？那决定如何？"

初阳眼看着天边乌沉沉的铅云愈来愈重，想着又将是一场大雪要来了。寒风几乎要将她发顶的帽子吹翻了，她便做了一个打冷战的动作，将那毡帽取下来扣在矮木几上，道："实在有愧山本女士看得起，外子终还是决定不能做那遗臭万年的卖国贼。"

于正业当即大呼一声："阳阳，不准胡说八道！"

那山本女士方才明白过来，她来竟是为了戏弄自己一番，不禁大怒："八嘎！"而正因为这一声大怒，那些候命多时的列卫兵纷纷将手中的长枪举起，齐齐对准了初阳。

于正业见此，更是担心到了极致，他小声劝慰着山本，又对初阳道："阳阳，爸爸不管今天为什么是你来应约，最好速速回家去，让仇少白在晌午之前赶来，他尚还有条活路。”

初阳却是突然失了魂魄一般笑了，看着他道：“回家？于老板，我的家不早就在你的争权夺利中被仇家报复没了吗？”

于正业脸色一变，痛心疾首道：“现在不是儿戏，阳阳你不要闹！”

初阳却是倏地从袖口中滑出了一把枪来，正是仇少白贴身带着的一把威力极强的德国伯宁特。她趁着两人都未有所防备的这一刻迅速地拉开了保险顶在了山本女士的头上。

于正业回头看了一眼蓄势待发的列卫兵，心都要跳出来，道：“阳阳，放下枪，你不能这样任性，爸爸就剩你一个女儿了……”

她轻声笑了，道：“爸爸，可是一切都已经回不去了，你知道的，现在的上海已经被你的这些‘主子们’害得千疮百孔，我来就是为了做一个真真正正有良心的中国人。你们以为做的这些阴谋诡计中国人不知道吗？跑马场不能让，上海不能亡，而仇少白更不能死，至少不该死在爸爸你的手里……”

那些列卫队已是慢慢朝着这边靠近了，于正业听她说着这些话，脸色越来越苍白。

当山本女士趁着两人说话之时从口袋里拿出枪来迅速对上初阳胸口的时候，陆向天与饶戚也纷纷带着人冲了上来。

几乎就是在一瞬间，那些列卫队已被猝不及防地打倒了一半，他们甚至不知道这些人是如何出现的。

到底是血亲胜过一切，就在山本女士已被彻底激怒要对着初阳开枪的那一刻，于正业突然挡在了两人中间，那一枪实实地打穿了他的身体。

初阳握着伯宁特被他推着向后踉跄了几步，大喊一声：“爸爸！”

于正业却已是摇摇晃晃地倒了下去，他拼尽最后的力气，道："阳阳，快走！"

而此时山本女士突然用日文喊了一句什么，在陆向天与饶戚的背后竟又出现了一队日本兵，而原本平静的湖面周围竟也涌出了上百个士兵来。山本女士对着初阳大笑道："你们中国话还是有意思的，这叫'螳螂捕蝉，黄雀在后'，对吗？"

初阳心中大惊，面上却依然保持着冷静，她以迅雷不及掩耳的速度朝着山本女士猛然开了第一枪，在山本女士不可置信之时，她却是补了一句，道："中华文化岂是你们这些日本人说懂就能懂的？现在叫'置之死地而后生'！"说着便又倏地从腰间摸出了另一把伦勃朗来。

陆向天与饶戚在与外围日军抗战，这小小的茶亭里便只剩了她一个，山本女士捂着已是血流不止的胸口，大喊了一声："打！"

初阳极快地在乱枪中旋了一个圈，双枪齐发，连带着山本在内，所射之处，皆是枪枪入喉。

然而与此同时，那些日本兵也都毫不犹豫地对着她一起开了枪。

昏昏沉沉的天寒风狂啸，那似是如何都下不大的雪也如鹅毛般纷纷扬扬地落了下来，血从她的身体里溅出来，染红了亭中的地板……

她的身子摇摇晃晃地倒进了那赏雪湖中，惊起一片涟漪。她眯着双眼看着漫天的大雪，脸上突然露出一个凄美的笑容来，像是突然又回到了那个总是冰冷荒芜的训练场上，他坐在木椅上，看着她总是轻而易举地完成他教的新任务时露出的笑，他道："小丫头，原来你才是那个不可多得的射击小天才……"

湖水在她的耳边咕咚作响，仿佛一瞬间又将她带到了耳目山上，那里山清水秀，有着美不胜收的夜景，他温暖的双手拥着她，一字一句地教她唱着："星星笑点头，地上人相幽，荷包指尖香自留，两情相悦低头羞……"

寒彻身骨的西风呼啸着自远方而来，呜呜地嘶吼着，蛮横地掀起了湖面的层层涟漪，挟着簌簌的雪一点一点落在她的眉角上，似是有着千斤般重，竟是压得她的眼皮再也没了支撑的力气，而她的身子也终如一只断了帆的船，那样摇摇晃晃、凄凄惨惨地沉入水中……

"初阳!"

不知迷迷糊糊到底睡了多久的仇少白终是因为一个极可怕的噩梦惊醒，他倏地从床上坐起身来，发现身上已被汗水湿透。窗帘被严实地拉上了，屋里的昏暗让他分不清现在到底是什么时辰，只是下意识地伸手去碰身边的位置，竟早已经冰冰凉凉没了她的身影。

童车里本是安睡的小年突然哭了起来，仇少白揉了揉酸痛的双眼，大喊一声："桂巧!"便下了床将孩子抱进了怀中。小年原本是极听话的，此时却是哭得那样大声，撕心裂肺一般，惹得他心中也一阵阵地发疼。

桂巧立刻便推了门进来，战战兢兢道："白爷，您醒了?"

他极不耐地挥了挥手，心痛如绞，问："夫人呢……"

全文完